Gabi Herland & Ulrike Lischka

Glänzende Wellen

Linz - Krimi

Zwei Frauen schreiben.
Zwei Männer tanzen.
Zwei Männer sterben.
Zwei Frauen ermitteln.
Alle verbindet die Donau.

federfrei
www.federfrei.at

Sowohl die im Buch vorkommenden Personen als auch die Handlungen sind von den Autorinnen frei erfunden. Namen und Ähnlichkeiten mit Personen oder tatsächlichen Handlungen sind zufällig und nicht gewollt.

5. Juli

Alessandro Coretti – Tanzstudio

Voller Vorfreude, aber auch ein wenig gestresst, eilte er die Stufen in den ersten Stock zu seinem Tanzstudio hinauf. Nach längerem Suchen hatte er diesen beeindruckenden Saal in einer ehemaligen Fabrik in der Nähe der Donau gefunden. Der Raum war bei Schönwetter lichtdurchflutet, die Akustik gut und der alte Parkettboden bestens für das Tanzen geeignet.

Immer wieder war er erfreut darüber, wie mühelos sich diese Treppen steigen ließen. Insider hatten ihm einmal erzählt, dass der Architekt großen Wert auf die optimale Schritthöhe bei den Stufen gelegt hatte. Wie selbstverständlich benützten seine Finger den Handlauf aus einer stark kupferhaltigen Messinglegierung, die auch für alle Türen im Innen- und Außenbereich verwendet worden war. Auffallend war Türkis als vorherrschende Farbe an den Wänden, die auch als »Linzer Blau« bezeichnet wurde. Das 1935 eröffnete Gebäude war im »Stil der Neuen Sachlichkeit« gestaltet worden und diente ursprünglich als Tabakfabrik.

Er schloss die schwere Doppeltür auf und betrat sein Tanzstudio. Wie immer öffnete er zuerst die Fenster, kontrollierte den Boden auf seine perfekte Sauberkeit und wandte sich dann der Tonanlage zu. Diese schien klaglos zu funktionieren und so musste er nur noch die passenden Tonträger auswählen.

An den Montagen hatte er zwei Kurse, die gut gebucht waren, der erste Kurs am Nachmittag für Standardtänze sollte den Anfang machen. In einer knappen halben Stunde würden sechs Paare und einige Singles eintreffen, die sich heute dem langsamen Walzer hingeben wollten. Es hatte sich bei den Anmeldungen gut gefügt, dass auch aus den Einzelpersonen Paare gebildet werden konnten.

Beginnen wollte er mit Bob Segers »Always In My Heart«, und Eva Cassidy mit »If I Give My Heart« sollte anschließen. Mehr musste er im Augenblick nicht vorbereiten, wollte er doch zuerst die Rückmeldungen zum vergangenen Montag sammeln und die Schritte und Figuren mit seinen Tanzpaaren durchgehen. Für Alessandro war es notwendig zu hören, ob seine Anweisungen verständlich und exakt genug waren. Auch interessierte ihn, ob die Paare zu Hause geübt hatten und ob es noch Unklarheiten gab. Besonders wichtig aber waren ihm die Rückmeldungen zur Zuteilung der Partnerinnen und Partner bei den Singlepaaren.

Gleich hinter der Tonanlage hatte Alessandro eine kleine Garderobe eingerichtet, in der er sich jetzt umzog. Für den Nachmittag wählte er einen azurblauen Anzug mit rosarotem Hemd und dunkelroter Krawatte. Er wusste, dass ihm die Farbe Blau besonders gut stand und ausgezeichnet zu seinen Augen passte. Er war stolz darauf, als dunkler, südländischer Typ blaue Augen zu haben. Die Haare waren frisch geschnitten, mussten nur noch mit etwas Gel fixiert werden, das Aftershave tupfte er vorsichtig hinter die Ohren, das Permanent Make-up unterstrich seinen Teint.

Er blickte in den Spiegel und lächelte zufrieden. Aus den zehn Paar Schuhen wählte er die schwarzen Lackschuhe, die vorne spitz zuliefen.

Erstaunlich fand er das ältere Ehepaar, das sich entschlossen hatte, den Lebensabend tanzend zu verbringen. Auch ein Paar, das sich im Partnerlook kleidete, war ihm aufgefallen. Nicht aus dem Kopf gehen wollte ihm allerdings jene schlanke, durchtrainierte Dame, die ihren Partner fast um einen Kopf überragte, sich aber trotzdem köstlich zu amüsieren schien. Sie war wahrscheinlich mit dem Fahrrad gekommen, da sie einen Helm in die Garderobe mitbrachte und erst eine Klammer vom Hosenbein entfernen musste. Dann aber schlüpfte sie in die elegantesten High Heels, die er je gesehen hatte, schüttelte ihr langes Haar und schien zufrieden mit ihrer schlanken Erscheinung. Er schätzte sie auf knappe 30, also fast zehn Jahre jünger als er. Gerne hätte er einen Abend mit ihr allein verbracht.

Da betrat ein Mittvierziger den Raum, sah, dass Alessandro noch alleine war, und nutzte sofort die Gelegenheit, sich auf ihn zu stürzen und ihm vom herrlichen Angelwetter des vergangenen Wochenendes zu erzählen. Alessandro Coretti konnte sich erst von ihm befreien, als das erste Paar eintraf.

Ludwig Kehrer – Redaktion

Wenn er nicht gerade auf seinen Schreibtisch trommelte oder seinen Bleistift durch die Finger wirbelte, tippte er in Windeseile, ohne auf die Tastatur zu sehen, seinen Text. Sein Arbeitsplatz war überfüllt mit Notizen, Zeitungen, Fotos, verschmutzten Kaffeetassen und halbvollen Wasserflaschen. Eine vertrocknete Rose kümmerte in einer Vase vor sich hin. »Kreatives Chaos« nannte Ludwig Kehrer seine Arbeitsumgebung liebevoll. So konnte er seine Texte am besten komponieren, fand er.

Diesmal musste es ein Bericht zu einem Kochrezept sein, das in diesem Sommer sehr beliebt war. Er hatte dazu einige Interviews mit Personen geführt, die es bereits nachgekocht hatten. »Baked Pecorino Pasta« nannten sie es, einfach zu kochen mit reifen Cocktailtomaten, Knoblauch, den auch er so liebte, Olivenöl, Oregano, Pecorino und italienischen Nudeln.

An diesem Vormittag herrschte in der Redaktion buntes Treiben, Stimmen schwirrten durcheinander, verschiedene Handytöne waren zu hören, Kolleginnen und Kollegen eilten durch das Großraumbüro. Kehrer ertappte sich dabei, dass er sich nur schwer auf seine Arbeit konzentrieren konnte. Ein Text zur Verkostung eines Nudelgerichtes war sonst keine große Herausforderung für ihn.

Ludwig Kehrer liebte seine Arbeit. Die Aufgaben als Redakteur waren vielfältig, meist spannend, vor allem dann, wenn er die Themen in der Society- und Leben-Redaktion selbst auswählen konnte. Er genoss die Außentermine, bei denen er viele Menschen kennenlernte, besonders wichtig war ihm, dass sich seine Chefin fast nie in seine Arbeit einmischte. Sie wusste, wie zuverlässig er als Mitarbeiter ihrer Zeitung war.

Mit dem täglichen Stress des Redaktionsschlusses war er allerdings früher besser zurechtgekommen. Immerhin arbeitete er schon fast zwanzig Jahre für diese Tageszeitung.

Immer wieder erhob er sich von seinem Drehsessel, ging an eines der Fenster und blickte in den Landhauspark hinunter. Das schöne Wetter war nicht unbedingt hilfreich für die Fertigstellung seines Textes. Wahrscheinlich lag heute seine Unkonzentriertheit daran, dass er ständig von eintreffenden Mails abgelenkt wurde. Seit einiger Zeit wurde er mit unfreundlichen Kommentaren von Leserinnen und Lesern seiner Beiträge nahezu bombardiert.

Die Kritik betraf nicht die sprachlichen Formulierungen. Es waren vielmehr die Fotos, die bei einigen Ärger und großen Unmut hervorriefen. Die Seiten einer Tageszeitung brauchten unbedingt beste Fotos zur Auflockerung und Veranschaulichung. Kehrer konnte sie nicht selbst erstellen, vom Fotografieren hatte er keine Ahnung, er arbeitete deshalb auch mit einem großartigen Fotografen zusammen, einem Künstler, mit dem er immer zufrieden gewesen war. Er selbst wählte die Fotos nur aus.

In den Mails behaupteten Leserinnen und Leser, dass das Urheberrecht der Fotos nicht bei der Zeitung liegen würde, sondern dass sie diejenigen wären, denen die Bilder gehörten. Die Zeitung hätte ihre Fotos angeblich gestohlen und ohne ihre Zustimmung veröffentlicht. Kehrers Chefin hatte ihn in der Vorwoche bereits mehrmals in sehr ernstem Tonfall darauf aufmerksam gemacht, dass die Verletzung von Fotorechten nicht zu dulden sei. Wenn er diesen Zustand nicht umgehend ändern würde, müsste er mit Konsequenzen rechnen, unabhängig davon, dass sie seine Arbeit sonst sehr schätzte.

»Ihre Zeitung hat keine Rechte für die von Ihnen abgebildeten Fotos der Mister-Austria-Wahl am 2. Juli. Wir werden eine Klage wegen Verletzung des Urheberrechts einbringen und Schadenersatz fordern«, war auf seinem Bildschirm zu lesen.

Ludwig Kehrer klappte seinen Laptop zu und flüchtete aus dem Büro.

6. Juli

Kaspar Zeisig – Donauufer

Endlich hatte er heute wieder einmal Glück, und das bereits in den frühen Morgenstunden.

Schlaflose Nächte beendete Kaspar Zeisig im Morgengrauen meist mit einem Spaziergang an der Donau. Kühle Luft umgab ihn, als er in bequemer Jogginghose, abgenützten Sportschuhen, einem flattrigen T-Shirt, ausgerüstet mit einem Fernglas und einer Trinkflasche, am südlichen Ufer entlangspazierte.

Vor ihm schob sich um 5 Uhr 12 die Sonne langsam am Horizont nach oben. Keine Wolke war in der Dämmerung zu erkennen. Ganz sicher würde es heute am zweiten Arbeitstag der Woche wieder sehr heiß werden.

Die Ruhe des Morgens, das leise Plätschern des Wassers und die ersten Vögel, die bereits in den Ästen der Sträucher zwitscherten, begeisterten ihn. Zeisig kannte sie alle, konnte sie schon aus der Ferne erkennen und ihre Namen zuordnen, meist auch die lateinischen. Ornithologie gehörte zu seinen Hobbies, schon als Kind war er stundenlang an der Donau gesessen, um dem Gesang der Vögel zuzuhören. Es störte ihn nicht, dass die Artenvielfalt hier im Linzer Hafenbereich nicht besonders groß war.

Zeisig atmete die noch frische Luft ein, den Blick auf das langsam dahinfließende Wasser gerichtet und in Gedanken versunken. Er grübelte darüber nach, warum seine Nächte in den letzten Wochen schlaflos geworden waren. Vielleicht ließ ihn sein Leben, das so unglücklich verlief, nicht zur Ruhe kommen.

Da entdeckte er ihn. Er hatte ihn hier noch nie gesehen. Acrocephalus arundinaceus. Er musste es sein, der Drosselrohrsänger mit seiner milchschokoladefarbenen Oberseite, den gelblichen Federn am Bauch und der weißen Kehle. Er wiegte sich im Ufergebüsch, im kräftigen Schnabel eine Spinne. So ein Glück, diesen seltenen Vogel hier zu erblicken. Dieser Dienstag musste zum Glückstag für Kaspar Zeisig werden, fühlte er sich doch sonst eher als Pechvogel.

Er verweilte noch ein wenig in völliger Ruhe, um seine Entdeckung zu beobachten. Dann drehte er um, obwohl er entgegen seiner Gewohnheit den Winterhafen noch nicht erreicht hatte. Er musste sich beeilen, um rechtzeitig vor 8 Uhr sein Geschäft in der Pfarrgasse aufsperren zu können. Außerdem wollte er sich vorher noch in seiner Wohnung in der Nähe der Tabakfabrik umziehen.

Kaspar Zeisig beschleunigte seinen Schritt, er war ein wenig zu lange in seine Beobachtung, die ihn so sehr faszinierte, versunken gewesen. Verschwitzt kam er am Wohnblock in der Holzstraße an, in dem sich schon seit mehr als zehn Jahren seine kleine Mietwohnung befand.

Seine Zweizimmerwohnung im vierten Stock war nach Norden ausgerichtet, zwar kühl und angenehm im Sommer, aber kein einziger Sonnenstrahl konnte ihre Fenster erreichen. Nur ein Blick in einen gepflasterten Innenhof war möglich.

Er duschte kurz, zog seinen Anzug an, der schon viele Jahre erlebt hatte und an manchen Stellen ganz dünn geworden war, nahm ein zerknittertes, gelbliches Kurzarmhemd aus seinem Wäschekorb, dessen Farbe ihn plötzlich an den Bauch des Drosselrohrsängers erinnerte, und band das graue Mascherl aus den 80er-Jahren um. Die schwarzen Schuhe, die er immer im Geschäft trug, glänzten. Sie waren alt, aber bequem, die Absätze sollten dringend erneuert werden, damit sie auf der Stiege nicht diese lauten Geräusche verursachten. Mit seiner kleinen ausgebeulten Ledertasche unter dem Arm schloss er, ohne vorher einen Blick in den Spiegel geworfen zu haben, die Wohnungstür hinter sich zu.

Zeisig hasste Spiegel, weil er sich und sein Aussehen nur schwer ertragen konnte: diese dünnen, schütteren Haare, die kaum die Kopfhaut bedeckten, nur spärlicher Bartwuchs, selbst seine donaugrünen Augen gefielen ihm nicht. Die Nase fand er etwas zu breit geraten, die Lippen viel zu schmal, nur über seine großen Ohren freute er sich. Er glaubte, Vogelstimmen dadurch besser hören zu können.

Kaspar Zeisig machte sich zu Fuß auf den Weg Richtung Pfarrgasse. Für ein Frühstück blieb keine Zeit.

Er durchwühlte seine Aktentasche nach Essbarem. Vielleicht war da noch ein Stück Apfel vom Vortag übriggeblieben. Zu finden waren lediglich die Tageszeitung vom Freitag, ein paar Stifte, ein Stofftaschentuch, einige kleine Zettel mit Notizen, jede Menge Brotbrösel, glücklicherweise sein Handy und ein Kaugummi, eingewickelt in einen alten Lottoschein, auf den er ganz vergessen hatte.

Nadja Porsche – Brucknertower

Kaum hatte ihr Mann Klaus die Wohnung verlassen, eilte Nadja vor die Tür, um den Postkasten zu leeren. Gespannt wartete sie jeden Morgen auf diesen Augenblick, hoffte sie doch insgeheim noch immer auf eine Antwort des Verlegers, den sie neulich auf der Hochzeit einer Freundin näher kennengelernt hatte.

Kurz nachdem sie mit Klaus vor vielen Jahren zusammengezogen war, hatte sie ihr Literaturstudium in Salzburg an den Nagel gehängt, um nur noch die Karriere ihres Mannes als Immobilienmakler zu unterstützen. Dies war die offizielle Version, für sich selbst hatte sie entdeckt, dass sie sich von den Lehrveranstaltungen mehr erwartet hatte als trockene Materie. Sie fühlte, dass sie begabt war, wollte selbst schreiben, fand dazu aber im Studium wenig Gelegenheit.

Daher kam es ihr ganz gelegen, sozusagen die Sekretärin ihres Mannes im Home-Office zu sein und ihn bei festlichen Anlässen und diversen Einladungen zu begleiten. Bei diesen Gelegenheiten konnte sie ihren guten Geschmack unter Beweis stellen, schaffte sie es doch immer wieder, ihre wohlproportionierte Figur und ihre blonden Locken ins Rampenlicht zu rücken. Die neidischen Blicke der anwesenden Damen genoss sie in vollen Zügen. Dass sie finanziell jetzt völlig von Klaus abhängig war, störte sie wenig. Allerdings suchte sie manchmal das Abenteuer, war dabei aber auf der Hut, da sie sich von der luxuriösen Wohnung im zwölften Stock mit Aussicht auf den Pöstlingberg nur schwer hätte trennen können.

Aufgeregt schloss sie den Briefkasten auf, nahm das Bündel Briefe heraus und suchte schnell nach dem erwarteten Absender. Dieser David musste doch mittlerweile Zeit gefunden haben, ihre Gedichte zu lesen und ihr eine Rückmeldung dazu zu geben. Hatte sie ihm doch auf der Hochzeit der Freundin ihre Visitenkarte und eine Auswahl ihrer Gedichte zugesteckt. Seine Karte hatte sie ungelesen in die Jackentasche geschoben.

Nervös und unruhig kehrte sie in die Wohnung zurück, warf die Briefe, die an ihren Mann adressiert waren, achtlos auf den Beistelltisch im Vorzimmer und fächelte sich mit dem einzigen Brief, der ihren Namen trug, Luft zu. Mit zittrigen Fingern öffnete sie das Kuvert, das keinen Absender aufwies.

Erschrocken warf sie den Inhalt auf den Tisch. Vor ihr lagen diverse Fotos, die sie lieber nicht gesehen hätte. Auf jedem einzelnen war sie deutlich zu erkennen. Flirtend mit einem

Sektglas in der Hand, Seite an Seite mit David, eng mit ihm umschlungen. Sogar die dunkle Ecke, in der sie den Verleger geküsst hatte, war gut ausgeleuchtet. Ein Fotograf mit Talent, das zeigten diese Bilder eindeutig. Allerdings war auch bei genauerer Betrachtung kein Absender zu erkennen, lediglich ein gedruckter Zettel mit den Worten »*Sie erinnern sich sicher an diesen Abend, den Sie offensichtlich sehr genossen haben*« fand sich im Kuvert.

Panisch zerriss sie die Bilder, eines nach dem anderen, und warf die Schnipsel in den Papierkorb. Nachdem sie sich ein Glas Sherry eingeschenkt hatte, kramte sie die Teilchen wieder aus dem Abfalleimer und legte sie wie ein Puzzle vor sich auf. Was sollte sie damit machen? Was wollte der Absender? Was, wenn Klaus auch Abzüge dieser Bilder bekam oder bekommen sollte? Sie sammelte die Schnipsel und gab sie in eine Schachtel, in der sie alte Fotos aufbewahrte. Dann durchstreifte sie unruhig die Wohnung, doch es gelang ihr nicht, einen klaren Gedanken zu fassen.

Lilly Peischer – Rathaus

Obwohl sie nur knapp zehn Minuten von ihrer Wohnung zum Neuen Rathaus in Urfahr brauchen würde, war sie schon kurz nach 10 Uhr aufgebrochen, um unterwegs noch ein wenig Zeit zum Nachdenken zu haben. Wie immer trug sie Rock und Bluse und bequeme flache Schuhe. Sie war im letzten halben Jahr weder ihr Übergewicht losgeworden noch die Sorge um ihre kinderlose Ehe. Nach wie vor konnte sie sich nicht damit abfinden, dass sie und ihr Mann Adam keine Kinder bekommen konnten. Adam störte das weniger als sie, er ging in seinem

Beruf als Einrichtungsberater auf und schien mit sich, Lilly und der Welt zufrieden zu sein. Obwohl sie in ihrem Beruf als Ermittlerin bei Tötungsdelikten stark gefordert wurde, konnte sie sich nicht von der Idee einer idealen Familie mit zumindest einem Kind lösen.

Dies war auch der Grund, warum sie einen Termin in der Adoptionsstelle des Rathauses vereinbart hatte. Die Dame, die sie telefonisch kontaktiert hatte, war zwar verwundert gewesen, dass Lilly allein kommen wollte, Lilly hatte sich aber auf die beruflichen Belastungen ihres Ehemannes ausgeredet.

In Wahrheit hatte sie allerdings noch keine Gelegenheit gefunden, mit Adam darüber zu sprechen oder ihn gar zu überreden, mit ihr zum Amt für Adoptionswillige zu kommen. Sie wollte sich die Anforderungen, die an Ehepaare gestellt werden, erst anhören, dann ihre Möglichkeiten und Chancen ausloten und später dann mit Adam sprechen.

Da sie viel zu früh dran war, blieb sie vor dem Kinderspielplatz stehen, der unweit des Rathauses angelegt worden war. Sie lehnte sich an den Zaun und beobachtete die jungen Mütter mit ihren Kindern, sie konnte auch den einen oder anderen Vater ausnehmen. Schon sah sie im Geiste Adam vor sich, wie er seinen Sohn vorsichtig auf die Schaukel hob, ihn ermahnte sich festzuhalten und ihn dann leicht anschubste. Sich selbst sah sie auf der Bank sitzen, den Kinderwagen, der neben ihr stand, leicht schaukeln und so sicherzugehen, dass das Baby im Wagen auch wirklich nicht aufwachte.

Als ihr Handy klingelte, kehrte sie mit einem Seufzer aus ihrer Traumwelt zurück. Es war ihr Chef, Herr Pichler, der sie bat, möglichst rasch ein Telefonat mit einem Kollegen aus Niederösterreich zu führen. Dort handelte es sich um einen Mord, der angeblich Parallelen zu dem von ihr ermittelten Tathergang in der Pizzeria Margherita aufwies. Sie versprach, das Gespräch am Nachmittag zu führen, fürchtete aber, dass sie dem Kollegen nicht weiterhelfen würde können.

In dem Fall, den sie mit ihrer Kollegin Eva Murauer gelöst hatte, hatte es sich ausschließlich um persönliche Motive gehandelt. Das Opfer, Professor Stein, war von seiner Gattin langsam vergiftet worden, und Clara de Luca, die ihn eigentlich hätte beseitigen wollen, hatte irrtümlich dessen Geliebte getötet. Sicher könnte es in vielen Fällen Ähnlichkeiten geben, ein Muster, das man dem Kollegen erklären sollte, gab es hier allerdings nicht.

Während Lilly langsam Richtung Rathaus schlenderte, stellte sie sich ihr Leben als berufstätige Mutter von zwei Kindern vor. Sie war sich sicher, dass sie mit Adams Hilfe gut zurechtkommen und Familie und Beruf unter einen Hut bringen würde. Notfalls konnte sie sich in den Innendienst versetzen lassen oder nur halbtags tätig sein. Sie wusste nur zu gut, dass beides in ihrem Bereich schwer möglich sein würde, schob den lästigen Gedanken aber schnell beiseite.

Leider meldete sich sofort die nächste Sorge: Was sollte aus ihrer Kollegin Eva werden? Seit sich diese von ihrem Zahnarztfreund Patrick getrennt hatte, sprach sie häufig von Versetzung, vielleicht sogar ins Ausland, oder von einer Wiederaufnahme ihres abgebrochenen Medizinstudiums. Bei Evas Wankelmut und ihrer überschüssigen Energie war derzeit alles möglich. Mit einer neuen Kollegin oder einem neuen Mitarbeiter war an eine Reduzierung ihrer Arbeitszeit nicht zu denken.

Gut fünf Minuten zu früh war sie vor der Tür 263 im zweiten Stock des Rathauses angekommen und ging nervös davor auf und ab. Wieder und wieder überlegte sie Formulierungen für eine günstige Bewertung ihres Ansinnens. Exakt um halb elf klopfte sie sachte an und trat ein.

Eva Murauer – Kommissariat

Sie nahm die Position einer Tänzerin ein, streckte ihre Wirbelsäule, hob das linke Bein vorsichtig an, nahm leicht Schwung und setzte es nach hinten ab. Das rechte Bein nahm den Schwung mit, landete rechts daneben und wartete auf das Schließen durch den linken Fuß.

Seitenverkehrt wiederholte sie dieselben Schritte nach vorne. Eva Murauer zählte langsam von eins bis sechs, ihr ganzer Körper senkte und hob sich dabei im Takt. Sie wiederholte konzentriert den Grundschritt des »Langsamen Walzers«, ihre High Heels, die sie immer mit dabei hatte, unterstützten die elegante Haltung.

Ihre Kollegin Lilly Peischer hatte angedeutet, dass sie heute später ins Kommissariat kommen würde. Das Büro gehörte Eva daher an diesem Vormittag ganz alleine. Routinetätigkeiten wie das Verfassen von Protokollen hatte sie bereits erledigt, und so konnte sie sich kurz dem Üben der Schrittfolge widmen. Der gutaussehende Tanzlehrer mit den blauen Augen hatte allen Tanzbegeisterten in der Kursstunde dazu den Auftrag erteilt, und so nutzte sie jede Gelegenheit dazu.

Früher hätte sie auch gern mit ihrem Freund Patrick getanzt, leider war er ein Tanzmuffel und nur vom Golfsport begeistert. Eva Murauer hatte sich im Frühling von Patrick getrennt, sie dachte noch viel darüber nach und kam immer zu dem Schluss, dass ihre Entscheidung richtig gewesen war. Sie störten sein unbekümmerter, nahezu verantwortungsloser Umgang mit der Natur, sein protziges Auto, seine Golffreunde und vor allem Golffreundinnen. Sie hatte sich oft vernachlässigt gefühlt, wenn er ganze Wochenenden im Club verbracht und ihre Einsamkeit nicht einmal bemerkt hatte. Gesprächsstoff hatten sie kaum mehr miteinander gehabt und die gemeinsamen Interessen waren weniger geworden. Eva hatte sich eingestehen müssen, dass auch ihre Liebe geschwunden war und dass sie sich, wenn sie sich mit Patrick traf, meist gelangweilt hatte.

Für ihren neuen Lebensabschnitt hatte Eva genaue Pläne gemacht, wie wieder Freude in ihr Leben kommen könnte. Der Besuch eines Tanzkurses hatte dabei oberste Priorität.

Ihre Zweifel, ob sie sich als Single zu einem Kurs für Standardtänze in einem Studio an der Unteren Donaulände anmelden sollte, wurden vom Tanzlehrer schnell zerstreut. Er versicherte ihr, dass er für ausreichend viele männliche Tanzpartner sorgen würde. Eva hatte auch kein Problem damit, fallweise Tanzschritte mit einer Partnerin zu üben.

Da wurde die Bürotür schwungvoll geöffnet und Lilly Peischer polterte herein. Fast wären die beiden zusammengestoßen, Eva beendete abrupt ihre Drehung.

»Du scheinst ja tanzend dein Leben zu verbringen. Dein Kurs macht dir offenbar Spaß, oder?«

Lilly schien erleichtert, dass die ersten düsteren Wochen nach Evas Trennung vorbei waren und sie offensichtlich wieder neue Energie gewonnen hatte.

Eva wollte nicht sofort erzählen, dass sie einen großartigen Tanzpartner gefunden hatte. Daher lenkte sie das Gespräch auf den Termin ihrer Kollegin im Rathaus.

»Jetzt erzähl schon, wie ist es in der Adoptionsstelle gelaufen?«

Lilly ließ sich in ihrem Drehsessel nieder, drehte sich dreimal mit ihm herum und erzählte begeistert von Findelkindern, Pflegekindern und auch von Kindern, die von ihren Eltern zur Adoption freigegeben wurden. Selbstverständlich würde für eine Adoption die Eignung der Bewerberinnen und Bewerber in einem Verfahren überprüft, und auch verpflichtende Vorbereitungsseminare waren erforderlich.

»Ich habe beim Gespräch im Rathaus ein gutes Gefühl bekommen. Die Chancen, eine Familie zu gründen, sind nicht schlecht. Allerdings ist die Herausforderung, Adam darüber zu informieren, sehr groß. Was hältst du davon, wenn wir bei einem Mittagessen weiterplaudern? Du musst mir auch vom Tanzkurs erzählen.«

Sie wurden durch das Klingeln des Telefons unterbrochen.

Katharina Bergmair – Donaustrand Urfahr

Sie blinzelte hinter ihrer großen, dunklen Sonnenbrille hervor. Ausgestreckt auf ihrem bunten Badetuch und völlig entspannt genoss sie an diesem Nachmittag die Sonnenstrahlen am gemütlichsten Donaustrand in Urfahr. Sie hatte es sich im Schatten einer großen Weide bequem gemacht, der etwas harte Schotter störte sie nicht.

Rund um sie hielten sich nicht besonders viele Badegäste auf, zu dieser Uhrzeit gab es während der Woche kaum Erholungssuchende. Sie bemerkte amüsiert, wie sie die Blicke der Vorbeigehenden anzog. Wahrscheinlich lag dies weniger an ihrem Aussehen als daran, dass sie einen Stapel Bücher und Kataloge ausgebreitet hatte. Eifrig begann sie diese zu studieren und blätterte wild hin und her.

Ihr schulterlanges dunkles Haar flatterte im Wind, die bereits sonnengebräunte Haut glänzte samtig und ihr Lächeln ließ sie deutlich jünger als 42 wirken. Ihr Körper war gut trainiert und kam in ihrem modischen Badeanzug besonders gut zur Geltung. Sie verbrachte viel Zeit im Fitnessstudio, um in Form zu bleiben. Vor allem Yoga hatte sie vor einiger Zeit für sich entdeckt.

Katharina Bergmair war unendlich froh, selbstständig zu sein und an diesem wunderschönen, heißen Nachmittag ihre Werkstatt zusperren zu können. All ihre Termine mit den Kundinnen und Kunden, die mit ihr Schmuckbestellungen besprechen wollten, hatte sie auf die nächsten Tage verschoben. Es genügte das Schild mit der Aufschrift »Ich freue mich ab morgen wieder auf Ihren Besuch« an der Eingangstür, und schon konnte sie ihren eleganten Laden in der Herrenstraße schließen.

Sie blickte in die langsam dahinfließende Donau, heute grünlich gefärbt, etwas trüb und dennoch glänzend. Leichter Wind trieb die Wellen an und machte die Hitze erträglich. Links von sich konnte sie, wenn sie ihren Kopf leicht anhob, auf der gegenüberliegenden Seite der Donau das majestätisch anmutende Linzer Schloss erblicken.

Da erinnerte sie sich, dass sie auch eine Broschüre über Kunstschätze Europas, die sie in ihre Badetasche geworfen hatte, durchblättern wollte, damit sie ihre Expertise in diesem Bereich auffrischen konnte.

Unten rollte der Nachmittagsverkehr die Straße entlang, die meisten Autos waren bereits stadtauswärts in Richtung der gewaltigen Baustelle für die neue Donaubrücke unterwegs. Sie freute sich, dass sich ihr berufliches und privates Leben mitten in Linz abspielte und sie nie Teil einer Autokolonne sein musste.

Schade, dass ihre Freundin Luise keine Zeit hatte, mit ihr den Nachmittag zu verbringen. Sie hatte darauf bestanden, die Vorbereitungen für ihre Tätigkeit im Kindergarten unbedingt an diesem Tag erledigen zu müssen. Eigentlich wäre ja auch am Abend dafür Zeit gewesen. Katharina bedauerte, dass Luise weder spontan noch flexibel war. Planänderungen musste sie tagelang vorbereiten.

Sie hatte Luise vor fast fünf Jahren bei einer Vernissage kennengelernt und sich auf den ersten Blick in sie verliebt. Katharina wäre am liebsten sofort mit ihr zusammengezogen, Luise hatte aber für die Entscheidung, gemeinsam eine Wohnung in der Altstadt zu mieten, fast drei Jahre gebraucht.

Ganz in Gedanken an ihre Freundin versunken, hatte sie plötzlich das Gefühl, dass jemand seine Blicke auf sie geheftet hatte. Jemand, der sich seitlich hinter ihr aufhielt. Es war dies nicht das erste Mal, dass Katharina meinte, dass jemand sie anstarrte. Sie drehte sich ruckartig um. Doch da war niemand. Nur die Äste der Weide bewegten sich leise summend im Wind.

Sie hatte sich getäuscht, wie schon so einige Male in den letzten Tagen.

»Kein Grund, an diesem wunderschönen Nachmittag Gespenster zu sehen!«

Katharina verscheuchte ihr unangenehmes Gefühl in der Magengrube.

Eine schimmernde Brachse, in ihrer Farbe kaum vom Grün der Wellen zu unterscheiden, näherte sich dem Ufer. Katharina verspürte beim Anblick des Fisches Hunger, sie hatte ja nicht einmal Zeit für ein Mittagessen gehabt. Sie würde am Nachhauseweg unbedingt ein paar Köstlichkeiten einkaufen müssen.

Moritz Sigmund – Donaupark

Wie jeden zweiten Nachmittag lief Moritz seine zehn Kilometer die Donau entlang. Meist begann er unterhalb der Schiffsanlegestelle, joggte unter der Autobahnbrücke durch und drehte bei den Fischern in der Nähe des Hafens wieder um. Obwohl es am frühen Nachmittag noch ziemlich heiß war, genoss er das Laufen, den ruhigen Blick über den Strom und auf die Stahlskulpturen, die ihn immer wieder faszinierten.

Er hörte den Klingelton seines Handys in der Jackentasche, nahm sich aber keine Zeit, nachzusehen, von wem der Anruf kam.

»Wahrscheinlich wieder ein Auftrag«, dachte er, teils erfreut, teils gestresst, weil er sich in diesen Tagen vor Terminen kaum retten konnte.

Er hatte sich mittlerweile einen Namen gemacht als Fotograf von Firmenfeiern, Jubiläen und vor allem Hochzeiten. Es hatte sich bei seinen Auftraggebern herumgesprochen, dass er das »fotografische Auge« hatte, auch ein Gespür für die jeweiligen Situationen, und dass er vor allem die Menschen im Mittelpunkt perfekt in Szene setzen konnte. Es war seine große Stärke, Situationen auch abseits des Trubels gekonnt einzufangen und so den einen oder anderen Schnappschuss zu machen, dessen Abzüge dann besonders begehrt waren.

Dieses Talent und sein Wissen darüber hatte er auch schon ein paar Mal für seine eigenen Zwecke ausgenützt. Manch eine brenzlige Situation, die er fotografisch eingefangen hatte, hatte ihm fallweise eine dreistellige Eurosumme eingebracht. Wer konnte es einem Bräutigam verdenken, dass er gerne dafür bezahlte, seinen etwas zu tiefen Blick in die Augen einer der Brautjungfern ungeschehen zu machen? Wer konnte sich nicht vorstellen, dass es dem angehenden Abteilungsleiter mehr als unangenehm war, dass man die Lippenstiftspuren seiner Sekretärin nur allzu deutlich auf den Fotos erkennen konnte? Wer wollte schon als braver Ehemann bei einem Tête-à-Tête mit einem jungen Mitarbeiter abgelichtet werden?

Moritz lächelte bei diesen Gedanken still in sich hinein. So lohnten sich seine Aufträge oft doppelt und er konnte öfter einen Geldbetrag zur Seite legen.

Das Wort Geldbetrag ließ ihn wieder an ein Geschenk für seine Frau zum Hochzeitstag am nächsten Tag denken. Wie froh waren sie doch damals gewesen, am 7. Juli noch einen Termin beim Standesamt ergattert zu haben. Schnell rechnete er nach und bemerkte schmunzelnd, dass sie nun schon seit dreizehn Jahren verheiratet waren. Bald hatte sich dann Tochter Marie angemeldet und vier Jahre später war sein Sohn Luis zur Welt gekommen. Obwohl nicht alles reibungslos gelaufen war, hatte die Ehe gehalten und Martina und er fühlten sich in der kleinen Familie wohl.

Da fiel ihm ein, dass Martina hin und wieder erzählt hatte, dass die kleine Schmuckwerkstatt von Kaspar Zeisig in der Pfarrgasse manchmal besondere alte Schmuckstücke in der Auslage hatte. Sie kam dort gelegentlich vorbei, ließ auch manche Erbstücke reparieren oder reinigen und hatte sich schon oft gewundert, wie dieses Geschäft überleben konnte. Es vermittelte einen schäbigen Eindruck, beim Eintritt empfingen die Kundschaft manchmal unangenehme Gerüche und es kostete oft Überwindung, die Werkstatt überhaupt zu betreten.

Der Besitzer war stets allein im Laden, werkte vor sich hin und hob kaum den Kopf, wenn die Ladenglocke bimmelte. Er wirkte ungepflegt, war schlecht gekleidet und auch sein Aussehen konnte man nicht als »attraktiv« bezeichnen. Talent musste er allerdings haben, denn hübsche Ohrstecker oder ausgefallene Broschen lagen dann und wann im Fenster.

Hatte ihm Martina nicht neulich von einem Paar Ohrringe mit Blausaphiren und einem kleinen Diamanten erzählt, das fast antik wirkte?

»Da muss ich morgen noch vorbeischauen!«, dachte Moritz und beschleunigte seine Schritte.

Katharina Bergmair – Schlossberg

Der Umweg über das Einkaufszentrum an der Landstraße hatte sich gelohnt: Zwei frische Seesaiblinge, einen Sack kleiner festkochender Kartoffeln, grünen Salat, Petersilie, knuspriges Baguette und eine Flasche Grünen Veltliner aus der Wachau hatte Katharina zu ihrem Lesestoff in die große Badetasche gedrückt. Sie hatte das Gewicht der Tasche unterschätzt, die mitgebrachten Kataloge, die sie quer durch die Stadt schleppte, zerrten heftig an ihren Armen.

Aus dem Briefkasten ihres Wohnhauses am Fuße des Schlossbergs nahm sie auch noch die Post mit nach oben. Sie musste sie unter einem Oberarm einklemmen, damit sie nicht zu Boden fiel.

An ihrer Eingangstür im zweiten Stock hörte sie plötzlich die Haustür ins Schloss krachen. Katharina zuckte zusammen. Sie hatte nicht wahrgenommen, dass sich noch jemand im Stiegenhaus aufgehalten hatte. Dieses beunruhigende Gefühl, das sie heute am Badestrand gehabt hatte, stellte sich wieder ein. Sie huschte in die Wohnung, brauchte aber ein paar Schrecksekunden, um sich zu erholen.

Im Vorzimmer ihrer gemeinsamen Wohnung mit Luise ließ sie die schwere Last zu Boden sinken, streifte die Sandalen ab und lief barfuß ins Bad, um sich ein wenig zu erfrischen. Sie war am Nachhauseweg so richtig ins Schwitzen geraten, ihre Stirnfransen klebten an der Stirn und von der Abkühlung in der Donau war nichts mehr zu spüren.

Sie hatte diese Wohnung mit Luise ausgesucht, nachdem sie vorher mindestens zwanzig Wohnungen besichtigt hatten. An jeder war etwas auszusetzen gewesen. Entweder war sie zu klein oder zu altmodisch eingerichtet. Manche Wohnungen lagen in einer Gegend, die nicht in Frage kam, einige wiesen intensive Spuren der vorigen Mieterinnen und Mieter auf, und auf keinen Fall durfte die Wohnung kleine Fenster haben und somit nur wenig Licht einfallen lassen.

Katharina suchte nach einer hellen Wohnung im Zentrum, für Luise jedoch war ein niedriger Mietpreis am wichtigsten. Sie einigten sich schließlich auf diese große, moderne Wohnung mitten in der Altstadt, die zwar eher teuer war, aber Katharina doch ihren Bedürfnissen nach Eleganz und Stil angemessen erschien. Sie übernahm einen größeren Anteil der Miete, weil sie auch mehr als Luise verdiente. Damit war ihre Partnerin einverstanden und zufrieden.

Luise war noch nicht zu Hause, es blieb noch ausreichend Zeit für die Zubereitung des Abendessens. Da fiel Katharina plötzlich ein, dass sie die mitgebrachte Post nicht näher beachtet hatte. Sie griff nach Werbeprospekten, einer Ansichtskarte aus dem Salzkammergut und einem Brief, abgesendet vom ORF Landesstudio Linz.

Neugierig riss sie das Kuvert auf und fand eine Karte des Programmchefs mit einer Einladung zur Gestaltung eines Fernsehbeitrages zum Thema »Linzerinnen präsentieren Linzer Künstlerinnen«, der live ausgestrahlt werden sollte.

»Sehr geehrte Frau Mag. Bergmair, wir würden uns freuen, wenn Sie am kommenden Freitag Ihre Expertise zu diesem Thema einbringen würden. Wir entschuldigen uns schon jetzt für unser so kurzfristig kommuniziertes Anliegen …«

Katharina war völlig überrascht und erfreut, dass sie zu dieser Live-Sendung eingeladen wurde. Sie hatte sich seit ihrer Jugend für Kunst und Kultur interessiert, ihre schulischen Leistungen hatten ihr allerdings nur eine Ausbildung zur Gold- und Silberschmiedin und Juwelierin ermöglicht. Sie hatte lange Zeit in den Werkstätten und Verkaufsräumen mehrerer Goldschmiede und Juweliere gearbeitet, in dieser Zeit konnte sie ihr Interesse für Schmuckdesign und Metallbearbeitung entwickeln und unterschiedlichste Schmuckstücke und Gebrauchsgegenstände entwerfen. Dazu gehörten Ringe, Armbänder und Ketten. Unverwechselbar war ihr eigener, persönlicher, sehr extravaganter Stil.

Katharina spürte bald, dass ihr diese Ausbildung nicht genügen würde. Sie wollte mehr. Ansehen und Anerkennung vor allem. Neben ihrer intensiven Arbeitswoche schaffte sie die Berufsreifeprüfung, um dann endlich ihrem großen Interesse nachzugehen: dem Studium der Kunstgeschichte.

Inzwischen galt Katharina als Spezialistin für die Kunstgeschichte Oberösterreichs, sie sah es als Anerkennung, dass man beim ORF an sie dachte und sie zu dieser Präsentation, an der namhafte Expertinnen und Experten teilnahmen, einlud.

Sie tanzte vor Freude um ihre Kücheninsel herum, wirbelte den Salat in der Salatschleuder und pfiff ihren Lieblingssong »We Are The Champions« von Queen vor sich hin.

In diesem Moment drehte Luise den Schlüssel in der Eingangstür herum und kam erschöpft zur Küche herein. Katharina ließ den Salat fallen, eilte auf sie zu und umarmte sie stürmisch.

»Gut, dass du da bist.«

Luise Koch – Schlossberg

Nach der stürmischen Begrüßung durch ihre Lebenspartnerin Katharina musste sich Luise erst einmal setzen und durchatmen. Unaufgefordert stellte ihr Katharina ein Glas gekühlten Grünen Veltliner hin, weil sie wusste, dass Luise das in ihrem erschöpften Zustand guttun würde.

Obwohl Luise trotz ihrer Müdigkeit lebhaft von ihrem Tag im Kindergarten, von der Gruppe der Marienkäfer und vor allem von ihren Sorgenkindern Miriam und Benedikt erzählte, entging ihr nicht, dass Katharina sie liebevoll betrachtete.

Sie wusste, dass ihre eher kleine Partnerin sich in ihre Größe verliebt hatte und es mochte, wenn sie das lange blonde Haar zu einem Zopf geflochten trug und sich dezent schminkte. An Katharinas Gesichtsausdruck erkannte sie, dass ihr der Kaschmirschal, den sie heute trug und der ihr Dekolleté betonte, gefiel. Dass sie aber nach wie vor von ihren Schlabberkleidern wenig begeistert war, war ihr ebenso bewusst.

Luise unterbrach ihren Redefluss und hielt ihre Nase schnuppernd in die Luft.

»Seesaibling in Kartoffelkruste«, stellte sie anerkennend fest und eilte gleich zum liebevoll gedeckten Tisch.

»Eine Wucht!«, strahlte Luise schon nach dem ersten Bissen und bat nun Katharina, von ihrem Tag zu erzählen.

So erfuhr sie von der Einladung durch den ORF und freute sich über diese Wertschätzung des Fachwissens ihrer Partnerin.

Nachdem sie die Küche gemeinsam saubergemacht hatten, war beiden klar, dass sie in der nächsten Stunde jede für sich allein sein wollten, Katharina, um in Fachbüchern zu schmökern, und Luise, um sich bei alten Fotos zu entspannen und zur Ruhe zu kommen.

Sie hob die Holzschatulle mit den kunstvollen Einlegearbeiten hoch, öffnete sie und schmunzelte schon beim ersten Foto, das leicht vergilbt die Familie ihrer Urgroßeltern in Böhmen darstellte. Ernst blickten alle Mitglieder der Großfamilie in die Kamera, die Frauen in langen schwarzen Kleidern und Hauben, die Männer in ihren Feiertagsanzügen. Die Frau in der Mitte war ihre Urgroßmutter Adele, von der sie auch die Schatulle und deren kostbaren Inhalt geerbt hatte. Während die Fotos in einem Seitenfach steckten, lag in Samt gewickelt und auf Samt gebettet das Prunkstück des böhmischen Granatschmucks ihrer Urgroßmutter vor ihr.

Das herrliche Collier stammte aus der Zeit des späten Historismus im ausgehenden 19. Jahrhundert und ließ schon Formen des aufkommenden Jugendstils erkennen. Es bestand aus 24 großen Rosenblüten, die auf zarte mehrteilige Silberdrähte gefädelt waren. Besetzt war dieses Kunstwerk mit unvergleichlich intensiv blutrot funkelnden böhmischen Granatsteinen im runden Rosenschliff.

Vorsichtig ließ Luise die Kette durch ihre Finger gleiten, fuhr die Form der Rosen langsam mit der Fingerspitze nach und wunderte sich, wie diese Kostbarkeit zwei Weltkriege überdauern hatte können. Unter der grünen Samtdecke schlummerten noch weitere Originale aus dieser Zeit. Doch sie wollte die antike Brosche, die ebenfalls eine große Rosenblüte trug, die beiden Stabbroschen und die zahlreichen Ketten mit Perlen und Granaten für heute unberührt lassen. Auch widerstand sie der Idee, heute wieder einmal alle Ringe anzustecken und die Granate im Licht funkeln zu lassen. Stattdessen zog sie ein Foto ihrer Mutter aus dem Seitenfach, das sie beide am Jahrmarkt in Urfahr zeigte.

»Wem ich dieses kleine Vermögen einmal vererben werde?«, überlegte sie, schloss die Schatulle und huschte ins Nebenzimmer, um sich neben ihre Partnerin auf die bequeme Couch zu setzen.

7. Juli

Kaspar Zeisig – Schmuckwerkstatt

Gestern hatte er wieder vergessen, in der Trafik an der Ecke der Pfarrgasse den zerknüllten Lottoschein, den er schon mehrere Wochen in seiner Aktentasche mitgetragen hatte, auf einen Gewinn überprüfen zu lassen. Er glaubte ohnehin nicht daran, dass der Tipp diesmal das ersehnte Geld bringen würde. Das große Los hatte Kaspar Zeisig in seinem Leben noch nicht gezogen, zumindest empfand er es so.

Über diesen Umstand dachte er wieder einmal intensiv nach. Er saß seit dem Morgengrauen mindestens drei Stunden im Bereich des Winterhafens an der Donau. Mitgebracht hatte er seine Fischerausrüstung, verstaut in einem kleinen Koffer, zwei Angelruten und einen Klappsessel. Die Wetterverhältnisse waren ausgezeichnet, leicht bewölkt, angenehm kühl und die Donau schimmerte in trübem Grün. Fischen gehörte neben der Vogelbeobachtung zu seinen liebsten Hobbies. Es war ihm eine Freude, stundenlang am Wasser zu sitzen, den Vögeln zuzuhören, die Angel auszuwerfen und ein paar Fische aus der Donau zu holen.

Heute wollte – wie so oft in letzter Zeit – kein einziger Fisch anbeißen, obwohl er die größten und dicksten Würmer am Haken montierte. Er merkte nicht einmal, wie sie von den Fischen, wahrscheinlich von Barben oder Brachsen, heruntergefressen wurden.

Kaspar Zeisig packte seine Angelausrüstung zusammen und machte sich mit leichten Schmerzen im Rücken auf den Heimweg, damit er rechtzeitig nach einem Umweg über seine Wohnung die Schmuckwerkstatt in der Pfarrgasse erreichen konnte.

An der Ecke neben seinem kleinen Schmuckgeschäft betrat er eilig die Trafik.

»Entschuldigen Sie, dass mein Lottoschein schon ganz zerknittert ist. Ich habe vergessen, ihn einzulösen.«

Die Trafikantin schien das nicht zu stören. Sie nahm den Schein mit zwei Fingern entgegen und überprüfte ihn ohne jede Gemütsregung.

»Sie haben da einen Dreier drauf und somit ein kleines Vermögen gewonnen. Ganze 7 Euro 50.«

»Vielen Dank.«

Kaspar Zeisig grinste von einem Ohr zum anderen. Sein Tag hatte nach diesem erfolglosen Start an der Donau eine glückliche Wendung genommen.

Etwas später sperrte er seinen kleinen Laden auf, die Ladenglocke bimmelte und er machte sich daran, die wenigen etwas wertvolleren Schmuckstücke in der Auslage zu platzieren. Es waren dies einige Broschen, mehrere Ringe und Ohrstecker. Ganz besonders elegant waren die goldenen Ohrringe, die er bei einer Auktion zu einem günstigen Preis erstanden hatte. Beeindruckend waren der kleine Diamant und der Saphir in intensivem Blau, ein Indiz für höchste Qualität. Sternförmige Lichtreflexe wie bei diesen Saphiren waren selten zu finden, der Schliff war nach unten glatt und nach oben gleichmäßig gewölbt, wodurch der Sterneneffekt besonders gut zur Geltung kam. Zeisig legte den Ohrschmuck auf einen kleinen hellblauen Polster, damit das Interesse von Kundinnen und Kunden leicht geweckt werden konnte.

Kaspar Zeisigs Schmuckwerkstatt bestand nur aus einem einzigen Raum in einem renovierungsbedürftigen, mehr als hundertzwanzig Jahre alten Haus. Leicht modriger Geruch durchströmte das Geschäft, die Mauern waren etwas feucht und die Farbe blätterte an einigen Stellen ab. Zeisig schien das nicht zu stören, er saß auf einem Hocker, vor sich seinen Arbeitstisch mit Werkbrett, und blickte durch die Auslage nach draußen.

Für heute hatte er sich die Reparatur einiger Goldketten vorgenommen, die abgerissen waren. Er breitete sein Werkzeug auf einem Tuch aus und legte die zwei defekten Ketten dazu, die er sorgfältig untersuchte. Sein geschulter Blick sagte ihm, dass jeweils ein Kettenglied gebrochen war. Es bedurfte großen Geschicks, die Reparatur so auszuführen, dass danach die Abrissstelle nicht mehr erkennbar sein würde.

Da nahm er einen Mann wahr, der interessiert in seine Auslage blickte. Kaspar Zeisig hatte schon länger keinen Schmuck verkauft, vielleicht war das ja ein potentieller Kunde. Er blickte aber nur kurz von seiner Arbeit auf, weil er der Meinung war, dass Kunden eher sein Geschäft betraten, wenn sie von ihm nicht angestarrt wurden.

Nadja Porsche – Brucknertower

Mit automatisierten Handgriffen bediente sie die Kaffeemaschine, hätte allerdings beinahe vergessen, die Tassen unterzustellen. Routinemäßig deckte sie den Tisch, dachte an Butter, Marmelade, Milch und Süßstoff. Sogar das Falten der Servietten kostete sie viel Kraft, die schlaflose Nacht machte ihr schwer zu schaffen. Sie fühlte sich schlapp und abgeschlagen.

Als Klaus in die Küche kam, bemerkte er sofort das schlechte Aussehen seiner Frau, stellte fest, dass sie tiefe Ringe unter den Augen hatte und insgesamt sehr nervös wirkte. Er machte sich Sorgen um sie. Er umarmte sie kurz, hauchte ihr einen Kuss auf die Wange und legte ihr die Hände auf die Schultern.

»Schatz, ist alles in Ordnung mit dir?«

Nadja versuchte ein Lächeln und erzählte dann von ihren Einschlafproblemen in der vergangenen Nacht, dass sie sich stundenlang von einer Seite auf die andere gedreht hatte und schließlich ins Nebenzimmer gegangen war, um sich lesend abzulenken. Es gelang ihr recht gut, die Sorgen ihres Ehemannes zu zerstreuen und alles auf den Vollmond zu schieben, der sie immer schlecht schlafen ließ.

In Wahrheit war sie aufgestanden, um im Nebenzimmer die versteckte Schachtel mit den Schnipseln der Fotos hervorzuholen und diese zu betrachten. Sie hatte keinen klaren Gedanken fassen können. Sollte sie diese Beweise ihrer Untreue verschwinden lassen, sollte sie Klaus reinen Wein einschenken und die Affäre mit dem Verleger als einmaligen Ausrutscher bezeichnen oder einfach nichts tun? Sie war erst zur Ruhe gekommen, als sie eine Idee hatte, die sie gleich am nächsten Morgen in die Tat umsetzen wollte.

Bevor Klaus die Wohnung verließ, trug er ihr noch auf, sich zu schonen und die Berechnungen für sein neues Projekt ruhen zu lassen. Nadja nickte gehorsam, fragte ihn noch nach seinem bevorstehenden Tagesablauf und nach seinen Wünschen zum Abendessen. Sie hatte an Huhn gedacht, das sie auf asiatische Art zubereiten wollte, weil sie wusste, dass ihr Mann leichte Mahlzeiten nach einem anstrengenden Arbeitstag sehr schätzte. Er schien sich darauf zu freuen.

Als er die Tür hinter sich geschlossen hatte, musste sie sich erst einmal setzen und zu sich kommen. Nadja schloss kurz die Augen und atmete tief durch. Dann suchte sie im Kasten die Jacke, die sie zur Hochzeit ihrer Freundin getragen hatte, und fand in der linken Tasche die Visitenkarte ihres kleinen Abenteuers an jenem verhängnisvollen Tag.

Mit zittrigen Fingern wählte sie die Nummer und war erstaunt, dass David schon nach kürzester Zeit den Anruf entgegennahm. Er schien darauf gewartet zu haben, dass sie sich meldete. Hatte er etwa die Absicht, ihre Gedichte wirklich zu veröffentlichen, oder waren ihm vielleicht dieselben kompromittierenden Fotos zugeschickt worden? Leider war Letzteres der Fall und David schlug vor, dass sie sich treffen sollten, um ihre Lage zu besprechen und das weitere Vorgehen zu klären.

Nadja war sofort bereit, nach diesem rettenden Strohhalm zu greifen, und schlug ein Café am Linzer Hauptplatz vor, das sie gern besuchte, lag es doch genau vor dem Eingang zu ihrer Lieblingsbuchhandlung. Kurz dachte sie an den Besitzer, einen belesenen Buchhändler, der beinahe jeden Kundenwunsch erfüllen, ja fast schon erahnen konnte. Wie oft war sie überrascht gewesen, wie gut er ihren Lesegeschmack getroffen und wie rasch sie das empfohlene Buch verschlungen hatte. Sollten ihre Gedichte jemals veröffentlicht werden, würde sie sicher eine Lesung in diesem Geschäft abhalten.

»Wann?«, fragte David und riss sie damit aus ihren Gedanken.

Da sie diese unliebsame Angelegenheit rasch hinter sich bringen wollten, einigten sie sich auf den frühen Nachmittag und verabschiedeten sich schnell voneinander.

Während sie die Fototeilchen endgültig tief im Papierkorb vergrub, wurde ihr klar, dass David wohl auch verheiratet oder zumindest fest gebunden war. Wie würde das Gespräch am Nachmittag verlaufen?

Dann musste sie sich der Marinade für das »Hühnchen Shanghai« widmen.

Moritz Sigmund – Donaupark

Ein strahlender Tag, ein Tag, wie man ihn sich wünscht, ein gelungener Hochzeitstag. Moritz hatte es am Vormittag geschafft, die Werkstätte von Kaspar Zeisig in der Pfarrgasse aufzusuchen. Beim Betreten des kleinen, etwas unaufgeräumten Ladens hatte er ein ungutes Gefühl gehabt, hatte sich eingeengt und fehl am Platz gefühlt. Der Raum war nicht gelüftet gewesen, der Goldschmied hatte bei seinem Eintreten kaum von seinem Arbeitstisch aufgeschaut. Moritz hatte sich geräuspert und einen guten Tag gewünscht.

»Schauen Sie sich nur um!«, hatte Herr Zeisig gemeint und auf seine kleine Auslage mit besonderen Schmuckstücken hingewiesen.

Sofort waren Moritz die goldenen Ohrringe mit einem kleinen Diamanten und einem Blausaphir ins Auge gesprungen. Offensichtlich alte Stücke, vorbildlich restauriert.

»Eindeutig Jugendstil«, hatte er gedacht und die zierlichen Stücke vorsichtig in die Hand genommen.

»Was sollen sie kosten?«, hatte er gefragt, während er die Ohrringe dem etwas ungepflegten, untersetzten Mann unter die Nase gehalten hatte. Dieser hatte kurz aufgeschaut, einen Preis genannt und sich sofort wieder der Reparatur mehrerer Goldkettchen gewidmet.

Nachdem Moritz die Ohrringe gekauft hatte, ohne den Preis zu verhandeln, hatte er es kaum erwarten können, den ungemütlichen Laden wieder zu verlassen. Es hatte aber noch eine halbe Ewigkeit gedauert, bis der Goldschmied ein passendes Schächtelchen gefunden, die Ohrringe noch einmal liebevoll betrachtet und poliert und sie ihm dann ausgehändigt hatte. Erleichtert hatte er beim Betreten der Straße das Klingeln der Ladenglocke wahrgenommen.

Nach dem Mittagessen hatte er das kleine Geschenk neben Martinas Kaffeetasse platziert und auf ihre Reaktion gewartet. Diese war noch viel stürmischer und begeisterter ausgefallen, als er gehofft hatte.

Martina war aufgesprungen, zum Spiegel im Vorzimmer gerannt, um sich die Ohrringe gleich anzustecken. Im Licht der Vorzimmerlampe hatte sie sich gedreht, um die Steine schimmern zu lassen, und war ihm dann um den Hals gefallen. Sie hatte die Schmuckstücke aus Zeisigs Laden gleich erkannt und Moritz gestanden, dass sie diese schon seit einigen Wochen in der kleinen Auslage bewundert hatte. Martina war überglücklich gewesen, und hatte sich über die Ohrringe und auch darüber gefreut, dass er ihr Faible für Jugendstilschmuck nicht vergessen hatte.

Gemeinsam hatten sie beschlossen, den Nachmittag mit den Kindern an der Donau zu verbringen, der Tag schien wie geschaffen dafür. Martina hatte an diesem Tag nur am Vormittag Therapiedienst bei ihrem Arzt und Moritz konnte sich seine Termine ohnehin frei einteilen. Die Kinder liebten das Toben an der Donau, das Eis, das selbstverständlich sofort im Café an der Anlegestelle gekauft und verzehrt wurde, und den anschließenden Kieselweitwurfwettbewerb mit ihm. Das war für sie ein gelungener Ferientag.

Als Moritz dann so Hand in Hand mit Martina den Fluss entlangschlenderte und seine Kinder betrachtete, fühlte er sich glücklich und unheimlich erleichtert, dass Seitensprünge und unerlaubte Liebschaften nur auf seinen Fotos stattfanden. Insgeheim nahm er sich vor, in Zukunft von solchen Bildern Abstand zu nehmen, um damit nicht scheinbar glückliche Beziehungen in Gefahr zu bringen. Andererseits konnte er sich dadurch Geschenke wie diese Ohrringe leisten, ohne sparen zu müssen.

Das stürmische Ziehen von Luis und Marie an seiner freien Hand ließ ihn aus seinen Tagträumen erwachen. Die beiden zeigten stolz auf drei kleine Häufchen mit Kieselsteinen, die sie am Donaustrand aufgetürmt hatten.

Moritz hatte seinen Kindern schon oft gezeigt, wie man Steine dafür auswählte, wie man sie warf und wie man es schaffte, dass sie möglichst oft auf der Wasseroberfläche aufsprangen. Nicht immer gelang es ihm, die beiden gewinnen zu lassen, wurde doch dabei auch in ihm wieder der kleine Bub wach, der einfach siegen wollte.

Als er sich mit freudig erhobenen Armen zu seiner Frau umdrehte, bemerkte er aus den Augenwinkeln einen Mann, der einsam auf einer Bank saß und interessiert über den Rand seiner Zeitung blickte.

»Armer Kerl!«, dachte er, drückte Martina an sich und küsste sie.

Nadja Porsche – Hauptplatz

Sie hatte darauf verzichtet, die Straßenbahn von Urfahr zum Hauptplatz zu nehmen, und wollte das schöne Wetter dazu nutzen, zu Fuß über die Nibelungenbrücke zu gehen. Außerdem dachte sie, dass ihr das noch ein wenig Zeit einräumen würde, um das Gespräch mit David geistig vorzubereiten.

Als sie im Café auf der Schattenseite des Platzes ankam, saß David bereits an einem Tisch ganz hinten und rührte nachdenklich in seiner Tasse. Zögernd ging Nadja auf ihn zu und erst, als sie sich räusperte, schaute er von seinem Cappuccino auf und bot ihr einen Platz an. Sie griff zur Getränkekarte und studierte sie ausführlich, obwohl sie ohnehin wusste, dass sie nur stilles

Wasser nehmen würde. Das führte dazu, dass David das Wort ergreifen musste.

»Was machen wir?«

Er nahm Nadja die Karte aus der Hand. Ihr Schulterzucken wurde vom Kellner falsch interpretiert, er verschwand wieder, weil er dachte, dass sie sich noch nicht entschieden hätte.

»Keine Ahnung! Jedenfalls dürfen wir keinen Fehler machen, mein Mann darf von unserer Eskapade auf Gretas Hochzeit unter keinen Umständen erfahren.«

David nickte, schwieg und rührte weiter in seiner Tasse, die allerdings schon halbleer war.

»Was sagst du zum Geldbetrag?«

Nadja schaute ihn erstaunt an. Sie hatte keine Ahnung von einer Forderung, sie hatte die Fotos in Kleinstteile zerrissen, ansonsten hatte sich nichts im Kuvert befunden.

»Mir wäre es auch nicht aufgefallen, hätte sich nicht die Spitze des Kugelschreibers so stark abgedrückt. Ich habe das erste Foto daraufhin umgedreht und gelesen, was von uns gefordert wird.«

»Und?«

Nadjas Unruhe war deutlich zu spüren.

David legte ihr eine Hand auf den Oberarm und versuchte sie zu beruhigen.

»Achttausend.«

Dabei schaute er starr auf den Tisch, er schien Nadja im Augenblick gar nicht wahrzunehmen.

»Offensichtlich ist der Fotograf und Erpresser gut über unsere Bedingungen bei der Bank informiert. Er weiß, an welche Summe wir ohne größeres Aufsehen herankommen können.«

Nadja nickte still. Schon tüftelte sie geistig an Ausreden, wie sie Klaus die Behebung von viertausend Euro erklären sollte, da sie ein gemeinsames Konto hatten. David riss sie aus ihren Gedanken und schob ein Kuvert über den Tisch, das offensichtlich mehrere Scheine enthielt.

»Mein Anteil.«

Nadja wunderte sich, wie man so abgebrüht und eiskalt auf diese Situation reagieren konnte. Insgeheim machte sie sich Vorwürfe, auf das gute Aussehen und den Charme des Verlegers hereingefallen zu sein. Ein klein wenig tröstend war der Gedanke, dass sie sich ja hauptsächlich mit ihm eingelassen hatte, um ihre Gedichte veröffentlichen zu können.

»Ich schlage vor, du gehst zum angegebenen Treffpunkt und übergibst das Kuvert.«

David legte einen 10-Euro-Schein auf den Tisch und wollte schon aufstehen.

»Treffpunkt? Ich habe ja keine Ahnung, wo das sein soll!«

»Das gibt es doch nicht!«

David schob Nadja das zweite Foto über den Tisch, das auf der Rückseite exakte Angaben zu Ort, Uhrzeit und Übergabemodus aufwies.

»Mach ihm klar, dass diese Angelegenheit für uns damit erledigt ist, dass er keine weiteren Forderungen zu stellen braucht und dass bei uns nichts mehr zu holen ist!«

David stand abrupt auf und wandte sich zum Gehen.

»Deine Gedichte sind seicht und wenig aussagekräftig, ich werde sie nicht verlegen.«

Mit diesen Worten verließ er den Tisch und das Café.

»Montag, 7 Uhr 30, Anlegestelle Linz, Treppe neben dem Gebäude« stand da, scheinbar flüchtig hingeschrieben.

Jetzt brauchte Nadja doch noch ein Glas Prosecco, um sich einigermaßen zu beruhigen.

Ludwig Kehrer – Schmidtor

Im Stiegenhaus traf er an diesem späten Nachmittag Hanna, seine Nichte. Sie wohnte mit ihrem Vater im selben Stockwerk, genau gegenüber.

Ludwig hatte vor einigen Jahren die Gelegenheit genutzt, diese Wohnung in der Schmidtorstraße zu mieten. Sie schien ihm ideal gelegen, mit nur fünf Minuten Gehweg zu seinem Büro und Tür an Tür, ganz nahe bei Josef, seinem Bruder und dessen Tochter. Er selbst hatte keine Kinder und der regelmäßige Kontakt zu Josef, der Alleinerzieher war, bereitete ihm große Freude. Sie verstanden sich gut, und vor allem Hanna verbrachte manchmal gerne ihre Freizeit mit ihm. Fallweise half Ludwig auch bei den Hausaufgaben, Latein war für seine 15-jährige Nichte die größte Herausforderung, weil ihr die Motivation für die – aus ihrer Sicht – langweiligen Übersetzungen fehlte.

»Hallo Ludwig, hast du heute schon frei?«

Der Umgangston zwischen den beiden war locker, auf die Bezeichnung »Onkel« legte Ludwig ohnehin keinen Wert, er hätte sich dadurch nur älter gefühlt.

»Hast du Zeit für die Fortsetzung unseres Schachspiels? Ich brauche sicher nur mehr wenige Züge, um dich schachmatt zu setzen.«

»Leider bin ich heute ziemlich erschöpft. Ich muss außerdem noch ein paar dienstliche Telefonate führen und Mails schreiben. Mein Arbeitstag ist noch lange nicht zu Ende.«

Ludwig stöhnte und verschwand in seiner Wohnung.

Er entledigte sich seiner Schuhe, holte aus der Küche ein Glas Wasser und begab sich sofort mit dem Laptop unter dem Arm in sein Arbeitszimmer. Er wusste, dass er sich keine Pause gönnen konnte und sich auf keinen Fall gemütlich im Wohnzimmer niederlassen durfte, er würde sonst die wichtigen Mails heute nicht mehr schreiben.

Sein Homeoffice war ein kleiner Raum mit großen Fenstern, die einen guten Blick auf die Schmidtorstraße ermöglichten. Ludwig genoss es, die Straßenbahn vorbeigleiten zu sehen und die Menschen zu beobachten, die eilig vor allem Richtung Hauptplatz strömten. Vielleicht wollten sie den warmen Abend und den Sonnenuntergang an der Donau genießen.

Er öffnete ein Fenster und sog die frische, aber noch heiße Luft tief in seine Lungen.

Eigentlich hatte er gehofft, heute endlich mehr Zeit als in den letzten Tagen für die Beschäftigung mit seiner Münzsammlung aufbringen zu können. Schon in seiner frühesten Kindheit hatte er großes Interesse an Münzen entwickelt und es für fast fünfzig Jahre beibehalten. Möglicherweise hatte sich seine Freude am Sammeln von vorwiegend asiatischen Umlaufmünzen aus einer Neugier für Städte, Länder und Reisen entwickelt. Als Kind und Jugendlicher konnte er aus finanziellen Gründen nie verreisen, seine Eltern verdienten zu wenig, um Urlaube möglich zu machen. Münzen wurden somit das Tor und der Bogen zu einer fremden Welt, nach der er sich sehnte.

Ludwig versuchte seinen Wunsch, die Münzsammlung vor sich auszubreiten, zu unterdrücken. Er musste sich, ob er wollte oder nicht, seinem im Moment größten Problem stellen. Er hatte es ohnehin schon ein paar Tage erfolgreich verdrängt.

Wie war es möglich, dass plötzlich immer wieder Leserinnen und Leser Kritik an den in der Zeitung erschienenen Fotos übten und das Copyright für sich in Anspruch nahmen?

Ludwig fand, dass es am besten war, den Fotografen, mit dem er schon lange zusammenarbeitete, direkt darauf anzusprechen. Wie konnte er nur Fotos als seine eigenen ausgeben, wenn dies nicht stimmte? Sigmund musste doch wissen, dass das ein strafrechtlich relevanter Tatbestand und kein Kavaliersdelikt war.

Er entschied, es mit einem Telefonat zu versuchen. Das war einfacher, um einen Gesprächstermin zu vereinbaren. Er gab die Nummer des Fotografen in sein Handy ein und wartete. Nach fünfmaligem Klingeln meldete sich eine Stimme.

»Leider ist der beste Linzer Fotograf derzeit nicht erreichbar. Er schießt für Sie im Moment die aufregendsten Fotos an der Donau.«

»Super. Hätte ich mir gleich denken können.«

Ludwig beendete das »Gespräch« mit der Sprachbox.

Er musste also doch ein Mail losschicken, daher startete er seinen Laptop und dachte nur kurz über die Formulierung nach. Er konnte keinesfalls hinnehmen, dass seine verärgerte Chefin ihn zur Rechenschaft ziehen wollte. Es war zu befürchten, dass sie ihn für eine unbedeutende Aufgabe in der Redaktion abstellte, sogar eine Kündigung stand im Raum.

Um den Ton nicht zu freundschaftlich zu erwischen, wählte er die kühlste Formulierung für die Anrede.

»Sehr geehrter Herr Sigmund!«

Alessandro Coretti – Tanzstudio

Der Kurs für Fortgeschrittene in den Lateinamerikanischen Tänzen war gut gelaufen, Alessandro verabschiedete noch das Paar, das sich für den Erwerb der Silbernadel interessiert hatte. Im Hintergrund waren noch die letzten Klänge von »I Just Called To Say I Love You« zu hören, mit denen Alessandro den Cha-Cha-Cha zum Abschluss ausklingen hatte lassen. Mit einem Cha-Cha-Cha, seinem Klingelton, meldete sich nun auch sein Handy, das Display zeigte den Namen seiner Schwester Vanessa.

Leicht genervt nahm er den Anruf entgegen und wappnete sich innerlich schon für die Anklagen und Vorwürfe seiner etwas jüngeren Schwester.

Vanessa war nach dem plötzlichen Tod der Eltern beim Erbe leer ausgegangen, das Testament hatte ihn ausdrücklich zum Alleinerben erklärt. Warum das so war, wollte er nicht wirklich wissen, hatte es ihm doch der stattliche Geldbetrag ermöglicht, das Tanzstudio zu kaufen, neu einzurichten und seine Karriere als Tanzlehrer vorwärtszutreiben.

Wenn er genauer darüber nachdachte, konnte er sich vorstellen, warum die Eltern ihn vorgezogen hatten, hatten sie sich doch nie mit Vanessas Lebensgefährten Ronnie, der auch der Vater ihrer Kinder war, anfreunden können. Ronnie war unstet, meist ohne Beschäftigung, nützte Vanessa in ihrer Gutmütigkeit aus und war seit der Trennung ständig mit den Alimenten für die beiden Kinder im Rückstand. Es war auch nicht auszuschließen, dass Ronnie sich im Suchtgiftmilieu bewegte und es zu Drohungen durch seine Gläubiger gekommen war. Seine Schwester hielt trotz allem an der Beziehung fest, auch als Ronnie sich immer seltener blicken ließ und von Vanessa, die als Lehrerin an der städtischen Musikschule mehr schlecht als recht über die Runden kam, Unterhalt forderte.

Ihre Eltern hatten ihr nie verziehen, dass sie nicht wieder zu ihnen zurückgekehrt war, obwohl sie ihr Unterstützung und Hilfe in jeder Hinsicht angeboten hatten. Das Testament musste in einer dieser dunklen Stunden der Eltern entstanden sein, sonst wäre Vanessa wenigstens beteiligt worden.

Alessandro war auf Vanessas weinerlichen Ton vorbereitet gewesen, die geballte Wut, die sich jetzt über ihm entlud, hatte er allerdings nicht erwartet. Vanessa beschimpfte ihn aufs Gröbste, während sie ihn anschrie, schien sich ihre Stimme beinahe zu überschlagen.

»Dir fehlt jeglicher Anstand, du mieser Erbschleicher und Egoist! Keine Sekunde denkst du an mich und deine Neffen, es ist dir egal, ob wir am Hungertuch nagen, dich interessiert nur deine Karriere! Bereichert hast du dich an uns, du wirst dich noch wundern! Die Steine, die ich dir in den Weg legen werde, werden dir noch zu schaffen machen! Ich weiß mich zu wehren, wie, das wirst du schon sehen! Einen Anwalt kann ich mir jedenfalls nicht leisten«, meinte sie und beendete das Gespräch.

Sein »Hör zu, Vanessa!« war schon ins Leere gegangen.

Die Musik war mittlerweile verklungen, Alessandro öffnete die hohen Fenster des Raumes und lüftete gründlich, was auch ihm wieder Luft zum Atmen verschaffte. Kopfschüttelnd dachte er über die Worte seiner Schwester nach und überlegte, ob er nicht doch das Angebot zur Teilnahme an den »Dancing Stars« annehmen sollte. Das würde ihm finanziell entgegenkommen und er könnte seiner Schwester etwas unter die Arme greifen. Als er das Studio verließ, schüttelte er noch immer den Kopf über Vanessas Wut und ihre Drohungen.

8. Juli

Moritz Sigmund – Redaktion

Den Weg vom Hauptplatz in die Redaktion konnte er in wenigen Minuten zu Fuß zurücklegen, und trotzdem schnappte er für diese kurze Strecke sein Rad aus dem Innenhof. Er hatte im Anschluss an diesen Vormittag noch mehrere Fototermine in Linz, die er mit dem Fahrrad leicht erreichen konnte.

Er stieg im Durchgang zur Redaktion von seinem Rad ab, lehnte es an die Wand und betrat das Informationsbüro.

»Ich habe einen Termin mit Herrn Kehrer. Können Sie mir bitte sagen, wo ich ihn finde?«

Er wandte sich damit an die junge Frau am Empfang.

Moritz Sigmund hatte keinen Termin mit Ludwig Kehrer.

Nach dem Frühstück hatte Moritz einen flüchtigen Blick auf seine Mails geworfen. Es war da auch eine Nachricht von seinem Auftraggeber Ludwig Kehrer, in der er ihn beschuldigte, Fotos gestohlen zu haben. So ganz direkt in einem Zweizeiler.

»Unterlassen Sie es, mir Fotos zu schicken, für die Sie keine Fotorechte haben!«

Er fand, dass es am besten war, sich nicht zu verteidigen, sondern zum Angriff überzugehen.

Na ja, es stimmte schon, dass er es mit Fotorechten nicht so ganz genau nahm. Manchmal sandte er schon ein Foto an die Zeitung, das nicht er selbst geschossen hatte. Was machte das schon? Seiner Meinung nach musste man nicht alles so ernst nehmen. Ihm selbst würde es nichts ausmachen, wenn jemand seine Fotos für andere Zwecke einsetzen würde. Und ein wenig Geld, das damit leicht verdient war, konnte auch nicht schaden.

»Sehr gerne. Fahren Sie mit dem Lift in den zweiten Stock. Dort finden Sie den Newsroom. Sind Sie sicher, dass Sie jetzt Ihren Termin mit Herrn Kehrer haben, die Redaktionssitzung ist noch nicht zu Ende?«

Die freundliche Dame in der Informationsstelle schüttelte leicht den Kopf. »Ja, ja. Ganz sicher. Herr Kehrer hat mich um 11 Uhr in die Redaktion bestellt.«

Moritz Sigmund wartete eine nächste Reaktion nicht ab und verschwand Richtung Lift.

Im zweiten Stock angelangt konnte er durch die Glastür das geschäftige Treiben im Newsroom beobachten. Er zögerte nicht, öffnete sie mit Schwung und blickte sich suchend nach Ludwig Kehrer um. Er entdeckte ihn an einem großen runden Tisch, vertieft in ein Gespräch mit einigen Kolleginnen und Kollegen.

»Guten Tag, Herr Kehrer. Das ist schön, dass ich Sie hier treffe. Ich glaube, wir haben was zu besprechen.«

Sigmund drängte sich ganz dicht an Ludwig Kehrer heran.

»Es tut mir leid, ich habe jetzt wirklich keine Zeit für Sie. Sie sehen doch, dass ich mitten in einer Besprechung bin.«

So einen aufsehenerregenden Auftritt hatte sich Sigmund gewünscht. Es war ihm gelungen, dass die Damen und Herren rund um Kehrer erstaunt aufblickten und dass die Gespräche an den Tischen nebenan leiser wurden.

»Das ist mir völlig egal. Sie müssen mir jetzt sofort erklären, wie Sie auf die Idee kommen, dass ich meine Fotos, die nur höchsten Ansprüchen genügen, gestohlen hätte. So eine Frechheit!«

Er spürte, wie unangenehm seinem Gegenüber diese Situation war, Kehrers Chefin blickte finster zu den beiden herüber.

Kehrer stand auf, drehte seiner Chefin den Rücken zu und wischte sich den Schweiß von der Stirn.

»Lassen Sie sich von meiner Sekretärin einen Termin geben. Wir klären das ein anderes Mal.«

Sigmund lachte sich ins Fäustchen. Er hatte es geschafft, Kehrer in diese peinliche Situation zu bringen. Die Umstehenden hatten sicher gehört, welches Problem Kehrer hatte. Trotzdem ließ er sich seinen Triumph nicht anmerken. Mit ernster Miene fuhr er fort.

»Gut. Wie Sie wollen. Aber glauben Sie ja nicht, dass Sie mir diese Fotogeschichte anhängen können!«

Er drehte sich abrupt um und schritt erhobenen Hauptes aus dem Newsroom, wobei er die Blicke der Anwesenden im Rücken intensiv spüren konnte.

Katharina Bergmair – Herrenstraße

Ihr kleiner Designerladen schräg gegenüber der Konditorei hatte die eleganteste Auslage in der Herrenstraße.

Auf einfarbiger Seide in hellem Violett lag die aktuelle Schmuckkollektion, nur wenige Ketten, Ohrringe und Armreifen. Sie wirkten leicht und schlicht, alle aus Gold, Silber und Perlen kombiniert. Unterschiedliche geometrische Grundformen ließen die Kunstwerke ästhetisch reizvoll und modern erscheinen. Glitzerndes Licht aus metallenen Spots an der Decke strahlte die Objekte an, um sie noch besser wirken zu lassen. Über der Eingangstür hing ein Schild mit der Aufschrift »Schmuckdesign – Freude am Schönen«.

Ein erhöhtes Verkaufspult in weißem Hochglanz mit einer Marmorplatte spiegelte das Geschehen in der Herrenstraße durch das einfallende Licht und ließ den kleinen Raum größer erscheinen. Drei Hocker verliehen dem Geschäft das Flair einer Bar, Katharina Bergmair servierte ihren Kundinnen und Kunden auch gerne Kaffee, während sie Schmuck durch ihre Finger gleiten ließen. An den Wänden des Verkaufsraumes hingen Bilder zeitgenössischer Künstlerinnen.

Katharina flüchtete an diesem Mittag in ihr Geschäft, ein Wolkenbruch hatte sich angekündigt, die ersten schweren Tropfen fielen auf die Glasscheibe. Sie schüttelte ihr Haar, entledigte sich der dünnen Jacke und kontrollierte ihren Terminkalender.

Sie würde die Zeit bis zu ihrem ersten Nachmittagstermin nutzen können, um ihren Beitrag im Fernsehen vorzubereiten. Die Einladung zur Sendung »Linzerinnen präsentieren Linzer Künstlerinnen« hatte sie so sehr gefreut, dass sie die letzten zwei Nächte kaum hatte schlafen können. Am Freitag sollte die Sendung live ausgestrahlt werden. Man ließ ihr in der Auswahl der Künstlerin und in der Präsentation freie Hand, der ORF vertraute blind auf ihre Expertise. Sie musste nur heute noch einen Entwurf des Konzeptes ins Landesstudio schicken.

Katharina blickte sich in ihrem Laden um und entschied sich für die Präsentation ihrer Lieblingskünstlerin, einer Frau, die sehr kraftvolle farbenreiche Bilder vor allem in Öl auf Leinwand malte und die in Linz schon lange Zeit künstlerische Bedeutung hatte. Erst vor kurzem hatte der Altbürgermeister ein Porträt bei ihr in Auftrag gegeben. Ein gelungenes Werk, wie selbst die Presse fand. An der Wand hinter Katharina hing das großformatige Lieblingsbild dieser Künstlerin, es zeigte einen Blumenstrauß mit bunten Sommerblumen, kunstvoll arrangiert in einer blau-violetten Vase, gerahmt in einem rostigen Metallrahmen.

Für die Präsentation hatte Katharina insgesamt fünf Minuten Zeit, in dieser Zeit wollte sie nicht nur die Künstlerin und ihr Werk vorstellen, sondern auch sich selbst gekonnt in Szene setzen. Sie würde daher von der Ausbildung und der Malerei der Künstlerin erzählen und Verbindungen, Gemeinsamkeiten und Unterschiede zu ihrem eigenen Leben hervorheben. Man sollte sich nach der Sendung vor allem an sie, die Kunstexpertin Katharina Bergmair, erinnern.

Sie würde auch das Bild mitnehmen, das in ihrem Geschäft hing, einige Kataloge der letzten Ausstellungen in Italien und Frankreich, und ergänzend auch einen Teil ihrer eigenen Schmuckkollektion im Studio auflegen.

In ihrem Notizheft brachte sie wesentliche Infos zu Familie, Schulbildung, Studium, Publikationen und Werken der Künstlerin in Stichworten zu Papier.

Sie ergänzte eine Zeitleiste in Zehn-Sekunden-Abschnitten, um einen exakt abgestimmten Bogen konstruieren zu können. Besonders wichtig schien ihr das Ende der Präsentation: sie selbst im Vordergrund, hinter ihr mit einigem Abstand das Bild der Künstlerin. So würde sie selbst den Zuseherinnen und Zusehern besonders gut in Erinnerung bleiben.

Sie notierte noch eilig, worauf sie nicht vergessen durfte: Frisörtermin organisieren, Outfit überlegen und möglichst viele Freundinnen und Freunde über diesen wichtigen Termin im ORF informieren. Während sie ihre Aufzeichnungen ergänzte, schien es ihr, als würde jemand auf der gegenüberliegenden Straßenseite stehen und zu ihrem Geschäft herüberschauen.

Da kam es wieder auf, das unangenehme Gefühl, beobachtet zu werden.

Katharina sprang von ihrem Hocker herunter, lief die wenigen Schritte zur Tür und riss sie auf, um zu sehen, wer da drüben stand.

Ein Transporter verstellte ihr plötzlich die Sicht. Als er weiter fuhr, war niemand mehr zu sehen.

Wahrscheinlich war schon vorher niemand dagestanden.

Eva Murauer – Tanzstudio

Eva verbrachte die Abende seit der Trennung von Patrick ungern allein zu Hause. Sie nutzte die freien Abende für Sport, Treffen mit Freundinnen oder Jazzkonzerte, von denen es im Sommer leider nur wenige gab. Manchmal lud sie ihre Kollegin Lilly mit Adam in bevorzugt vegetarische Restaurants zum Abendessen ein. Lilly revanchierte sich meist mit köstlichen Gerichten, die sie zu Hause zubereitete.

Heute war so ein Abend, an dem niemand Zeit für sie hatte. Bei der Aussicht, diesen allein zu verbringen, verzog sie missmutig ihr Gesicht.

Beim Durchgehen aller Möglichkeiten fiel ihr ein, dass donnerstags »Freies Tanzen« im Tanzstudio angesagt war. Der Tanzlehrer hatte am Montag eine Einladung an alle ausgegeben, in der zu lesen war, dass es sich dabei um eine Kombination aus freiem Tanz und Choreographie in einem wohltuenden Barfußtraining handelte.

»Sie selbst bestimmen das Tempo und die Intensität Ihrer Bewegungen. Abwechslungsreiche, motivierende Musik wird Sie beflügeln. Lebensfreude und Spaß stehen im Zentrum des Abends. Egal ob Anfänger, Anfängerin oder Profi, wir freuen uns auf Sie.«

»Das ist überhaupt die beste Idee, da hinzugehen. Da gibt es sicher auch interessante Leute aus anderen Kursen.«

Eva merkte nicht, dass sie mit sich selbst laut redete.

Sie zog sich schnell um, eine flattrige Hose mit ärmellosem Shirt und Sandalen, die sie ja nur zum Hinfahren mit dem Rad benötigte, mussten reichen.

Ein kritischer Blick in den Spiegel sagte ihr, dass es gut war, dass sie endlich, gleichzeitig mit der Trennung von Patrick, auch ihre asymmetrische Frisur und ihre Farbsträhnen in den

Haaren losgeworden war. Eigentlich hasste sie jede Form von chemischen Zusatzstoffen in Pflegeprodukten. Ihr mittelbraunes Haar fiel in leichten Wellen auf ihre Schultern, ganz gleichmäßig geschnitten, nur ein paar zerzauste Fransen legten sich in ihre Stirn. Vom Garderobenregal nahm sie den Helm und ihre Umhängetasche und verließ ihre Wohnung im achten Stock des Wohnhauses in Urfahr. Sie lief die Treppen nach unten, den Lift zu nehmen wäre für sie als Zeichen der Schwäche zu bewerten gewesen.

Leider war sie doch ein wenig zu spät mit dem Rad losgefahren. Als sie ankam, war der erste Tanz bereits im Gange.

Einige der Paare kannte sie bereits aus ihrem Kurs. Sie blickte sich suchend nach dem Tanzpartner um, den sie vor einer Woche kennengelernt hatte. Er war nicht unbedingt der Mann, den sie zu einem Tanz aufgefordert hätte, wenn er nicht der Einzige gewesen wäre, der sich ein wenig hilflos umgeblickt hatte. Sie hatte es amüsant gefunden, dass es da einen Mann gab, der nach einer Tanzpartnerin Ausschau gehalten hatte. So war sie unerschrocken auf ihn zu gegangen. Obwohl er um mindestens einen Kopf kleiner war als sie.

»Ich würde gern mit Ihnen tanzen.«

Eva hatte sich selbst das sagen hören, was ihr ganz ungewöhnlich vorgekommen war. Sie hatte an diesem ersten Tanzabend herausgefunden, dass er Anton hieß, und etwas, das sie nicht vermutet hätte. Er war ein ausgezeichneter Tänzer, gefühlvoll, musikalisch, immer im Takt. Und er war ihr nicht ein einziges Mal auf die Zehen gestiegen.

Heute war Anton allerdings nicht da.

Hinter Eva öffnete sich die Tür. Ein Mann trat ein, den sie in ihrem Kurs auch schon gesehen hatte.

Er legte das Fernglas ab, zog seine Schuhe und Socken aus, rückte sein Mascherl zurecht und kam auf sie zu.

»Gestatten Sie? Zeisig. Kaspar Zeisig. Ich würde gern mit Ihnen tanzen.«

9. Juli

Kaspar Zeisig – Schmuckwerkstatt

Er hatte für sein Mittagessen genau 7 Euro 50 ausgegeben. Im Fischgeschäft auf der Landstraße bekam er dafür ein kleines Garnelenciabatta. Zeisig leistete sich diesen Luxus zur Feier des Lotto-Erfolges, obwohl diese Portion fast sechshundert Kalorien ausmachte und er selbst, genau genommen, Vegetarier war.

»Man muss die Feste feiern, wie sie fallen! Wann werde ich wieder im Lotto gewinnen? Sicher nie wieder, weil ich nicht mehr spielen werde.«

Seine Hochstimmung beruhte auch ein wenig auf dem Tanzabend vom Vortag. Die Dame, die er kennengelernt hatte, hatte bleibenden Eindruck bei ihm hinterlassen. Sie gefiel ihm, hoffentlich würde sich in der kommenden Woche wieder eine Möglichkeit zum Tanzen und zum Plaudern ergeben.

Kaspar Zeisig sprach mit seinem Spiegelbild, das er am Weg zu seiner Schmuckwerkstatt in einer sauber glänzenden Auslage entdeckte. Er nahm sich, seitdem er den Tanzkurs besuchte, vor, mehr auf seine Figur zu achten. So richtig überzeugt war er nur von seinem Charakter, seinem handwerklichen Geschick und seinem hohen Intelligenzquotienten.

In seiner Werkstatt verzehrte er den letzten Bissen des Mittagessens und wischte die trockenen Krümel von seinem Arbeitstisch. Die Ladenglocke klingelte und zwei Personen betraten den Laden.

Da erst erkannte Zeisig einen seiner Kunden.

»Guten Tag. Schön, Sie wiederzusehen.«

»Sie erinnern sich an mich? Das freut mich. Darf ich Ihnen meine Frau vorstellen, Martina Sigmund?«

»Guten Tag, gnädige Frau. Ihr Mann hat vorgestern wunderschöne Ohrringe für Sie ausgesucht. Ich hoffe, dass Sie Ihnen gefallen.«

Zeisig deutete eine Verbeugung an.

Noch bevor die Ladentür zufiel, drängten sich zwei Kinder herein.

»Hallo! Wir sind Marie und Luis. Wir haben gehört, dass unser Papa den schönen Schmuck für unsere Mama bei Ihnen gekauft hat.«

Zeisig war völlig überrascht. So höfliche und wohlerzogene Kinder hatte er selten gesehen.

»Lieber Herr Zeisig, die Ohrringe sind wunderschön, vor allem die Diamanten und Saphire sind betörend. Noch nie habe ich so ein edles Geschenk zum Hochzeitstag bekommen.«

Martina Sigmund war eine überaus charmante und freundliche Person.

»Aber leider hat einer der beiden Ohrringe einen kleinen Defekt. Er lässt sich nicht ganz schließen. Ich bin in Sorge, dass ich ihn verlieren könnte. Das wäre zu schade.«

Kaspar Zeisig hatte selten eine so harmonische Familie erlebt. Glücklicherweise war jetzt keine Zeit darüber nachzudenken, dass er genau das in seinem Leben so sehr vermisste.

»Liebe Frau Sigmund, kein Problem. Wahrscheinlich ist nur der Verschluss leicht verbogen. Ich werde mir den Ohrring sofort anschauen.«

Er nahm seine Lupe und eine kleine Zange zur Hand. Es dauerte nur kurz und er hatte den defekten Verschluss repariert. Marie, Luis, Martina und Moritz Sigmund verfolgten seine Arbeit mit gespannter Aufmerksamkeit.

»Großartig. Was Sie alles können!«

Moritz Sigmund zeigte offen seine Begeisterung für das handwerkliche Geschick von Kaspar Zeisig.

»Was bin ich schuldig?«

»Ich bitte Sie. Das war doch nicht der Rede wert, eine Kleinigkeit. Ich würde mich freuen, Sie und Ihre Familie bald wiederzusehen.«

Die Kinder verabschiedeten sich höflich, Martina Sigmund schaute sich noch genau in seiner Werkstatt um und ihr Mann grüßte freundlich winkend.

Kaspar Zeisig schloss die Eingangstür hinter seinen Kunden.

»Eine Familie wie im Bilderbuch. Beneidenswert, dieser Herr Sigmund.«

Lilly Peischer – Donauländе Urfahr

Pünktlich um 15 Uhr traf ihr Mann Adam an diesem Freitagnachmittag zu Hause ein. Lilly wusste, dass sie auf seine Pünktlichkeit und Verlässlichkeit zählen konnte, und war startklar für einen Spaziergang mit ihm.

Adam liebte es, das Wochenende mit einem kleinen Fußmarsch zu beginnen, kam er doch auf diese Weise gedanklich weg von seinem Job und den oft sehr anstrengenden Kundinnen und Kunden. Er war dankbar, dass Lilly es auch meist so einrichten konnte, dass sie mit diesem gemeinsamen Ritual in die Freizeit starten konnten. Umso mehr freute es ihn, dass ihn Lilly jetzt schon ausgehfertig erwartete. Sie hatte ausnahmsweise eine Hose angezogen und trug einen kleinen Rucksack.

»Erzähl!«

Lilly hängte sich bei ihrem Ehemann ein und hörte geduldig seinen Ausführungen zu, die sich meist auf spezielle Kundenwünsche bezogen, die er wieder einmal erfüllen hatte können. Er war aber auch ein wenig stolz darauf, dass man sein

Know-how angefragt hatte, um die Einrichtung des Hauses von SOS-Mitmensch, ganz in der Nähe ihrer Wohnung, mitzuplanen.

»Und bei dir? Du wirkst bedrückt. Steckst du in schwierigen Ermittlungen?«

Lilly erzählte kurz von ihrem derzeit recht ruhigen Büroalltag, um dann wie beiläufig auf das Thema »Adoption« zu sprechen zu kommen.

»Ich bin neulich zufällig so früh dran gewesen, dass ich noch am Magistrat vorbeischauen konnte und mir die zuständige Stelle für Adoption hatte suchen können.«

»Durst?«

Lilly drängte Adam zu der kleinen Ufermauer, holte zwei Wasserflaschen aus dem Rucksack und setzte sich so, dass sie auf den Fluss blicken und die Beine baumeln lassen konnte. Sie spürte, wie Adam eher unfreiwillig neben ihr Platz nahm und den Arm zögerlich um ihre Schultern legte. Sie wusste instinktiv, dass nun wieder einmal der Zeitpunkt gekommen war, zu dem Adam ihr von den Annehmlichkeiten und Freuden ihres derzeitigen Lebens vorschwärmte, ihre gemeinsamen Reisen aufzählte, sie an Reisevorhaben und Pläne erinnerte, um ihr dann sanft über das Haar zu streichen.

Diesmal aber wollte sie nicht wieder auf diese Weise zum Verstummen gebracht werden. Sie nahm Adams Arm von ihren Schultern und begann ihr gesamtes Wissen über Adoption in Österreich vor ihm auszubreiten.

Lilly fing damit an, dass Ehepaare, die ein Kind adoptieren wollten, eingehend von der Jugendabteilung des Magistrates auf ihre Eignung hin überprüft würden. Dass bei Adoptionswilligen die persönlichen, sozialen, gesundheitlichen und wirtschaftlichen Rahmenbedingungen stimmen müssten, und dass sie mindestens 25 Jahre alt sein müssten. Selbstverständlich würde es einen schriftlichen Vertrag zwischen dem annehmenden Ehepaar und der Mutter, die ihr Kind zur Adoption freigab, geben, der gerichtlich beglaubigt werden müsste. Paare, die ein Kind adoptieren wollten, würden zu einem ersten Informationsgespräch eingeladen und selbstverständlich dürften Ehepartnerinnen und Ehepartner nur gemeinsam ein Adoptivkind aufnehmen. Die Mutter könne nach spätestens sechs Monaten ihre Zustimmung zur Adoption zurückziehen.

»Siehst du! Da gewöhnen sich kinderlose Paare an so einen kleinen Wurm und müssen ihn nach ein paar Monaten wieder zurückgeben. Das kommt für mich nicht in Frage!«

Lilly hatte Adams Ablehnung erwartet. Dass er sich aber jetzt über das Mäuerchen schwang, seine Trinkflasche stehen ließ und zielstrebig und ohne sich umzusehen zur Baustelle der neuen Eisenbahnbrücke marschierte, überraschte sie doch.

Luise Koch – Schlossberg

Nach der anstrengenden Arbeitswoche hatte sich Luise einen weißen Pulli mit rundem Ausschnitt und kurzen Ärmeln in ihrer Lieblingsboutique gegönnt. Für die kommende Woche war im Kindergarten ein Elternabend geplant, und für diesen Anlass hatte sie sich dieses Kleidungsstück gekauft.

Als sie nun die Wohnung betrat, merkte sie, dass Katharina noch nicht da und wahrscheinlich wieder im Laden aufgehalten worden war. Nachdem sie ihren Einkauf in ihrem Zimmer deponiert hatte, goss sie sich eine Kanne Tee auf und begann mit hochgelagerten Beinen das Wochenende zu genießen.

Es war für Luise eine Selbstverständlichkeit, dass sie in Ruhephasen sofort wieder Pläne schmieden und die Folgewoche im Kindergarten geistig durchgehen musste. Dazu gehörten die Vorbereitung für den Elternabend, die Gestaltung des Raumes der Marienkäfergruppe und ein notwendiges Gespräch mit den Eltern von Benedikt und Miriam. Natürlich überlegte sie auch, welche Hose sie zu ihrem neuen Pulli wählen sollte.

Sie nahm eine Tasse Tee mit in ihr Zimmer und probierte eine weite schwarze Leinenhose an, in der sie sich sehr wohl fühlte. Dann schlüpfte sie in den neuen Pulli, an dem noch das Preisschildchen baumelte, und drehte sich vor dem Spiegel.

»Passt!«

An diesem Abend wollte sie eine Ausnahme machen und nicht in Schlabberkleidern erscheinen.

»Die Rosenbrosche meiner Urgroßmutter würde herrlich auf diesen Pulli passen.«

Luise griff nach der Holzschatulle. Sie setzte sich, stellte sich die edle Schmuckkassette auf den Schoß und nahm das Collier von seinem Samtbett. Als sie das Tuch entfernte, stockte ihr der Atem. Die hellblauen Samtpolster waren leer, die Abdrücke der Broschen und Ohrstecker waren noch deutlich erkennbar. Die Ringe fehlten ebenso wie die Perlenkette mit den Granaten. Geschockt starrte sie auf die Leere, drehte jedes einzelne Schächtelchen um, schüttelte die Samtpolster und merkte erst jetzt, dass sie die ganze Zeit die Luft angehalten hatte.

»Wo zum Teufel …?« Sie stellte die Kassette energisch auf den Boden, sprang auf und begann die Wohnung zu durchsuchen. Nach mehreren Runden durch alle Zimmer und ein paar Seufzern hatte sie sich ein wenig beruhigt.

»Katharina hat sich die Schmuckstücke ausgeborgt, wahrscheinlich für einen Katalog mit altem Schmuck. Sie wird sie wohl zum Fotografieren so auf ihrem Schreibtisch drapiert haben, dass sie im Licht der Morgensonne besonders gut zur Geltung kommen.«

Luise versuchte sich zu beruhigen und öffnete die Tür zu Katharinas Zimmer, um sich umzusehen. Das Arbeitszimmer war perfekt aufgeräumt, von den fehlenden Schmuckstücken keine Spur. Obwohl sie beide großen Wert darauf legten, die Privatsphäre der anderen zu achten, konnte sie nicht umhin, die eine oder andere Lade aus Katharinas Schrank herauszuziehen.

Als ihr Blick in Katharinas Wandspiegel fiel, war sie entsetzt über ihr wutentbranntes, angespanntes Gesicht. Sie setzte sich kurz auf das Bett und versuchte ruhig zu atmen.

»Mach dich nicht verrückt!«, sagte sie zu sich selbst, schloss die geöffneten Laden und wollte das Zimmer schon verlassen.

Da bemerkte sie einen roten Ordner auf Katharinas Schreibtisch. Erleichtert nahm sie ihn zur Hand, öffnete ihn und blätterte neugierig darin in der Vermutung, dass sie hier wenigstens die Fotos ihrer Schmuckstücke finden würde.

Nach mehrmaligem Umblättern wurde sie tatsächlich fündig. Für einen kurzen Moment stockte ihr der Atem. Die Rechnung über den Verkauf aufgelisteter Schmuckstücke mit einer unvorstellbaren Summe fiel ihr in die Hände.

Sie überflog die Liste. Dann ein zweites Mal. Doch es bestand kein Zweifel: es war IHR Schmuck!

Kaspar Zeisig – Holzstraße

Er hing an diesem frühen Abend noch immer den Gedanken an Familie Sigmund nach.

»Beneidenswert, dieser Herr Sigmund. So eine hübsche Frau und zwei so nette Kinder.«

Kaspar Zeisig fühlte sich wieder einmal alleine an diesem Abend. Nicht einfach nur alleine, nein, so richtig einsam fühlte er sich. Er musste sich ablenken, um seinen Trübsinn loszuwerden. Deshalb nahm er sich vor, am nächsten Morgen ganz früh zum Fischen an die Donau zu gehen. Schon alleine der Gedanke daran hob seine Stimmung.

Zeisig erinnerte sich, dass er in letzter Zeit sein Angelzeug eher vernachlässigt hatte, die Haken, Schnüre und die beiden Angelruten waren ziemlich durcheinandergeraten. Es konnte nicht schaden, wenn er ein wenig Ordnung in seinen Fischerkoffer brachte. Er entleerte ihn am Boden seines Wohnzimmers. Alter Fischgeruch entströmte dem Koffer, herrlicher Duft für Zeisigs Nase. Er begann, alle Utensilien sorgfältig aufzulegen, die Schnüre zu entwirren, Wurmreste von den Haken zu nehmen, Messer und Fischbetäuber zu säubern.

Um sich nicht so allein zu fühlen und zumindest Stimmen bei seiner konzentrierten Arbeit zu hören, schaltete er das Fernsehgerät ein, setzte sich auf einen Hocker neben die Angelausrüstung und hörte nebenbei dem laufenden Programm zu.

»Wie immer nicht besonders spannend, was die da bieten im Landesstudio.«

Er löste mehrere Knoten aus der Angelschnur und schnappte nur am Rande auf, dass die Rede von bedeutenden Linzer Künstlerinnen der Gegenwart war.

Er wollte auf ein anderes Programm umschalten, als er eine ihm bekannte Stimme wahrnahm. Zeisig hielt in seiner Arbeit inne und blickte auf. War das nicht eine Kollegin von ihm? Wie hieß sie bloß? Diese unsympathische Besserwisserin! Bergmair. Ja, genau. Katharina Bergmair. Das war sie doch!

Mit einem Regenwurmrest in der Hand hörte er gespannt zu. Katharina Bergmair hatte vor mehr als zwanzig Jahren mit ihm gemeinsam die Lehre zur Gold- und Silberschmiedin und Juwelierin absolviert. Sie hatte sich handwerklich eher ungeschickt angestellt, war seiner Meinung nach künstlerisch untalentiert. Schmuckstücke, die sie produzierte, waren schon damals plump und von einer Einfachheit, die nie überzeugen konnte. Die Damen und Herren in der Ausbildung hatten das aber anders gesehen. Möglicherweise deshalb, weil Katharina großes Talent gehabt hatte, sich gut zu präsentieren. Außerdem war sie sehr ehrgeizig gewesen und hatte nicht einfach den erlernten Beruf ausüben wollen, sondern auch Fuß im Design und Kunsthandwerk fassen wollen. In den letzten Jahren hatte er immer wieder davon gehört, wie erfolgreich sie in der einschlägigen Szene agierte.

Zeisig war jetzt aber doch überrascht, dass sie als Expertin für oberösterreichische Bildende Kunst galt und im ORF auftreten durfte.

»Wie hat sie das nur wieder geschafft?«

Kopfschüttelnd schaltete er den Fernseher ab.

Moritz Sigmund – Hauptplatz

Während Martina das Tischtuch ausbreitete und glättete, hatte Moritz schon die vier Teller in der Hand, sodass er sie gleich auf die jeweiligen Plätze stellen konnte. Marie brachte die Servietten, sie hatte einen guten Geschmack und wählte ein schönes Blau, das gut zu den elfenbeinfarbenen Tellern und zum Tischtuch passte. Luis war wie immer für das Besteck zuständig und schon recht geschickt im Auflegen.

Moritz hatte den Eindruck, dass die beiden Kinder auch deswegen so sehr bei der Sache waren, weil Martina ihre Lieblingsspeise Lasagne zubereitet hatte. Das hatte sie ihnen schon lange für die guten Schulnoten versprochen. Gerade als sie sich zu Tisch setzen wollten, läutete das Handy.

»Der Meisterfotograf wird gewünscht, sogar am Freitagabend!«

Als Moritz zum Telefonieren im Nebenzimmer verschwand, flüsterte Martina ihm zu, dass er sich beeilen sollte.

Er blickte ratlos auf die nicht gespeicherte Nummer, nickte und zog vorsichtig die Tür hinter sich zu. Er wusste, dass Martina mit dem Anstoßen auf ein schönes Wochenende auf ihn warten würde und meldete sich daher etwas ungehalten und forsch.

Schon nach den ersten Worten der Anruferin war er froh, dass er es vorgezogen hatte, das Zimmer zu verlassen und nun halblaut zu sprechen. Die Dame, die sich ihm als Nadja Porsche vorstellte, sprach allerdings ganz und gar nicht leise.

Bei der Erwähnung ihres Namens wusste Moritz sofort, dass es sich um sein letztes Erpressungsopfer handeln musste. Er hatte das an sie adressierte Kuvert mit den Fotos erst vor wenigen Tagen abgeschickt.

»Woher haben Sie meine Nummer?«

Dass er von den erpressten Personen angerufen wurde, war keineswegs üblich. Seine Adresse und seine Telefonnummer hatte er bisher streng gehütet.

»Ich habe sie in der Auslage im Durchgang der Buchhandlung am Hauptplatz gesehen.«

Als Karrierefotograf war er stets bemüht, auf sich und seine Fotos aufmerksam zu machen. Aus diesem Grund brachte er diese Auslage ständig auf den neuesten Stand, diesmal waren es die Hochzeitsfotos von Greta Gerber, auf die er besonders stolz war.

Dass er in diesem Schaufenster auch auf seine Website hinwies, war in diesem konkreten Fall ein Fehler gewesen, weil Frau Porsche ihm dadurch auf die Spur gekommen war. Diesen Fehler würde er beheben, und zwar schnell.

Moritz hörte Martinas ungeduldiges Rufen aus dem Esszimmer, das Kinderlachen und die Sticheleien zwischen Marie und Luis, und brachte kein Wort heraus.

Das war auch nicht nötig, denn Nadja Porsche kam zur Sache.

»Ich habe mit meinem Flirt auf Gretas Hochzeit vereinbart, dass wir Ihre Zahlungsforderung erfüllen werden. Aber nun ist die Sache für uns ein für alle Mal erledigt.«

Moritz gelang es nicht, ihren Redefluss zu unterbrechen, obwohl er mehrmals dazu angesetzt hatte.

»Weitere Forderungen Ihrerseits sind sinnlos. Ich werde am Treffpunkt sein. Ich werde Sie selbstverständlich erkennen und Sie dann hoffentlich nie wieder sehen.«

Damit beendete Nadja Porsche ihre schroffen Ausführungen.

Moritz hatte seine Stimme wiedergefunden und konnte mittlerweile wieder klar denken.

»So einfach stellen Sie sich das vor?«

Was wollte sie machen, wenn er seine Forderungen weiter aufrechterhielt? Wenn er die Geldbeträge in die Höhe treiben würde? Was, wenn er ihren Ehemann informierte?

»Sollten Sie auf die Idee kommen, uns weiter zu erpressen, werden wir uns zu wehren wissen!«

Moritz ging mit keiner Silbe darauf ein, sondern sagte abschließend und lapidar nur einen Satz:

»Ich freue mich auf eine gute Zusammenarbeit!«

Nachdem er das Gespräch abrupt beendet hatte, musste er sein sarkastisches Lächeln ablegen, bevor er wieder zu Martina und den Kindern ins Esszimmer ging.

»Wer hat dich denn so lange ans Telefon gefesselt?«

»Der Besitzer der Burg Clam hat bezüglich eines Fototermins auf seiner Burg bei mir angefragt.«

Kaum hatte er den Satz ausgesprochen, wunderte er sich selbst darüber, wie er Martina gegenüber so gelassen sein konnte.

Ludwig Kehrer – Schmidtor

Ein Gewitter hatte Kehrer am Heimweg vom Landesstudio überrascht. Sein Hemd klebte am Oberkörper, von den Haaren tropfte das Regenwasser ins Gesicht und seine Schuhe waren völlig aufgeweicht.

»Das hat mir jetzt an diesem Abend noch gefehlt! Nicht genug, dass mich meine Chefin so kurz vor dem Beginn des Wochenendes zu dieser Präsentation in den ORF geschickt hat. Jetzt dieser Regen und dann auch noch der Bericht, den ich sofort schreiben muss, damit er morgen rechtzeitig in Druck gehen kann.«

Im Stiegenhaus machte er mehr Lärm als nötig, schlug seine Wohnungstür zu und machte damit seinem Ärger Luft.

Kehrer brauchte einige Minuten, um sich zu beruhigen. Er hasste nichts mehr als Texte, die er auftragsgemäß schreiben musste und dann auch noch zu einer eher mittelmäßigen Sendung im ORF, obwohl das Thema eigentlich spannend war.

Geplant waren ohnehin nur zweihundert Wörter, mehr Platz war nicht, das sollte also kein Problem sein.

Noch bevor er die erste Zeile getippt hatte, fiel ihm wieder dieser unverschämte Fotograf ein. In den ersten Jahren der Zusammenarbeit hatte es nie Probleme gegeben, ganz im Gegenteil. Die Fotos, die Moritz Sigmund geliefert hatte, waren immer tadellos gewesen, Beschwerden hatte es nie gegeben. Was war der Grund für die Veränderung? Sigmund hatte sich als jemand entpuppt, der Fotos klaute und unter seinem eigenen Namen verkaufte.

Besonders schlimm war aber, dass er Kehrer in der Redaktion vor seinen Kolleginnen, Kollegen und seiner Chefin mit seinem Spontanbesuch und diesem schrecklichen Auftritt blamiert hatte.

Kehrer schlug vor Wut mit der flachen Hand auf seinen Tisch, begann dann aber doch den Artikel zu schreiben.

Frau Mag. Katharina Bergmair, Inhaberin des exquisiten Schmuck-Designergeschäftes in der Linzer Herrenstraße, präsentierte gestern abends im Landesstudio des ORF ihre Lieblingskünstlerin. Sie selbst ist nicht nur anerkannte Designerin für außergewöhnliche Schmuckstücke, die national und international hohe Preise und Auszeichnungen erzielen, sie ist auch seit vielen Jahren Expertin für Kunstgeschichte. Ihr Schwerpunkt liegt in der Bildenden Kunst Oberösterreichs, zahlreiche Artikel – vor allem zu Linzer Künstlerinnen – haben sie bekannt gemacht. Ihre Präsentation der großartigen Linzer Malerin, die seit mehr als dreißig Jahren mit ihren kraftvollen Werken den Betrachterinnen und Betrachtern neue Bildwelten erschließt …

Da flog die Tür auf und Hanna stürmte herein.

»Ich brauche deine Hilfe. Sofort. Contra vim mortis non est medicamen in hortis. Was bedeutet das?«

»Bitte stör mich jetzt nicht. Ich habe nicht mehr viel Zeit, den Text fertig zu schreiben.«

»Es muss wirklich jetzt sofort sein. Morgen ist Lateinschularbeit. Ich kann dieses Sprichwort nicht übersetzen. Das wird eine Katastrophe!«

Ludwig Kehrer unterbrach seinen Text und drehte sich langsam zu Hanna.

»Gegen den Tod ist kein Kraut gewachsen.«

12. Juli

Nadja Porsche – Schiffsanlegestelle

Nadja war sich fast sicher, dass David sie beobachtete. Er kannte den Zeitpunkt und den Ort für die Übergabe und wollte ihr Vorgehen sicher kontrollieren.

Mit der Straßenbahn war sie bis zum Hauptplatz gefahren, am ehemaligen Finanzgebäude entlanggegangen, an der neuen Cafeteria vorbei, über die Fußgängerbrücke bis zum Kunstmuseum. Gleich dahinter war die Treppe, die zur Schiffsanlegestelle führte und zu der Moritz Sigmund sie bestellt hatte.

Sie konnte David nirgends entdecken, straffte ihren Rücken, beschleunigte ihren Gang und griff in ihre Umhängetasche, um sich zu vergewissern, dass das Kuvert mit dem geforderten Geldbetrag noch vorhanden war.

»Ich lasse mich nicht aus der Ruhe bringen, ich werde alles wie vorgeschrieben erledigen.«

Sie war froh, dass sie ein Tuch umgebunden und eine große Sonnenbrille aufgesetzt hatte. Damit fühlte sie sich sicherer.

Sicherheit gab ihr auch das Geländer neben der Treppe, an dem sie sich jetzt kurz zum Verschnaufen anhielt. Von hier aus hatte sie einen perfekten Überblick über die Laufstrecke an der Donau, die auch um diese Zeit schon ausgiebig genützt wurde. Eigentlich war der frühe Morgen nicht Nadjas liebste Zeit, sie war eher eine Langschläferin und konnte dafür die Nacht zum Tag machen. Das passte gut, denn Klaus war auch ein Morgenmuffel und ging abends noch gern aus.

Und darum wunderte sich Klaus auch, als Nadja schon in aller Herrgottsfrühe auf den Beinen war. Sie wusste, dass er ihre betont gute Laune und das umfangreiche Frühstück verwirrend fand. Um ihm den Wind aus den Segeln zu nehmen, war sie zum Angriff übergegangen.

»Einen so schönen Morgen muss man einfach nützen, der Tag scheint sehr heiß zu werden und ich möchte heute früh raus.«

Sie hatte bemerkt, dass Klaus sie irgendwie seltsam ansah, sich dann aber doch zum Kaffee an den Frühstückstisch setzte. Um wirklich glaubhaft zu erscheinen, hatte sie von ihrer Freundin Greta erzählt, die erst kürzlich geheiratet hatte und ihr an diesem Morgen die ersten Fotos zeigen wollte. Dafür hätte Greta einen Spaziergang vorschlagen, um auch ausgiebig von der Hochzeitsreise nach Osttirol erzählen zu können.

Damit Klaus keine Gelegenheit hatte, sie zu unterbrechen, hatte sie ihren Redefluss fortgesetzt und ihm von einer gemeinsamen Reise ins wunderbare Virgental vorgeschwärmt. Sie war nahtlos dazu übergegangen, ihm von einer früheren Reise mit einer Freundin zu erzählen, bei der sie im Ort Prägraten in einer einfachen Ferienwohnung gewohnt und viele gemeinsame Wanderungen unternommen hatten. Sie hatte die herrlich gelegene Zupalseehütte sowie den Weg dorthin, auf dem man das Hochplateau zwischen Großglockner und Großvenediger überquerte, beschrieben, von der frischen Buttermilch auf der Alm und der Rast am kleinen Bergsee gegenüber der Hütte gesprochen und ihren Mann dabei mit Rührei und aufgeschäumter Milch verwöhnt.

Klaus hatte nur leicht den Kopf geschüttelt, in sich hineingelächelt und sein unerwartetes Frühstück genossen.

Immer wieder tastete sie nach dem Kuvert in ihrer Umhängetasche und beobachtete die Joggerinnen und Jogger, die an ihr vorbeischnauften. Fitness war scheinbar en vogue, kaum jemand schien einfach nur spazieren zu gehen oder die Kunstwerke auf der Grünfläche neben der Donau zu betrachten. Während sie die unterschiedlichen Outfits bewunderte und sich über so manchen Laufstil amüsierte, zeigte ihr ein rascher Blick auf die Uhr, dass es kurz vor 7 Uhr 30 war.

Ein paar Minuten wollte sie Moritz Sigmund noch geben, das war sie sich und ihrem wahrscheinlichen Beobachter schuldig.

Endlich hastete ein jüngerer Mann die Treppe herauf, fixierte sie und kam ganz nah an sie heran. Einen kurzen Augenblick lang war sie verwirrt und erschrocken, dann besann sie sich und trat einen Schritt zur Seite, sodass er ungehindert vorbeilaufen konnte.

Mittlerweile war es fast 7 Uhr 45. Nochmals ging sie alle vorbeigekommenen Männer im Kopf durch. Schließlich drehte sie sich seufzend um und trat den Rückweg an. Hoffentlich hatte sie den Erpresser nicht verpasst.

Was sie mit Davids Geld machen und wie sie weiter vorgehen sollte, das musste sie sich noch in aller Ruhe überlegen.

Erik Gunnarson – Winterhafen

Erik Gunnarson genoss an diesem frühen Morgen den Start in seinem Ruderboot, einem Einer, der auch Skiff genannt wird.

Es war angenehm warm, ein leichter Wind kräuselte das Wasser und es war erst wenig Betrieb auf der Donau. Seit Jahren war er Mitglied des Linzer Rudervereins, betrieb das Rudern nur als Hobby, allerdings regelmäßig. Der Sport hielt ihn fit, ließ ihn nicht zunehmen und er hatte ihm schon einige recht gute Freundschaften zu verdanken.

Am meisten liebte er die Morgenstunden, wenn es noch kein Zuwinken und Ausweichen gab, sondern er einfach seine Seele baumeln lassen konnte, während er die Ruder kräftig einsetzte. Bevor er sich so richtig ins Zeug legte, überprüfte er nochmals, ob die Ruderbefestigungen an der Dolle sicher verschraubt waren, seine Füße fest genug am Stemmbrett befestigt und seine Wertsachen samt Handy in der wasserdichten Bauchbeuteltasche verstaut waren.

»Kann losgehen!« Erik atmete kräftig ein und legte los. Sein Plan war es, an der Landzunge, die die Linzer als Winterhafen bezeichneten, entlang zu rudern und an der Spitze umzudrehen, um sein Boot verlässlich nach neunzig Minuten wieder in den Ruderverein zurückbringen zu können. Dort würde dann sein Kumpel Ferry auf ihn warten und ihm helfen, das Boot sicher an den Steg zu bringen. Dabei war er noch immer ein wenig ungeschickt, das musste sich Erik eingestehen.

Er passierte die letzten Häuser, erreichte die Spitze der Landzunge und wendete. Jetzt hieß es mehr Kraft aufzuwenden, denn nun ging es gegen den Strom. Gleich nach der Wende zeigte sich, dass er derzeit gut in Form war, er kam zügig voran.

Das voll beladene Schubschiff, das donauaufwärts strebte, bereitete ihm keine Sorgen, es war zu weit weg, um ihm gefährlich werden zu können. Während er seine Atmung kontrollierte, wanderten seine Augen das Wasser und das nahe Ufer entlang.

»Was ist denn das?«

In einigen Metern Entfernung konnte er einen Körper ausnehmen, einen männlichen Körper, offensichtlich einen leblosen Körper, da nur der Rücken aus dem Wasser ragte.

»Um Gottes willen! Was mach ich jetzt?«

Erik zog beide Ruder aus dem Wasser, drehte die Ruderblätter nach oben und legte sie vorsichtig auf die Wasseroberfläche, um sein Boot stabil zu halten.

»Sunny side up«, dachte er und musste über sich selbst den Kopf schütteln, dass er in einer solchen Situation an die Fachsprache der Ruderer dachte.

Während er versuchte, an den Inhalt seiner Bauchtasche zu kommen, schaukelte der Körper fast rhythmisch auf dem Wasser und begann dann ganz langsam unterzugehen.

Endlich hatte er sein Handy erwischt und versuchte krampfhaft, sich an die Nummer der Wasserrettung zu erinnern. Er ärgerte sich. Obwohl ihm seine Kollegen vom Ruderverein schon oft geraten hatten, sich die Nummer einzuspeichern, hatte er das bisher verabsäumt.

»Keine Ahnung, ich ruf die Polizei!«

Schon nach dem ersten Läuten nahm der Beamte den Notruf entgegen.

»Hallo, Erik Gunnarson. Hier im Wasser treibt ein Körper, ein männlicher Körper, ich vermute ein toter Körper. Es scheint, als würde er versinken.«

»Ganz ruhig, Herr Gunnarson, wo sind Sie denn?«

»Im Ruderboot, am Fluss, er treibt stromabwärts!«

Nachdem ihm der Beamte am Telefon mehrmals beruhigend zugesprochen hatte, merkte er erst, wie groß sein Schock war.

»Rudern Sie auf der Donau?«

»Ja, klar, Sie müssen sich beeilen, vielleicht ist der Mann noch zu retten! Soll ich ins Wasser springen?«

»Tun Sie bitte nichts Unüberlegtes und versuchen Sie, genauere Angaben zu Ihrem Standort zu machen.«

Da er diese Gegend wie seine Westentasche kannte, konnte er sogar die Nummern der Häuser angeben, auf die der leblose Körper nun zutrieb.

»Wir sind in wenigen Minuten dort. Rudern Sie zurück zum Ruderclub und halten Sie sich zu unserer Verfügung!«

Erik nickte zu den Anweisungen des Beamten, obwohl dieser ihn nicht sehen konnte.

Eva Murauer – Winterhafen

Sie hatte heute keine Eile ins Büro zu kommen. Gleitzeit ermöglichte es Eva, auch nach 9 Uhr ihren Dienst zu beginnen. Heute wollte sie sogar noch etwas später starten, um dann länger zu bleiben und direkt am späten Nachmittag vom Kommissariat in den Tanzkurs zu fahren.

Pünktlichkeit war ohnehin nicht so ganz Evas Stärke, die Schuld dafür schob sie meist den zu früh oder zu spät eintreffenden öffentlichen Verkehrsmitteln zu.

Eva wählte schon morgens ihre eleganteste bunte Hose mit einem seidenen Oberteil und einer flotten Jeansjacke. High Heels, auf die sie nicht verzichten wollte, packte sie in ihren Rucksack. Die flachen roten Sportschuhe und der Radhelm, den sie sich dann noch aufsetzte, wirkten etwas unpassend zum übrigen Outfit, eine Tatsache, die für Eva völlig belanglos war.

Sie schwang sich auf ihr Rad und fuhr Richtung Donaubrücke, die einzige Brücke, über die man derzeit mit dem Rad fahren konnte. Dabei dachte sie kurz mit Vorfreude an den Tanzkurs am Nachmittag.

Mitten auf der Brücke klingelte Evas Handy. Weil sie es wie immer achtlos in irgendeinem Fach tief vergraben im Rucksack deponiert hatte, konnte sie den Anruf nicht annehmen.

»Wird schon nicht so wichtig sein.«

Am südlichen Brückenende hörte sie den Handyton erneut.

»Wer nervt da schon so früh am Morgen?«

Eva stoppte, hob das Rad auf den Gehsteig und kramte im Rucksack. Zwei verpasste Anrufe ihrer Kollegin Lilly.

Sie musste zurückrufen, es ging nicht anders.

»Wo bleibst du denn?«, hörte sie Lilly verärgert fragen.

»Schneller geht es mit dem Rad nicht, es gibt viel Verkehr um diese Uhrzeit. Das weißt du doch.«

»Es gibt zu tun. Im Winterhafen wurde die Leiche eines Mannes aus der Donau geborgen. Wir müssen sofort hinfahren. Wahrscheinlich bist du mit dem Rad früher dort als ich.«

Lilly beendete das Gespräch abrupt.

Eva verstaute das Handy und bog Richtung Untere Donaulände ab.

Für diese Strecke würde sie knapp zehn Minuten brauchen und sicher noch vor Lilly am Fundort der Leiche eintreffen. Sie genoss die noch kühle Vormittagsluft, während sie trotzdem gemächlich in die Pedale trat.

Sie begegnete einigen älteren Herren mit Hunden, ein paar jungen Frauen im Laufdress und drei Radfahrern. Dann passierte sie das Kunstmuseum, einen quaderförmigen, glasverkleideten Bau, der mit einem riesigen Donaufenster einen großzügigen Blick auf den Pöstlingberg gewährte. Knapp vor dem Linzer Konzerthaus und der davorliegenden Strandbar bog sie hinunter zur Donau ab.

Eva fuhr in einem Bogen an der fast fertiggestellten neuen Eisenbahnbrücke vorbei, deren Eröffnung sich alle, auch die Radfahrerinnen und Radfahrer, sehnlichst herbeiwünschten. Sie ließ auch die Voest-Brücke hinter sich, unter der sie durchfuhr. Sie erhöhte das Tempo in der langgezogenen Rechtskurve, die die Donau einschlug.

Die Landzunge zwischen Donau und Winterhafen war plötzlich zu Ende, sie stieg am »Spitz« ab, blickte Richtung Hafen und sah, dass sie ihr Ziel erreicht hatte.

Auf der Höhe des Yachtclubs stoppte ein Absperrband den Zugang für die Schaulustigen. Mehrere Polizisten hatten die Menschenmenge im Auge, sie würden verhindern, dass sich Unbefugte weiter näherten. Lilly war bereits vor Ort, stand aber etwas abseits, sie konnte den Anblick toter Menschen nur schwer ertragen.

Eva lehnte das Fahrrad an einen Baum, nahm den Helm ab, drängte sich zwischen den neugierigen Menschen entschuldigend durch und näherte sich einer Polizistin.

»Eva Murauer, Kriminalpolizei.«

Luise Koch – Herrenstraße

Luise wusste nicht mehr, wie sie das Wochenende verbracht und vor allem hinter sich gebracht hatte. Immer wieder war sie um Katharina herumgeschlichen, die keinerlei Anzeichen eines schlechten Gewissens gezeigt hatte. Ganz im Gegenteil, Katharina hatte wieder einmal vorzüglich gekocht, Luise umschmeichelt und verwöhnt und es hätte ein wunderbares Wochenende sein können, wenn sich nicht die Sorge um den Verkauf ihrer Schmuckstücke ständig aus dem Hintergrund gemeldet hätte.

Jetzt hielt es Luise aber nicht mehr aus. Eilig verließ sie in der Jausenpause den Kindergarten, hastete im Laufschritt den Römerberg hinunter und rannte die Herrenstraße entlang, bis sie vor Katharinas Atelier stehen blieb.

Zuerst wollte sie sofort in den Laden stürzen, dann aber besann sie sich und schaute vorsichtig durch die Auslagenscheibe ins Innere. Katharina wandte ihr den Rücken zu und widmete sich unter ihrer Lupenleuchte einem Schmuckstück.

»Das muss jetzt sein!«

Schwungvoll stieß Luise die Ladentür auf und betrat das Geschäft. Dann erschien ihr alles wie ein Film in Zeitlupe: Katharina drehte sich um, versuchte ein Lächeln, erhob sich vom Stuhl, strich ihren Rock glatt, legte die Zange, die sie die ganze Zeit in der Hand gehalten hatte, weg und kam langsam auf Luise zu. Wie immer legte sie ihren Kopf in den Nacken, um zu

Luise, die ein wenig größer war, aufschauen zu können, öffnete die Arme und wollte sich an Luise schmiegen. Erst als sie Luises Blick sah, wich sie erschrocken zurück und blieb einige Schritte von ihr entfernt stehen.

»Was ist passiert? Hast du Ärger im Kindergarten? Hat sich ein Kind verletzt, gibt es Ärger mit der Leiterin? Bist du krank?«

Die Fragen prasselten auf Luise nieder, die wie versteinert stehen geblieben war und nur jedes Mal kaum merklich den Kopf schüttelte.

Sekundenlang standen sich die beiden Frauen gegenüber und blickten einander an. Katharina hatte sich als Erste gefasst.

»Was ist los?«

»Das wagst du noch zu fragen!«, schrie Luise empört und ihre Stimme überschlug sich, während sie weitersprach.

»Mein Schmuck, mein kostbarer Granatschmuck, das Erbe meiner Urgroßmutter, ist weg, weg, verschwunden und scheinbar von dir verkauft!«

Luise war blass geworden und rang nach Worten. Katharina straffte sich, schüttelte ihr Haar und versuchte ein Lächeln. Was ihr ihre Lebenspartnerin dann ins Gesicht schleuderte, konnte sie erst auf dem Weg zurück auf den Römerberg rekapitulieren, und fassen konnte sie Katharinas Worte erst, als sie auf einer Parkbank saß und langsam zu sich kam.

Katharina liebte also seit einiger Zeit jemand anderen, einen Mann, der sie glücklich machte und der meinte, dass zu ihrem Glück nur noch eine gemeinsame Wohnung fehlte. Ein Liebesnest, das allerdings den Namen Nest nicht verdiente, maß es doch hundertvierzig Quadratmeter und lag im obersten Stock gegenüber dem Linzer Konzerthaus. Traumblick auf die Donau von der geräumigen Terrasse inbegriffen. Katharina hatte es als eine einmalige Gelegenheit bezeichnet, die man nutzen musste. Da sie sowohl der Makler als auch der Liebhaber unter Druck gesetzt hatten, hatte sie keinen anderen Ausweg gesehen, als durch den Verkauf von Luises Erbstücken an schnelles Geld zu kommen.

»Man kann sich ja arrangieren!«, hatte sie der davonstürzenden Luise noch nachgeschrien.

Luise schwor Rache.

Eva Murauer – Winterhafen

Wie meist hatte Eva auch diesmal keinen Dienstausweis in ihrem Rucksack.

Noch bevor die Beamtin reagieren konnte, winkte Eva ihre Kollegin herbei, zögerte keine Sekunde und sprang über die Absperrung.

Lilly besänftigte die hinterhereilende Polizistin, die sich beleidigt zurückzog.

»Und was haben wir da?«

Lilly zückte ihren Notizblock, auf dem sie bereits einige Daten gesammelt hatte.

»Bergung einer männlichen Leiche mittleren Alters am Ufer des Winterhafens um 8 Uhr 40 durch die Wasserrettung.

Der Tote wurde von der Strömung offenbar ins Hafenbecken gespült.

Jogginganzug.

Handy wurde sichergestellt.

Kein Ausweis, kein Geld.

Linker Schuh fehlt.

Keine äußeren Gewaltspuren, einige wenige Abschürfungen im Gesicht und an den Händen.«

»Das muss ich mir genauer ansehen.«

Eva näherte sich dem Toten, der auf einer Tragbahre lag, ein Bein seltsam abgespreizt. In solchen Momenten bedauerte sie, dass sie nicht doch auch Medizin studiert hatte.

Lilly wandte sich mit Entsetzen ab.

Der anwesende Arzt war mit seiner Erstuntersuchung soeben fertig geworden.

»Einen schönen guten Morgen, meine Damen. Wie geht es Ihnen? Wir haben uns sehr lange nicht gesehen.«

Eva grüßte nur kurz, sie konnte die übertrieben freundliche Art des Polizeiarztes nicht leiden.

»Wahrscheinlich ist der Mann ertrunken, möglicherweise als Folge eines Sturzes, bei dem er im Wasser gelandet ist. Auffällig ist die Stellung des linken Fußes, er ist um zirka achtzig Grad nach außen verdreht. Ich nehme an, dass da mehrere Bänder gerissen sind.«

Eva kam dem Gesicht des Toten ganz nahe und musterte es genau.

»Können Sie uns sagen, wann der Mann zu Tode gekommen ist?«

»Ich nehme an, zwischen 7 und 8 Uhr heute Morgen. Sie wissen schon, welcher Satz dann immer folgt: Die Obduktion wird Genaueres zeigen. Für Sie, meine liebe Frau Kollegin Murauer, werde ich mich bemühen, besonders schnell zu arbeiten.«

Der Arzt packte seinen Koffer und trat lächelnd zur Seite.

Eva verbiss sich eine Antwort. Am liebsten hätte sie gesagt, dass sie sicher nicht »seine liebe Kollegin« war.

Eine Kriminaltechnikerin in weißer Schutzkleidung, die sie noch nie gesehen hatte, schoss unentwegt Fotos, als könnte sie nicht genug davon kriegen. Ihr Assistent mit Alukoffer stolperte, so als wäre er ihr Schatten, hinter ihr über den Abhang.

Eva drehte sich zu Lilly um, deren Gesichtsfarbe seltsam bleich geworden war.

»Da haben wir großes Glück, dass der Mann so schnell angespült wurde. Das ist eher die Ausnahme, meist dauert es mehrere Tage oder auch Wochen, bis die Donau Ertrunkene freigibt. Gibt es Zeugen?«

»Erik Gunnarson, ein Ruderer. Er hat den Mann im Wasser treiben sehen und uns daraufhin alarmiert. Wir …«

Weiter kam Lilly nicht. Sie hielt sich die Hand vor den Mund und sprintete auf das nächstgelegene Gebüsch zu.

Lilly Peischer – An der Donau

»Jetzt renn doch nicht so!«

Lilly kroch aus dem weiß blühenden Jasminstrauch hervor, geschwächt von ihrer Übelkeit, die sich nur langsam verflüchtigte. Diesmal war der Anblick der Leiche besonders schlimm, obwohl sie nur wenige sichtbare Verletzungen aufwies und der Mann fast wie in der Wiese schlafend auf sie wirkte. Vielleicht war es ja genau dieser Umstand, dass sie trotzdem wusste, er war tot, und die Tatsache, dass es sich um einen eher jungen Mann handelte, wahrscheinlich wenig älter als sie selbst.

Eva hatte ihr Rad geschnappt, das sie an einer Buche angelehnt hatte, und machte sich auf den Rückweg. Suchend blickte sie sich um.

»Was suchst du denn?«

Lilly schwankte noch immer hinter Eva her.

»Ich glaube es einfach nicht. Kriminalpolizei und Kriminaltechnik vor Ort und trotzdem stiehlt jemand meinen Radhelm!«

»Naja, das kommt davon, wenn man achtlos mit seinen Wertsachen umgeht.«

Lilly betonte das Wort »Wertsachen«. Sie wusste, dass für Eva der Helm wichtiger war als für sie ihre goldene Armbanduhr.

Eva schob das Rad leise fluchend neben sich her. Nach nur wenigen Metern hatte sich ihre Laune aber doch deutlich gebessert.

»Ich schlage vor, wir spazieren jetzt langsam Richtung Kommissariat die Donau entlang und genießen das schöne Wetter. Du wirst dich dann gleich besser fühlen. Gleichzeitig können wir auch die nächsten Schritte besprechen.«

Lilly bewunderte Eva dafür, dass sie auch unerfreulichen Situationen Positives abgewinnen konnte und schnell gute Stimmung verbreitete.

Es ging auf Mittag zu und die Temperatur kletterte nach oben. Eva wirkte auf Lilly bei ihrem Spaziergang am Südufer der Donau, dort, wo am frühen Morgen die Fischer saßen, verschwitzt und seltsam gekleidet in ihrer mittlerweile zerknitterten bunten Hose und ihrer eleganten Seidenbluse. Zufällig Vorbeikommende wären nicht auf die Idee gekommen, dass sie soeben am Fundort einer Leiche gewesen waren.

Nach einiger Zeit des Schweigens ließ Lilly ihren Gedanken freien Lauf.

»Wie kann es passieren, dass so ein sportlich aussehender Mann in der Donau landet und ertrinkt?«

Eva wusste schnell eine Antwort darauf.

»Ganz einfach. Er war übermütig und ist zu nah am Ufer herumgehüpft. Dabei hat er sich den Fuß verknackst, er ist umgekippt und dann im Wasser gelandet. Die Donau weist in diesem Bereich eine starke Strömung auf, das Wasser hat kaum dreizehn Grad. Wenn du da durch einen Sturz überrascht wirst und kein guter Schwimmer bist, kann es leicht passieren, dass du ertrinkst.«

Lilly dachte nach. Ziemlich lang.

»Kann schon sein. Oder auch nicht. Hätte nicht jemand Schreie hören müssen? Auch am frühen Morgen sind in diesem Donauabschnitt schon viele Leute unterwegs.«

»Vielleicht hat ihm jemand einen Stoß versetzt, die Obduktion wird möglicherweise Hinweise darauf bringen. Wenn nicht, dann sind wir umsonst hierhergeeilt.«

Eva war sich keineswegs sicher, ob in diesem Fall Fremdverschulden als Ursache für den Tod des Mannes in Frage kam.

»Lass uns in der Strandbar eine Kleinigkeit essen. Dein Magen braucht Nachschub. Bitte. Das Wetter ist so schön.«

Sie nahmen jede auf einem Hocker Platz. Eva streckte ihr Gesicht in die Mittagssonne und ließ die Beine baumeln. Lilly blickte Richtung Norden zum Pöstlingberg.

»Wir müssen die Identität des Toten herausfinden. Das bedeutet, wir werden die Vermisstenanzeigen durchforsten. Und außerdem werden wir das Ergebnis der Obduktion abwarten. Und leider müssen wir auch einen Bericht schreiben«, formulierte Lilly die weitere Vorgangsweise.

Die Kellnerin kam an den Tisch. Eva bestellte ein eisgekühltes Mineralwasser.

»Das heißt, ich habe heute fast nichts mehr vor. Ich kann mich in Ruhe auf meinen Tanzkurs freuen.«

Nadja Porsche – Brucknertower

Sie lag entspannt in ihrem Liegestuhl auf der Terrasse ihrer Wohnung mit Ausblick auf den Pöstlingberg. An diesem Nachmittag hatte sie die gestreifte Markise zur Gänze ausgefahren, damit vor allem ihre glänzenden blonden Locken, die in der Sonne schimmerten, der Hitze nicht zu sehr ausgesetzt waren.

Hinter ihrer riesigen Sonnenbrille genoss sie den Nachmittag. Nadja hatte vorgehabt, weiter an ihren Sommergedichten zu schreiben. Leider kam sie mit dem Schreiben nicht voran, mehrere zerknüllte Papierknäuel lagen zu ihren Füßen.

Ihre Gedanken kreisten um die nichterfolgte Geldübergabe des Vormittages. Was war da schiefgelaufen? Hatte es sich der Erpresser anders überlegt und war er deshalb nicht zum Treffpunkt gekommen? Oder hatte sich David eingemischt und den Erpresser vertrieben? Möglich war alles.

Sie konnte das unbestimmte Gefühl, dass David auch in der Nähe des Übergabetreffpunktes gewesen war, nicht loswerden. Möglicherweise wollte er sichergehen, dass sie das Geld auch wirklich übergab.

Nadja sprang etwas zu schnell von ihrer Liege auf, kleine schwarze Punkte tanzten vor ihren Augen. Dem Kreislauf gefiel es nicht, wenn sie zu lange in der Sonne lag.

Sie war zu unruhig, um sich wieder zu entspannen. Sie griff zum Handy und wählte Davids Nummer.

»Hallo, wie geht's?«

»Danke, soweit ganz gut. Ich wollte dich ohnehin schon anrufen, um zu erfahren, wie die Geldübergabe heute Morgen gelaufen ist.«

Nadja wusste nicht so recht, ob diese Frage ernst gemeint war oder ob David nicht vielleicht doch mitbekommen hatte, dass die Geldübergabe nicht stattgefunden hatte.

»Stell dir vor, der Erpresser ist nicht gekommen.«

Sie hatte David nicht erzählt, dass sie die Identität des Erpressers herausgefunden und ihn angerufen hatte. Es sollte ihr Geheimnis bleiben, sie versprach sich damit im Ernstfall größeren Handlungsspielraum.

»Wahrscheinlich warst du unpünktlich. Oder du hast nicht lange genug gewartet.«

»Nein, nein. Auf keinen Fall. Ich habe bis kurz vor 8 gewartet. Vielleicht hat er sich beobachtet gefühlt und ist deshalb nicht gekommen.«

»Wie meinst du das? Wer hätte ihn beobachten sollen?«

»Na, du vielleicht! Du warst sicher in der Nähe, um zu sehen, was passiert.«

»So ein Unsinn! Was denkst du von mir? Ich bin doch nicht blöd!«

Davids Stimme überschlug sich nahezu.

»Jetzt beruhige dich! Aufregung bringt uns auch nicht weiter.«

Nadja erkannte, dass sie mit ihrer Anschuldigung zu weit gegangen war.

»Wir sollten abwarten.«

»Eine andere Möglichkeit gibt es ohnehin nicht. Wenn er das Geld haben will, dann wird er sich sicher wieder melden.«

David schien sich zu beruhigen.

Nadja hatte das Gefühl, dass Moritz Sigmund möglicherweise von seinem Vorhaben absehen würde, jetzt, nachdem seine Identität bekannt geworden war.

»Ich glaube ja, dass sich sein Gewissen gerührt hat und er uns in Ruhe lassen wird. Hoffentlich hören wir nichts mehr von ihm. Es ist sicher besser, wenn wir uns in der Zwischenzeit nicht treffen und auch nicht telefonieren.«

David lachte laut auf.

»Das hätte ich sowieso nicht vorgehabt.«

Und schon hatte er aufgelegt.

Kaspar Zeisig – Holzstraße

»Eine Familie wie im Bilderbuch.« Dieser Satz war ihm das ganze Wochenende nicht aus dem Kopf gegangen. Genau das wünschte sich Kaspar Zeisig auch, und an diesem Nachmittag wollte er anfangen, daran zu arbeiten.

Er startete seinen Laptop und gab im Internet vorerst nur das Wort »Partnersuche« ein. Das Suchergebnis listete mehrere Vermittlungsseiten auf. Sie alle warben mit Bildern von glücklichen Paaren, die angeblich die große Liebe gefunden hatten. Zeisig seufzte. So würde er nicht weiterkommen, er musste sich für eine dieser Plattformen entscheiden. »Singles mit Charme« gefiel ihm am besten.

Er gab an, dass er männlich sei und dass er eine Frau suche. Kaum hatte er das angekreuzt, wurden seine Mailadresse, sein Passwort und ein Nutzername verlangt.

Kaspar Zeisig musste nicht lange überlegen, dachte an sein Hobby und setzte die Nummer seines Anglerausweises ein. »Angelrute355« erschien ihm witzig und er war sicher, dass sich dieser Nutzername bei den Userinnen einprägen würde.

Somit hatte er das Einloggen erfolgreich erledigt und sah – wie zur Belohnung – gleich eine Menge Fotos von Frauen, die wie er auf der Suche waren. Eine Dame, etwa in seinem Alter, stach ihm gleich ins Auge. Was allerdings eine »Kommunikationswirtin« war, konnte er sich nicht vorstellen.

»Mit Wirtinnen will ich rein gar nichts zu tun haben!«

Zeisig musste über seinen eigenen Ausspruch schmunzeln, vermied er es doch tunlichst, eine Gaststätte oder ein Restaurant aufzusuchen. Für Essen, das er sich nicht selbst zubereitete, wollte er fast nie Geld ausgeben.

Nachdem zahlreiche Fotos mit durchaus attraktiven Frauen über seinen Bildschirm gehuscht waren, wurden schon wieder

Einzelheiten von ihm gefordert. Er sollte seine Hobbys, Vorlieben und Abneigungen eingeben, damit das Portal leichter eine passende Partnerin für ihn finden konnte.

Zeisig atmete erst einmal tief durch, richtete sich vor dem Bildschirm auf und lehnte sich auf seinem Stuhl zurück. Sollte er »Vogelbeobachtung« und »Fliegenfischen« tatsächlich eingeben, oder sollte er sich spannendere Freizeitbeschäftigungen ausdenken?

»Man muss ehrlich sein!«

Wie sollte er einer Dame später bei einem eventuellen Treffen erklären, dass er nicht an Kreuzfahrten und Reisedokumentationen interessiert war? Wann sollte er gestehen, dass er keine Leseratte war oder sich mit Rosenzucht überhaupt nicht auskannte?

Also blieb er bei der Wahrheit.

Bei den Vorlieben war es schon einfacher für ihn. »Vegetarier« war schnell eingetragen. Auf keinen Fall wollte er mit einer Fleisch essenden Frau zusammenleben. Schon allein der Gedanke an rohes Fleisch im Kühlschrank löste Ekel in ihm aus und trieb ihm die Gänsehaut auf den Rücken.

»Interesse an antiken Schmuckstücken« trug er in die zweite Zeile ein, löschte es nach kurzem Überlegen aber wieder. Das konnte ihn in ein schiefes Licht rücken. Da würde die Auserwählte dann vielleicht meinen, er sei reich, ein Sammler, ein vermögender Kenner. Also, weg damit.

»Single mit Liebe zum Detail« traf es schon besser. Zeisig konnte stundenlang an einem Kettenglied feilen, bis es die gewünschte Form hatte, konnte sich stundenlang in Unruhen vertiefen, um Uhren wieder zum Laufen zu bringen, achtete auch in seinem Haushalt auf peinliche Ordnung und Sauberkeit. Dass man ihn als kleinlich, eigenbrötlerisch und pingelig bezeichnen konnte, störte ihn wenig. Dann würde sich wenigstens niemand melden, der es mit Pünktlichkeit, Sparsamkeit und Verlässlichkeit nicht so genau nahm.

»Ich verabscheue Rauchen, Trinken, Spielen und Tierhaare« gab er zuletzt ein und grinste zufrieden, nachdem ihm ein Insert auf seinem Bildschirm versprochen hatte, dass ihm zeitnah passende Partnerinnen angeboten werden würden.

Alessandro Coretti – Tanzstudio

Während er die Pause zwischen den beiden Kursen nutzte, um die hohen Fenster zu öffnen, musste er noch immer in sich hineinlächeln. Zu komisch war es anzusehen gewesen, wie die attraktive sportliche Dame, die er für sich »Radlerin« nannte, dem untersetzten mittelalterlichen Herrn zu entkommen versuchte.

Es war Alessandro nicht entgangen, dass der doch recht anstrengende Mann schnurstracks auf sie zugegangen war und sie etwas ungeschickt aufgefordert hatte. Beim freien Bewegen zur Musik ohne Choreografie hatten die beiden auch ein ganz hübsches Paar abgegeben, heute wollte die junge Frau aber bei ihrem Tanzpartner aus dem Standardkurs bleiben.

Als jedoch plötzlich die Doppeltür zum Saal aufgestoßen wurde, erstarb das Lächeln auf seinen Lippen. Wutentbrannt stürmte seine Schwester Vanessa herein und baute sich vor ihm auf. Diese Pose gab ihr scheinbar Sicherheit. Sie hatte diese schon immer eingenommen, wenn sie ihren Bruder beeindrucken wollte.

Alessandro wich einen Schritt zurück und betrachtete seine Schwester aus sicherer Entfernung. Sie hatte es sichtlich nicht der Mühe wert gefunden, sich zu schminken oder umzuziehen.

In ihren alten, abgetragenen Jeans und einem ausgeleierten T-Shirt stand sie vor ihm und warf den Kopf in den Nacken, runzelte ihre dichten Augenbrauen und kniff die Augen zusammen.

»Scheißkerl!«

Alessandro näherte sich ein wenig und holte Luft, um beruhigend auf Vanessa einzureden.

»Hockst hier in deinem Tanzsalon, du geschniegelter Lackaffe, und denkst keinen Augenblick daran, wie es mir und den Kindern, deinen Neffen, geht!«

Vorsichtig spähte Alessandro zur Tür und hoffte inständig, dass keines der Paare für den Lateinamerikakurs zu früh erscheinen würde. Er wollte sich keinesfalls in seinem Arbeitsbereich von seiner Schwester blamieren lassen.

»Wunderbare, kinderfreundliche Kurszeiten!«

Mit einem schnellen Griff hatte Vanessa die Broschüre, die die Zeiten für seine Kurse enthielt, aus der Hosentasche gezogen und hielt sie ihm jetzt triumphierend vor die Nase.

»Was heißt kinderfreundlich? Ich bin kinderlos und habe nicht die Absicht das zu ändern.«

»Ab morgen wird sich dieser Zustand ändern, das wirst du schon sehen. Ab 14 Uhr werden Yannick und Toby von Montag bis Freitag hier auf der Matte stehen und du wirst dich um sie kümmern!«

Wie ein Mantra wiederholte Alessandro die beiden Kindernamen und schien nicht zu begreifen, was seine Schwester vorhatte.

»Genau, Yannick und Toby. Ich hole sie aus dem Kindergarten und stelle sie bei dir ab. Um diese Zeit sind sie hungrig und müde und freuen sich auf warmes Essen und ihren geduldigen Onkel.«

»Wie in aller Welt stellst du dir das vor?«

Alessandro vernahm schon Schritte und Stimmen hinter der Doppeltür und wollte diesen Streit so schnell wie möglich aus der Welt schaffen. Auf keinen Fall wollte er seinen Tanzpaaren Gesprächsstoff für die nächsten Kurse bieten.

»Da du nicht daran denkst, das Erbe unserer Eltern mit mir zu teilen, muss ich mehr Stunden an der Musikschule unterrichten. Ich komme sonst nicht über die Runden. Dies ist ein erster Schritt.«

Bevor Alessandro reagieren konnte, zuckte Vanessa die Schultern, tötete ihn mit ihren Blicken, drehte sich um und war kurz davor, den Saal zu verlassen.

»Rosinen, Spinat und Tomatensoße mögen sie nicht!«

Alessandro lockerte seine Krawatte, nickte stumm und ging zur Stereoanlage. »Smooth Operator« von Sade war jetzt genau die Musik, die er für die erste Rumba brauchte.

Luise Koch – Schlossberg

Der Nachmittag im Kindergarten hatte sich endlos hingezogen. Luise hatte sich nicht auf ihre Arbeit konzentrieren können, Benedikt hatte sie wieder einmal bis aufs Blut geärgert, die Helferin hatte den Ribiselsaft zu süß zubereitet und die Zeiger der Uhr im Spielzimmer hatten den Anschein gehabt, versteinert zu sein.

Endlich Dienstschluss!

Eilig packte Luise ihre Sachen und verließ, was sonst gar nicht ihre Art war, grußlos ihren Arbeitsplatz. Wie sie den Weg vom Römerberg hinunter zum Schlossberg hinter sich gebracht hatte, ob die Fußgängerampel Rot oder Grün gezeigt hatte, daran konnte sie sich beim besten Willen nicht erinnern.

Als sie den Schlüssel ins Türschloss steckte, zitterten ihre Hände so stark, dass sie mehrere Versuche brauchte, in die Wohnung zu kommen. Sie schmetterte den Schlüsselbund auf das Kästchen im Vorzimmer, warf die Jacke achtlos auf den Boden und machte sich nicht die Mühe, aus den Schuhen zu schlüpfen.

Katharina saß mit angezogenen Beinen auf dem Sofa und schien in ein Schriftstück vertieft. Ein Bleistift ruhte abwechselnd auf ihrer gekräuselten Oberlippe und hinter dem rechten Ohr. Ihre Lebensgefährtin stellte für Luise ein Bild der Ruhe, Konzentration und Gelassenheit dar.

Luise konnte nicht anders, sie baute sich vor Katharina auf, stemmte die Arme in die Hüften, räusperte sich und ließ ihrer angestauten Wut freien Lauf.

»Was bildest du dir eigentlich ein? Wie kannst du hier so ruhig sitzen und arbeiten, während unser gemeinsames Leben auf der Kippe steht und zu scheitern droht? Was hat dich geritten, meine Erbstücke für einen Mann zu verkaufen?«

Katharina blickte von ihrer Arbeit auf, legte den Bleistift zur Seite, stützte das Kinn in beide Hände, und signalisierte so Interesse für Luises Anschuldigungen.

»Willst du mit diesem Subjekt, das es ja augenscheinlich nur auf dein Geld abgesehen hat, wirklich zusammenziehen? Stellst du dir etwa eine Beziehung zu dritt vor? Ohne mich! Ich bestehe jedenfalls darauf, dass ich meinen Schmuck zurückbekomme, verstanden?«

»Der ist weg, der Käufer hat ihn sicher längst zu einem höheren Preis weiterverkauft, damit wirst du dich wohl abfinden müssen.«

Katharina beugte sich vor, nahm einen tiefen Schluck aus ihrem Rotweinglas, lehnte sich genüsslich wieder zurück und schaute Luise herausfordernd an.

»Du hast keine Ahnung, was du mir damit angetan hast! Die Schmuckstücke hatten für mich auch einen hohen Erinnerungswert, sie waren das Einzige, was mir von meiner Familie geblieben ist. Wie kann man jemanden, von dem man behauptet, dass man ihn liebt, bestehlen? Wie kannst du dich außerdem in einen Mann verlieben?«

Auf diese letzte Frage schien Katharina gewartet zu haben. Sie griff nach ihrem Handy, suchte in ihrer Fotogalerie und hielt Luise das Bild eines Schönlings unter die Nase. Luise konnte nicht umhin weiterzuscrollen und entdeckte zahlreiche Selfies von einem offenbar schwer verliebten Paar. Als die Fotos intimer wurden, schleuderte sie das Handy auf das Sofa und wischte sich verärgert die Tränen, die ihr über die Wangen gelaufen waren, aus dem Gesicht.

»Da kann ich ja meine Sachen packen und gehen!«

Katharina machte keine Anstalten, Luise aufzuhalten. Ruhig und gelassen wandte sie sich wieder ihrer Arbeit zu. Luise rannte heulend in ihr Zimmer, riss die Reisetasche vom Kasten und begann ihre Habseligkeiten zu packen.

Trotz ihrer Wut und Kränkung ließ sie bewusst die Schals, Tücher und Schmuckstücke, die sie von Katharina geschenkt bekommen hatte, zurück.

Dann lief sie, ohne Katharina eines weiteren Blickes zu würdigen, aus der Wohnung und knallte die Tür hinter sich zu.

Ludwig Kehrer – Redaktion

Ludwig Kehrer fragte sich, ob er bei seiner Chefin in Misskredit geraten war. Selten hatte er sie so empört über die Anschuldigungen der Leserinnen und Leser erlebt. Es war seine

Verantwortung, und das machte sie ihm deutlich, die Probleme mit seinem Fotografen Moritz Sigmund zu klären und zu beheben. Kehrer würde sich daher demnächst an einem neutralen Ort, vielleicht im Donaupark, mit Sigmund treffen müssen. Ausgestattet mit großem Bedürfnis nach Harmonie, scheute er konfliktträchtige Gespräche. Diesmal blieb ihm diese Konfrontation aber offenbar nicht erspart.

Doch heute Abend musste er sich um die Schlussredaktion kümmern.

In einem kleinen Team erfahrener Kolleginnen und Kollegen wurde nochmals überprüft, ob die Beiträge richtig zusammengefügt waren, ob das Layout passte und sich auch inhaltlich keine Fehler eingeschlichen hatten. Eine sehr verantwortungsvolle Aufgabe, Kehrer fühlte sich in seiner Arbeit wertgeschätzt, da er nach wie vor diesem Team angehören durfte, obwohl seine Chefin nicht gut auf ihn zu sprechen war.

Sonst hatte er keine Freude mit diesem Abenddienst, weil dieser auch immer eigenständige Entscheidungen verlangte, wenn plötzlich wichtige aktuelle Ereignisse in der Redaktion einlangten. Sie mussten schnell, noch rechtzeitig vor dem Druck, eingearbeitet werden. Welcher Beitrag sollte in diesem Fall weggelassen werden, war die Meldung, die hereinkam, wirklich wichtig und interessant? Er war froh, diese Fragen nicht alleine beantworten zu müssen. Es gab abgesehen von Kehrer auch sonst niemanden in der Redaktion, der sich freiwillig für diese Tätigkeit meldete, weil sie immer stressbeladen war und hektische Stunden bedeutete.

Ein wenig angespannt und unruhig überprüfte er auf seinem Bildschirm die einzelnen Seiten und deren Beiträge.

Eine Kurzmeldung zu einem Verkehrsunfall mit einem Motorradlenker und einer Fußgängerin, die zu Schaden gekommen war, dann ein Beitrag zum Fortschritt beim Bau der neuen

Eisenbahnbrücke, ein Text, der alle erfreuen würde. Die Eröffnung wurde für den Herbst angekündigt.

Fast eine ganze Seite war dem Thema der Linzer Grünflächen, die zum Wohlbefinden und zur Steigerung der Lebensqualität beitragen sollten, gewidmet. Bei der Anordnung der Fotos musste ein wenig nachjustiert werden.

Auf der gegenüberliegenden rechten Seite entdeckte er den Bericht über das Auffinden einer männlichen Leiche im Winterhafen. Der Mann war mit Jogginganzug bekleidet, hatte eine sportliche Figur und schien zwischen 35 und 45 Jahre alt zu sein. Man nahm an, dass er beim Laufen in die Donau gestürzt und ertrunken war. Seine Identität war noch ungeklärt, die Polizei ersuchte um Hinweise. Fotos vom Fundort des Toten mit einer großen Menschenansammlung, Rettung und Polizei waren zu sehen.

»Sehr ungewöhnlich, dass ein Läufer in die Donau fällt. Das haben wir in Linz noch nie gehabt. Der Mann muss sich sehr ungeschickt angestellt haben oder betrunken gewesen sein.«

Kehrer wollte sich dem nächsten Text widmen, als eine Kollegin mit einer Mitteilung hereinstürmte.

»Wir haben eine Änderung, einen aktuellen Beitrag zum Einfügen! Der Raub auf den Welser Juwelier im Mai wurde geklärt.«

Ludwig Kehrer verdrehte die Augen und wandte sich seiner Kollegin zu.

Katharina Bergmair – Promenade

Warum musste sich Luise so aufregen? Was war schon dabei, dass sie einen interessanten Mann kennengelernt hatte?

Katharinas anfängliche Gelassenheit im Streit mit ihrer Freundin wich einer zornigen und aufgeregten Stimmung.

Sie hatte nicht ahnen können, dass Luise so entsetzt über den Verlust ihres Schmuckes sein würde. Ihre Reaktion war völlig überzogen, hysterisch, laut und unsympathisch. Sie selbst ging eher großzügig mit ihrem Besitz um. Es wäre kein Problem gewesen, hätte Luise ihren Designerschmuck zu Geld gemacht, wenn eine Notsituation eingetreten und der Verkauf erforderlich gewesen wäre. Ein schlechtes Gewissen hatte sie allerdings schon, weil sie diese Aktion heimlich durchgezogen hatte.

Nachdem Luise im Streit geflüchtet war und die Tür hinter sich zugeworfen hatte, beschlich Katharina ein unangenehmes Gefühl der Einsamkeit. Sie war nie gern alleine gewesen, hatte sich immer schnell mit Freundinnen und Freunden verabredet, um diesen Zustand zu vermeiden. Die Leere war innerhalb weniger Minuten so groß geworden, dass sie beschloss, sich auf den Weg zu John, ihrem neuen Lover, zu machen. Er würde sie verstehen und sich darüber freuen, wenn sie spontan bei ihm auftauchte.

Es war ein warmer Sommerabend und Katharina schlenderte ohne Eile den Schlossberg hinunter, durch das Landhaustor in Richtung Promenade. Sie konnte nicht verstehen, wie es zu dieser schrecklichen Situation hatte kommen können. Es lag ihr viel an Luise und an ihrer Zuneigung, trotzdem gab es auch John, für den sie sich seit einigen Wochen stark interessierte.

Menschen flanierten durch die Altstadt, lustiges Lärmen lag in der Luft, nur Katharina fühlte ein wenig Beklemmung.

Und da war es wieder, das unangenehme Gefühl in der Magengrube, beobachtet zu werden.

Sie stoppte ihre Schritte und drehte sich abrupt um.

Damit hatte ihr Schatten offenbar nicht gerechnet. Der Mann, der sich einige Meter hinter ihr befand, hielt ebenfalls inne.

Sie kannte ihn nicht. Verfolgte sie der Mann? Sie hatte sich schon in den letzten Tagen ein paarmal beobachtet gefühlt. War das pure Einbildung gewesen oder doch real? Etwas unsicher ging sie weiter.

Der Mann kam näher. Er war annähernd so groß wie sie selbst, schlank, mit bereits grauen Schläfen, eigentlich gutaussehend und sicher älter als sie selbst, wie sie auf den ersten Blick erkennen konnte.

»Guten Abend, Frau Bergmair!«

Woher kannte er sie?

Schnell hatte er sie eingeholt.

»Wir kennen uns doch. Sie haben vor kurzem die großartige Expertise im Landesstudio zu oberösterreichischen Künstlerinnen abgegeben.«

Er freute sich offenbar, dass er sie getroffen hatte.

Katharina verlangsamte ihren Schritt. Ihre hochgezogenen Schultern entspannten sich ein wenig.

»Sie haben mich ganz schön erschreckt.«

»Entschuldigen Sie, das wollte ich nicht. Ich bin Ludwig Kehrer.«

»Sind Sie der Redakteur, der diesen schmeichelhaften Bericht über mich in der Linzer Tageszeitung geschrieben hat?«

Katharina schien sich zu beruhigen. Ihre Angst wich Neugier und Interesse.

»Na ja, ich wollte Ihnen nicht schmeicheln. Sie haben Ihre Lieblingskünstlerin mit großer Expertise und überaus charmant präsentiert.«

Katharina sah einen leicht spitzbübischen Zug um Kehrers Mundwinkel, den sie nicht so recht zu deuten wusste.

»Falls ich wieder einmal Interessantes über Sie schreiben darf, würde ich mich freuen. Rufen Sie mich an, wenn Sie möchten!«

Er streckte Katharina seine Karte entgegen, die sie zögernd annahm. Ludwig Kehrer wandte sich um und verschwand Richtung Schlossberg.

So richtig wusste Katharina diese Begegnung nicht einzuschätzen. War er der, dessen Anwesenheit sie des Öfteren in ihrem Rücken gespürt hatte, oder hatte sie sich das alles nur eingebildet?

Katharina schüttelte den Kopf und beschleunigte ihre Schritte Richtung Taubenmarkt.

Kaspar Zeisig – Donaupark

Er hatte sich heute Zeit gelassen beim Aufräumen seiner Werkstatt, ein Blick aus dem Fenster war genug gewesen, um ihm zu zeigen, wie heiß und staubig es draußen noch war. Er wollte den frühen Abend beim Springbrunnen im Donaupark ausklingen lassen, um ein wenig Abkühlung und Erfrischung zu tanken.

Schon als er eintraf, erkannte er, dass bis auf eine Bank alle anderen besetzt waren. Er hatte es geahnt, suchten doch viele Städter um diese Zeit etwas Ruhe und Erholung nach der Hitze des Tages.

Er konnte nicht umhin, die Bank mit seinem Stofftaschentuch abzuwischen, so schnell konnte er den alten Kaspar nicht ablegen. Als er sich endlich gesetzt hatte, schloss er die Augen und konzentrierte sich nur auf das Plätschern und Rauschen des Springbrunnens. Nach ein paar Minuten öffnete er die Augen und betrachtete die Sitzenden auf den anderen Bänken. Eine Großmutter mit einem quengelnden Kleinkind war ihm schon vorher aufgefallen, auch die beiden Männer offensichtlich ausländischer Herkunft hatte er schon aus dem Augenwinkel gesehen.

Jetzt richtete er seinen Blick nach rechts und bemerkte ein eng umschlungenes Paar, das sich leise Koseworte ins Ohr flüsterte und die Welt rund um sich nicht wahrnahm. Der Mann war etwas größer als die Frau, beide waren nicht mehr ganz jung, beide wirkten gepflegt und elegant. Die Frau hatte das dunkle mittellange Haar mit einem breiten Haarband nach hinten gebunden, wenn sie sich kurz von ihrem Partner löste, konnte man ihre interessanten Augen sehen.

Kaspar Zeisig traf dieser Anblick mitten ins Herz. Warum wollte ihm keine Beziehung gelingen? Warum konnte nicht er es sein, der sich hier mit einer außergewöhnlichen Dame vergnügte? Unruhig rutschte er auf seinem Sitzplatz hin und her und bemühte sich, seinen Blick auf die anderen Bänke zu richten. Dort hinten ließ sich ein älterer Herr nieder, stand aber sofort wieder auf, um seiner Frau mit dem Rollator beim Niedersetzen behilflich zu sein. Gemeinsam so vertraut alt werden, das wäre ganz nach Zeisigs Geschmack gewesen. Wie würden seine späteren Jahre aussehen? Würde er überhaupt noch eine Partnerin finden, vielleicht sogar noch Kinder haben?

Ein auffallend lautes Kichern von der Bank des Liebespaares ließ ihn jetzt aber plötzlich erschaudern. Dieses Kichern kannte er. Dieses Kichern hatte er schon in der Berufsschule verabscheut.

Kaspar Zeisig riskierte einen genaueren Blick und war sich sicher: Sie war es. Es war Katharina Bergmair, die er schon in der Ausbildung verehrt, die ihn aber keines Blickes gewürdigt hatte. Nicht nur, dass sie einen versnobten Schmuckladen in der Herrenstraße führte und als Expertin im ORF Karriere zu machen schien, sie musste ihm auch noch ihr Liebesglück vorführen.

»Die gute Laune werde ich ihr verderben!«

Kaspar Zeisig erhob sich und schlenderte nach rechts. Er blieb vor Katharina und ihrem Geliebten stehen und räusperte sich.

»So ein Zufall, dass ich dich hier treffe, ich habe dich erst neulich im Fernsehen bewundert und dein Geschäft scheint ja auch zu florieren. Da hast du dir also auf unserem Ausbildungsplatz doch so einiges von mir abgeschaut!«

»Kaspar, du?! Dich habe ich ja eine Ewigkeit lang nicht mehr gesehen!«

Kaspar Zeisig nickte, trat einen Schritt zurück und wandte sich zum Gehen.

»Ihr solltet langsam aufbrechen, es scheint ein Gewitter aufzuziehen und außerdem ist dieser Herr ganz offensichtlich zu jung für dich, Katharina. Guten Abend!«

Martina Sigmund – Wachzimmer

Kurz bevor sie auf den Türöffner des Polizeiwachzimmers in der Klosterstraße drückte, überprüfte Martina bestimmt zum hundertsten Mal ihr Handy. Wieder kein Anruf, keine Mitteilung, kein Lebenszeichen ihres Mannes Moritz.

Entschlossen betätigte sie den Knopf und schritt durch die sich öffnende Tür. Nach einigen Stufen kam sie an eine Glasscheibe, hinter der sich ein Beamter näherte.

»Was kann ich für Sie tun?«

»Ich vermisse meinen Mann!«

Während der junge Polizist nach einem Zettel und einem Kugelschreiber suchte, stieg Martina nervös von einem Fuß auf den anderen. Es kam ihr erst jetzt zu Bewusstsein, dass sie sich weder umgezogen noch geschminkt hatte. Sie hatte derzeit andere Probleme. Zum einen machte sie sich Sorgen um Moritz, da es überhaupt nicht zu ihm passte, sich über einen ganzen Tag hinweg überhaupt nicht zu melden und auch nicht erreichbar zu sein. Zum anderen wusste sie langsam nicht mehr, wie sie die Fragen ihrer beiden Kinder Luis und Marie beantworten sollte, die unablässig an ihrem Rockzipfel hingen und sich erkundigten, wann Papa denn endlich nach Hause komme.

»Es ist ihm sicher etwas passiert!«

Der Polizist erkundigte sich nach ihren Personalien und wollte wissen, wann sie ihren Mann zum letzten Mal gesehen habe.

Bevor Martina zu irgendeiner Erklärung ansetzen konnte, machte ihr der Beamte auf behutsame Weise klar, dass er Vermisstenanzeigen frühestens nach vierundzwanzig Stunden aufnehmen dürfe, und versuchte beruhigend auf die verzweifelte Frau einzuwirken.

»Manchmal vergessen Personen einfach sich zu melden, sie treffen jemanden, verplaudern sich, erhalten einen überraschenden Termin und übersehen dabei, sich bei ihren Angehörigen zu melden.«

»Aber er hat doch den Kindern versprochen, die elektrische Eisenbahn an diesem Abend aufzubauen, die neue Lokomotive auszuprobieren und einen Ganzzug aus Güterwaggons zusammenzubauen. Das kann er doch nicht vergessen haben!«

Der Beamte, selbst ein begeisterter Modelleisenbahner, erkundigte sich nach der Spurbreite der Schienen, nach dem Fabrikat der Lokomotive und nach den Waggontypen, die Moritz an den Zug hätte anhängen wollen.

»Davon verstehe ich nun wirklich nichts!«

Martina wurde mittlerweile ungeduldig, ging nicht auf die Fragen des Polizisten ein und lauerte darauf, dass ihr Handy irgendein Zeichen von sich gab.

Dann erklärte sie ihrem Gegenüber langsam und betont wie einem Schwerhörigen, dass sie ihren Mann Moritz Sigmund an diesem Morgen zum letzten Mal gesehen hatte, als er zum Joggen aufgebrochen war. Sie hatte die Kinder versorgt und war dann zur Arbeit geradelt. Es war eine lieb gewordene Gewohnheit zwischen ihnen beiden geworden, sich um die Mittagszeit anzurufen oder eine Kurzmitteilung zu senden. Dies war diesmal ausgeblieben. Da in der Ordination, in der sie arbeitete, an diesem Tag besonders viel los war, hatte sie auch keine Gelegenheit gehabt, Moritz selbst anzurufen. Nun sei es 20 Uhr, wie der Beamte ja wohl selbst überprüfen könne, und ihr Mann habe sich noch immer nicht gemeldet.

»Wo ist Ihr Mann beschäftigt?«

»Er ist freiberuflicher Fotograf, wird für Hochzeiten und Großevents gebucht, übernimmt aber auch Porträtaufnahmen und fotografiert in Schulen und Kindergärten.«

Gerade als Martina die Fotos ihrer beiden Kinder aus der Geldbörse ziehen wollte, um sie dem Beamten zu zeigen, durchzuckte es sie wie ein Blitz aus heiterem Himmel:

»Clam, mein Gott, Clam! Er wird noch auf dieser Burg arbeiten, da rufe ich sofort an!«

Ohne sich zu verabschieden oder zu bedanken, drehte Martina auf dem Absatz um und ließ den verdutzten Polizisten einfach stehen, der erleichtert aufatmete, und sich wieder an seinen Schreibtisch setzte.

13. Juli

Kaspar Zeisig – Holzstraße

Noch vor dem Frühstück öffnete Kaspar Zeisig seinen Laptop und loggte sich in die Plattform »Singles mit Charme« ein. Es interessierte ihn brennend, ob sich jemand bei ihm gemeldet hatte. Kaum hatte er »Angelrute355« eingegeben, erschien auch schon das erste Foto. Eine attraktive Frau mit frechem Kurzhaarschnitt und schönen Augen lächelte ihm entgegen.

Zeisig musste zuerst einmal tief durchatmen. Hatte diese faszinierende Person tatsächlich Interesse an ihm? Allzu verwunderlich war das ja nicht, war er doch ein stattlicher Mann in den besten Jahren mit guten Manieren und vielseitigen Interessen. Mit seinem Profilbild hatte er sich große Mühe gegeben, ein frisch gebügeltes Hemd angezogen und das schickere seiner zwei Mascherl ausgewählt. Auch sein Lächeln gefiel ihm auf dem Foto, nicht zu aufdringlich, nicht zu strahlend und doch fand er, dass er darauf interessant wirkte.

Nachdem die erste Anspannung gewichen war, schaute er sich das Bild von Anja K. noch einmal genauer an. Sie schien ihn freundlich anzulächeln, die Bluse leicht geöffnet, die Augen direkt auf ihn gerichtet. Aber dann traf es ihn wie ein Blitz aus heiterem Himmel. Der Hintergrund!

Kaspar Zeisig hatte nicht auf den Hintergrund geachtet und tat es jetzt umso ausführlicher. Er begann zu zählen und kam tatsächlich auf die Zahl DREI. Schrecklich!

Sechs eingedrückte Nasenlöcher, drei heraushängende Zungen, sechs lange Speichelfäden und drei rote Halsbänder zierten den Hintergrund von Anjas Foto. Sie hatte also drei französische Bulldoggen, in die sie anscheinend ganz vernarrt war.

»Kann denn diese Person nicht lesen? Ich habe doch meine Abneigung gegen Tierhaare ausdrücklich erwähnt!«

Mit diesen Worten klappte er den Laptop verärgert zu und starrte auf seinen Schreibtisch und somit auf die Broschüre der Tanzschule Coretti.

»Wie macht der Kerl das?«

In Gedanken ging Kaspar Zeisig die vergangenen Tanzstunden durch und hatte immer wieder das Bild vor Augen, wie Alessandro sich eine Dame nach der anderen »auslieh«, sie eng an sich drückte, die linke Hand langsam über ihren Rücken bis zu den Pobacken gleiten ließ und sie so über das Parkett führte. Mit den sehr attraktiven Tänzerinnen zeigte er neue Schritte vor, erklärte den anderen Paaren wichtige Details und hatte daneben noch genügend Zeit, der jeweiligen Dame etwas ins Ohr zu flüstern.

Zeisig, der seit jeher ein aufmerksamer Beobachter war, war das nicht entgangen. Ebenso wenig war es ihm entgangen, dass die Damen, die ohne Partner zum Kurs gekommen waren, nachher noch ein wenig herumtrödelten, um auf Alessandro zu warten.

»Schmieriger Kerl!«

Kaspar Zeisig wollte den Folder schon von sich wegschieben und sich seiner Anglerzeitschrift widmen, als er beschloss, Alessandro genauer zu studieren: glattes nach hinten gekämmtes Haar, Kleidung einwandfrei, modisch, schick, figurbetont, muskulöser Körper, wasserblaue Augen zu dunklem Teint und perfekt gepflegte Hände. Dazu ein Auftreten, das seinesgleichen suchte.

Gut: An seinem eigenen Aussehen konnte Kaspar Zeisig wenig korrigieren. Die Hände waren von der Arbeit in der Werkstätte und auch vom Angeln alles andere als gepflegt. Das schüttere Haar ließ sich wohl nach hinten kämmen, bedeckte dann aber kaum die kahlen Stellen und die Augen lagen leider unter tiefhängenden Oberlidern.

Aber an der Kleidung und am Auftreten konnte er arbeiten. Gleich am nächsten Tag wollte er sich einen neuen Anzug und einige passende Krawatten leisten und sich von der Verkäuferin nichts aufschwatzen lassen. Dafür würde schon sein weltmännisches Auftreten sorgen, das er jetzt gleich vor dem Spiegel einübte.

Lilly & Eva – Kommissariat

Lilly saß an ihrem Schreibtisch und überprüfte die Vermisstenanzeigen der letzten Tage. Sie hatten keinerlei Hinweise auf die Identität des Mannes, der am Vortag aus der Donau gefischt worden war. Und die Handydaten waren auch noch nicht ausgewertet. Auch der Todeszeitpunkt konnte von der Gerichtsmedizin noch nicht präzise angegeben werden. Es war noch zu wenig Zeit für Untersuchungen zur Verfügung gestanden. Meist musste man mit einem ganzen Tag rechnen, bis konkrete und verlässliche Ergebnisse zur Verfügung standen.

Die Datenbank, die alle aktuell Vermissten in Österreich abbildete, filterte sie vorerst nach Geschlecht und Alter. Die Liste der etwa 35- bis 45-jährigen männlichen Vermissten zeigte nur vier Namen. Lilly konzentrierte sich vorrangig auf die Personen, die ihren Wohnsitz in Oberösterreich hatten und erst vor kurzem von der Bildfläche verschwunden waren.

Da gab es einen 37-Jährigen, bei dem es sich kaum um den Toten aus der Donau handeln konnte. Außerdem war da ein junger Mann ohne genaue Altersangabe, Brillenträger, mit dunklem Haar und, als auffälligstes Merkmal, einer langen

Narbe auf dem linken Handrücken. Dass sie keine Brille gefunden hatten, sagte nichts aus, sie konnte ja beim Sturz verlorengegangen sein. Eine Narbe an der linken Hand war allerdings nicht erkennbar gewesen. Die letzten beiden Männer stammten aus dem Burgenland und waren bereits seit mehreren Monaten abgängig.

Lilly drehte sich enttäuscht mit ihrem Drehsessel um ihre eigene Achse. Wo blieb Eva so lange? Sie hatte doch nur kurz in der Gerichtsmedizin vorbeischauen wollen, um nach aktuellen Erkenntnissen zu fragen. Sie hätte das auch telefonisch erledigen können, das wäre für Lilly die beste und einfachste Möglichkeit gewesen. Alleine der Gedanke an kalte Räumlichkeiten in grellem Neonlicht, an bis zur Decke geflieste Wände, Untersuchungstische mit Scheren und Zangen in Metallschalen und an den beißenden Geruch von Desinfektionsmitteln verursachte ihr Übelkeit. Sie wollte sich nicht vorstellen, dass sicher auch Leichenteile herumlagen.

Lilly erhob sich mühsam, öffnete das riesige Bürofenster und schnappte nach Luft, die nicht mehr so kühl war wie erwartet. Hoffentlich würde Eva nicht wieder das Medizinstudium aufnehmen, ihr Interesse für die Gerichtsmedizin war seit ihrem letzten gemeinsamen Fall auffällig groß. Auf ihre Kollegin zu verzichten würde ein großes Problem darstellen.

Neben dem Fenster stand die riesige weiße Glaswand, an der es sich Eva zur Gewohnheit gemacht hatte, Skizzen, Gedanken und Fragezeichen zu den jeweiligen Ermittlungen aufzuzeichnen und so lange mit Hinweisen, Bildern und Pfeilen zu ergänzen, bis sich das Dunkel eines Falles lichtete. Diesmal waren nur wenige Informationen und erste Fotos vom Fundort darauf zu sehen. Lilly fand diese detailreiche Dokumentation ihrer Fälle ein wenig übertrieben, sie selbst agierte eher intuitiv und berief sich meist auf ihr Bauchgefühl, das ihr auch diesmal sagte, dass der Mann in der Donau nicht einfach durch einen Unfall zu Tode gekommen war.

In dem Moment kam Eva ins Büro. Ihre blitzblauen High Heels, die rote Leinenhose und ihr übergroßes T-Shirt mit bunten Sommerblumen hatten in der Gerichtsmedizin sicher für Aufsehen gesorgt. Sie warf den neuen Radhelm und ihren Rucksack auf den Schreibtisch, stellte ihre Schuhe vorsichtig unter den Tisch und noch bevor Lilly sie begrüßen konnte, fing sie bereits zu reden an.

»Hast du hoffentlich nicht darauf vergessen, Erik Gunnarson anzurufen, um ihn zu einer Befragung einzuladen? Er ist im Moment ein wichtiger Zeuge für uns. Und du wirst es nicht glauben, ich habe unterwegs einen unserer Techniker getroffen, der sich mit dem Handy des Toten beschäftigt hat.«

»Und?«

Lilly wollte nicht auf Evas Frage eingehen. Sie hatte tatsächlich vergessen, Erik Gunnarson anzurufen.

»Es gibt einen Namen zum gefundenen Handy. Es hat wahrscheinlich einem gewissen Moritz Sigmund gehört, er wäre kommende Woche 44 Jahre alt geworden. Seine Wohnung befindet sich am Hauptplatz.«

Lilly staunte.

»Ich wusste gar nicht, dass auf einem Handy so viele persönliche Daten gespeichert sind.«

Eva hatte noch eine weitere wichtige Information auf Lager.

»Die Anrufliste hat ergeben, dass die letzten fünfzehn Anrufe von einer einzigen Nummer stammen. Wir sollten diese Nummer zuerst überprüfen.«

Eva kramte aus ihrem Rucksack den zerknitterten Zettel der Kriminaltechnik hervor und tippte diese Nummer in ihr Diensthandy.

»Guten Tag. Sigmund. Martina Sigmund.«

Luise Koch – Donaustrand Urfahr

Erst auf dem Weg über die Nibelungenbrücke bemerkte sie, dass sie Richtung Badeplatz Urfahr unterwegs war. Zielstrebig ging sie auf das Rathaus zu, warf einen Blick auf die ausnahmsweise blaue Donau sowie die riesige Baustelle der neuen Donaubrücke und machte bei der Statue des Heiligen Nepomuk eine kleine Verschnaufpause. Dieser Heilige hatte ja auch mit Untreue und Verrat zu tun gehabt und war von König Wenzel gefoltert und ins Wasser geworfen worden, weil er das Beichtgeheimnis von dessen Gattin nicht preisgegeben hatte.

Was sollte sie hier? Aufmerksame Beobachterinnen und Beobachter hätten sofort erkannt, dass sie nicht zum Sonnenbaden oder Schwimmen unterwegs zum Donaustrand war, da sie nur ihre Handtasche bei sich hatte. Während sie den Schatten unter dem Heiligen genoss, dachte sie kurz an den Nachmittag im Kindergarten zurück und musste lächeln. Benedikt war es scheinbar als einzigem Kind aufgefallen, dass es ihr schlecht ging. Er war immer wieder um sie herumgeschlichen und hatte ihr dann in der Spielecke ganz sacht über den Kopf gestreichelt. Das musste sie seiner Mutter erzählen, die sich schon viele Sorgen um das Verhalten ihres Sohnes gemacht hatte.

Sie musste endlich überlegen, was sie eigentlich wollte. Ja, es stimmte, sie wollte zu Katharinas Lieblingsplatz, sie wollte mit eigenen Augen sehen, ob sie sich dort alleine in der Sonne aalte oder sich mit ihrem Liebhaber vergnügte. Sie wollte sich selbst beweisen, dass sie die richtige Entscheidung getroffen hatte.

Es war ein Glück gewesen, dass sie bei einer Kollegin aus dem Kindergarten für kurze Zeit unterkommen hatte können. Gern hatte diese das nicht gemacht, zu viel Angst hatte sie vor dem Gerede der Leute über ihre möglichen sexuellen Vorlieben. Luise spürte das instinktiv und sie ließ keine Zeit verstreichen, um sich nach Mietwohnungen, die leistbar erschienen, umzusehen. Es verging aber auch keine Stunde, in der sie sich nicht gefragt hätte, ob sie nicht doch zu Katharina zurückkehren und sie von dem Mann loseisen sollte.

Vielleicht bot sich ja hier und jetzt auf dem Badeplatz die Gelegenheit dazu.

Luise stieg die wenigen Stufen hinab, ging das Donauufer entlang und erreichte nach wenigen Schritten den beliebten Badeplatz in Urfahr.

An diesem sonnigen, windstillen Nachmittag war dieser gut besucht und es dauerte eine Weile, bis Luise Katharina im Schatten einer Weide entdecken konnte. Da lag sie, ausgestreckt auf einem Badetuch, das Ton in Ton auf ihren figurbetonten Badeanzug abgestimmt war. Den Sonnenhut mit einer breiten Krempe hatte sie sich tief über das Gesicht geschoben, sodass sie Luises Anwesenheit gar nicht bemerkte. Sie schien allein zu sein und auch niemanden zu erwarten. Darauf ließ ein dickes Buch mit Lesezeichen schließen. Ein Blick auf die völlig entspannte Freundin machte Luise erneut wütend. Sie bückte sich, zog vorsichtig an einer der perfekt pedikürten großen Zehen und räusperte sich. Außer einem leichten Grunzen gab Katharina keinen Ton von sich, sie schien zu schlafen.

Sollte sie sich neben sie setzen und warten, bis sie aufwachte?

Kommt gar nicht in Frage!

Luise ließ ihre aufgestaute Wut ungebremst auf ihre Lebenspartnerin niederprasseln.

»Die Sonne genießen und keinen Gedanken an mich und unsere Beziehung verschwenden, das hättest du dir wohl so vorge …!«

Das letzte Wort blieb Luise im Hals stecken, als sich die Angesprochene aufrichtete, Luise verwirrt anblickte und ihrerseits begann, die Störende zu beschimpfen.

Schnell lenkte Luise ein, entschuldigte sich, stotterte etwas von einer Verwechslung mit ihrer Freundin, strich aus Verlegenheit das Badetuch wieder glatt, entschuldigte sich nochmals und verließ den Badeplatz Hals über Kopf.

Alessandro Coretti – Tanzstudio

Er liebte sie nicht besonders, die Kurse, die am Nachmittag für Seniorinnen und Senioren stattfanden, aber sie waren immer gut besucht und manchmal rührte es ihn auch, wie die älteren Damen und Herren sich freuen konnten, wenn ihnen eine Schrittkombination gelungen war. Manche hatten in jüngeren Jahren viel getanzt, das merkte man ihnen jetzt noch an. Berührend war auch, wie so mancher Herr seine Dame enger an sich zog, wenn Alessandro näher kam, die Eifersucht gab es also auch noch in diesem Alter.

Für Alessandro stand fest, dass er für diese Veranstaltungen Musik aus früheren Zeiten auswählte und so lief gerade »The Last Waltz«, als plötzlich die schwere Doppeltür aufgestoßen wurde und zwei Kinder erschienen. Nach einem kurzen Augenblick der Überraschung erkannte er seine beiden Neffen Yannick und Toby.

Alessandro war darum bemüht, möglichst kein großes Aufsehen zu erregen, korrigierte kurz die Haltung eines vorbeitanzenden Paares, lächelte und bahnte sich seinen Weg zur Musikanlage, um die Nummer ein zweites Mal laufen zu lassen, um Zeit zu gewinnen. Dann schritt er langsam auf die beiden wartenden Kinder zu.

»Hunger!«, rief ihm der Größere der beiden entgegen, stellte seinen Rucksack demonstrativ auf den Boden und schaute sich nach einem geeigneten Platz für das erwartete Mittagessen um.

»Hier gibt es keine Tische, nur ein paar Sessel«, stellte der Jüngere, das war wohl Toby, fest.

Wie auf Kommando durchquerten sie den Saal, drängelten sich durch die Tanzenden, ahmten die Schritte und Figuren nach und strebten auf die Sessel zu, die nicht besetzt waren.

Alessandro fiel auf, dass mehrere Paare aus dem Rhythmus gekommen waren und teilweise irritiert, teilweise belustigt auf die Kinder schauten. Diese schien das nicht zu stören, sie wechselten die Sessel, verschoben sie, krochen unter ihnen durch, versuchten Fangen zu spielen und kamen dabei den Tanzenden immer wieder in die Quere. Während der Großteil der Paare stehen geblieben war und fragend zu Alessandro schaute, ergriff ein beherzter Tänzer das Wort.

»Wenn das so weitergeht, verlange ich mein Geld zurück!«

Seine Partnerin hingegen holte ihre Handtasche und entnahm ihr eine Tafel Schokolade, die sie den beiden Kindern reichen wollte.

»Wir haben eine Nussallergie!«, sagte Yannick, als er die Verpackung der Schokolade näher begutachtet hatte. Wortlos zog sich die bemühte Dame wieder zurück. Noch bevor Alessandro eingreifen konnte, hagelte es Ratschläge von allen Seiten. Man solle den Kurs unterbrechen und den Kindern zu essen geben, man solle die ungezogenen Fratzen einfach dorthin zurückschicken, woher sie gekommen waren, man solle sie besser erziehen, man solle nicht so streng mit ihnen sein und so weiter.

Jetzt musste Alessandro zu einer List greifen. Er klatschte in die Hände und forderte die Paare auf zu erraten, ob es sich bei dem folgenden Musikstück um einen Cha-Cha-Cha, eine Samba oder eine Rumba handle. Den Gewinnerinnen und Gewinnern würde eine kleine Überraschung winken.

Er stellte den Song »Völlig losgelöst« ein. Gehorsam bemühten sich fast alle Frauen und Männer, Schritte dazu zu erfinden und sich zur Musik zu bewegen.

Diese Zeitspanne nutzte Alessandro dazu, zielstrebig auf seine Neffen zuzugehen und sich mit ihnen zu einigen. Pizza gegen Bravsein!

Sofort stimmten die beiden zu, und noch bevor Alessandro das Handy für den Anruf bei der Pizzeria am Pfarrplatz zücken konnte, wussten sie, dass nur eine Capricciosa in Frage käme.

Erleichtert gab Alessandro die Bestellung auf und drehte sich zu seinen Tanzpaaren um.

»Meine Damen und Herren, es handelt sich um einen Paso Doble und den Grundschritt dafür werden wir jetzt gleich lernen.«

Eva & Lilly – Hauptplatz

Es war Eva und Lilly nur ein ganz kurzer Blick in die Auslage der Buchhandlung am Hauptplatz möglich, sie mussten den Gang rasch durchschreiten und sich zur Wohnung von Moritz Sigmund begeben.

Bereits auf dem Weg über den Pfarrplatz und den Hauptplatz hatten sie überlegt, wie sie der Ehefrau des Verunglückten die Todesnachricht möglichst schonend beibringen könnten.

Lilly hoffte auf Eva, der es in solchen Fällen besser gelang, die Information klar und doch einfühlsam zu vermitteln. Sie selbst war immer derart von Mitleid eingenommen, dass sie stets befürchtete, kein Wort herauszubringen.

Schon beim Türschild, das ein entzückendes Familienfoto zierte, war Lilly erleichtert, dass Eva versprochen hatte, als

Erste zu sprechen. Bevor sie überhaupt klingeln hatten können, ertönten aus dem Inneren der Wohnung zweistimmige »Papa! Papa!«-Rufe und die Tür wurde aufgerissen.

Eva und Lilly blickten in zwei erhitzte und zutiefst enttäuschte Kindergesichter. Lilly beugte sich zu den beiden hinunter.

»Kann ich mit eurer Mama sprechen?«

Die Kinder nickten, rückten etwas zur Seite und rannten ins Wohnzimmer.

»Da sind zwei Frauen, die dich sprechen wollen!«

Martina, die die beiden Ermittlerinnen schon erwartet hatte, sprang vom Sofa auf, auf dem sie wie versteinert gesessen war. Sie ging ein paar Schritte auf Eva und Lilly zu und blickte auf ihre beiden Dienstausweise.

»Was ist mit meinem Mann? Woher haben Sie sein Handy? Geht es ihm gut? Warum hat er sich nicht gemeldet?«

Die Fragen sprudelten aus Martina hervor, als sie jedoch in die Gesichter der beiden Ermittlerinnen schaute, verstummte sie.

»Er ist tot ...«

Es war ein tonloses Flüstern, das Martina von sich gab, dann sank sie in sich zusammen und schaffte es gerade noch, sich auf dem Sofa niederzulassen. Die beiden Kinder, die die Situation schnell erfasst hatten, schauten verwirrt zu Eva und Lilly auf.

»Geht bitte kurz in euer Zimmer, ich komme gleich zu euch.«

Lilly, die Eva für ihr überlegtes Handeln in dieser Situation bewunderte, suchte die Küche, um für Frau Sigmund ein Glas Wasser zu holen und um sich selbst eine kleine Atempause zu gönnen.

»Ja, wir müssen Sie leider über das Ableben Ihres Mannes informieren, er scheint ertrunken zu sein.«

Eva drückte ihr Beileid aus und begann dann zu berichten, dass Moritz Sigmund am Vortag im Winterhafen leider nur mehr tot aus der Donau geborgen hatte werden können. Endlich gelang es auch Lilly, ihren Beitrag zu diesem schrecklichen Gespräch zu leisten. Sie berichtete von dem Zufall, dass ein Ruderer den leblos wirkenden Körper eines Mannes entdeckt und die Polizei alarmiert hatte. Seine genauen Angaben hatten dazu beigetragen, dass ihr Mann so schnell gefunden hatte werden können.

»Aber er konnte doch gar nicht schwimmen, er war wasserscheu, vermied es, zu nahe am Wasser zu laufen und war in dieser Hinsicht auch bei den Kindern übervorsichtig. Wenn der arme Mensch ertrunken ist, kann es nicht mein Mann sein!«

Erleichtert war Martina Sigmund aufgesprungen, um Luis und Marie aus dem Kinderzimmer zu holen.

»Um einen Irrtum völlig ausschließen zu können, müssen wir Sie trotzdem bitten, so bald wie möglich zu uns in die Gerichtsmedizin zu kommen.«

Lilly staunte, wie ihre Kollegin Martina Sigmund gezielt und dennoch feinfühlig mit weiteren Informationen versorgte. Sie sollte noch an diesem Nachmittag oder am nächsten Morgen in die Gerichtsmedizin in die Dinghoferstraße kommen. Selbstverständlich stünden ihr und den Kindern Fachkräfte vom Kriseninterventionszentrum zu Verfügung.

Eva legte noch die Visitenkarte des Zentrums auf den Wohnzimmertisch, erkundigte sich, ob sie die Familie jetzt alleine lassen könnten, und schob Lilly dann den Flur entlang zur Tür hinaus.

14. Juli

Kaspar Zeisig – Donaustrand Urfahr

Diesmal war er auf dem Weg in sein Geschäft besonders früh dran, wilde Träume hatten seine Nacht begleitet, das Aufstehen war ihm daher ganz leicht gefallen.

Um die Angel auszuwerfen, war es allerdings zu spät. Auch den Sonnenaufgang hatte er verpasst, früh singende Vögel waren nicht mehr zu hören und so entschied sich Kaspar Zeisig für einen Morgenspaziergang nach Urfahr, bevor er seinen Laden in der Pfarrgasse aufsperren wollte.

Er hatte sich vorgenommen, an seinem Auftreten entsprechend seinem modischen Vorbild Alessandro zu arbeiten, um mehr Eindruck bei seinen weiblichen Mitmenschen zu hinterlassen.

So war er erstmals seit mehreren Jahren seinem Kleidungsstil untreu geworden und hatte eine blaue Krawatte mit gelben und weißen Schrägstreifen umgebunden. Mascherl empfand er wesentlich stilvoller und er hatte sie in den letzten zwanzig Jahren auch bei allen Anlässen getragen. Offenbar waren aber Krawatten mehr in Mode gekommen.

Und nicht nur sie. Er hatte auch beobachtet, dass alle Menschen, egal ob jung oder alt, kaum mehr polierte Lederschuhe trugen, nein, es waren die unterschiedlichsten bunten Sportschuhe, für die sich offenbar alle begeisterten. Auch Alessandro trug sie fallweise. Und die Teilnehmerinnen und Teilnehmer der verschiedenen Tanzkurse sowieso. Vor allem beim »Freien Tanzen« waren sie offenbar Pflicht. Er hatte daher am Montag noch schnell ein Paar weiße Laufschuhe mit dickem Absatz und bunte Socken gekauft, um sein neues Outfit zu vervollständigen. Der etwas abgetragene, bereits an einigen Stellen glänzende Anzug wurde durch ein Hemd ergänzt, das ein dezentes Fischmuster zeigte.

So wanderte er gemütlich über die Donaubrücke Richtung Norden, um sich dann von der Sonne abzuwenden und an den Donaustrand in Urfahr zu spazieren. Sein neues Erscheinungsbild bewirkte besonders gute Laune, obwohl die neuen Schuhe ein wenig an der linken kleinen Zehe drückten. Er hatte auch das Gefühl, dass ihn die wenigen Passantinnen und Passanten an diesem frühen Morgen auf der Brücke intensiver, nein interessierter als sonst, musterten.

Ein paar dunkle Wolken standen am Himmel und der Wind wirbelte Staub in die Luft, es hatte doch schon längere Zeit nicht geregnet. Kaspar fürchtete, dass er nass werden könnte, bevor er seinen Spaziergang beendet hätte. Sein Anzug würde dadurch noch zerknitterter aussehen. So beschleunigte er seine Schritte, bis er am Donaustrand ankam.

Leicht außer Atem geraten, die Krawatte hatte er ein wenig zu fest gebunden, nahm er, um zu Luft zu kommen, auf einer Bank Platz.

Die großen Steine, auf denen sonst Erholungssuchende saßen, waren noch unbesetzt, eine Spaziergängerin mit Hund schlenderte nah am Wasser, sonst bewegten sich nur die Weiden und die glänzenden Wellen der Donau im Wind. Auf der Baustelle der großen Donaubrücke am Südufer waren fleißige Arbeiter sicher schon seit Tagesanbruch beschäftigt, den Brückenbau voranzutreiben.

Kaspar Zeisig streckte seine Beine, breitete seine Arme auf der Banklehne aus und genoss die sommerliche Morgenluft. Er hatte noch ausreichend Zeit, bevor er sich auf den Rückweg machen musste, um sein Geschäft zu öffnen. Neben ihm lag ein Stapel zusammengebundener Tageszeitungen, den offenbar jemand verloren oder abgelegt hatte. Er selbst war kein Abonnent und hatte auch sonst kaum Gelegenheit und Zeit, einen Blick in eine Zeitung zu werfen. So zupfte er ein Exemplar heraus und faltete es auseinander.

Für politische Ereignisse interessierte er sich schon lange nicht mehr, die vielen Skandale bewirkten unbändigen Zorn in ihm. Er ließ den ersten Zeitungsteil daher unbeachtet liegen. Ganz langweilig fand er auch die neuen Fußballergebnisse der Bundesliga. Die Linzer Mannschaft, für die er sich interessierte, hatte in Folge bereits zum dritten Mal jedes Spiel verloren. So blätterte er einfach weiter. Wichtiger war für ihn, was in seiner Umgebung passierte. Er las die Schlagzeilen über einen Alkolenker, der als Geisterfahrer unterwegs gewesen war, über einen Streit, der mit Schüssen aus einer Schreckschusspistole geendet hatte, und über eine Pensionistin, die eine Schale mit Rattengift aufgestellt hatte. Er kannte all die Menschen nicht und wollte sie auch nicht kennenlernen.

Beim Zusammenfalten der Zeitung fiel ihm dann aber ein Bericht auf, der seine Neugier weckte. Ein Toter war vor zwei Tagen im Winterhafen aufgefunden worden. Offenbar ertrunken. In der Donau. Nach einem Unfall. Moritz S.

Kaspar Zeisig erhob sich kopfschüttelnd von seiner Bank und machte sich mit den ersten Regentropfen auf den Rückweg. Eine Zeitung hatte er über seinen Kopf gefaltet, um nicht nass zu werden.

Lilly & Eva – Kommissariat

»Wie geht es Ihnen mit dem Todesfall im Winterhafen? Gibt es schon einen Namen?«

Dr. Pichler, zuständig für die Abteilung *Leib und Leben*, machte es sich am Schreibtisch Lilly Peischers gemütlich.

Eva war froh, dass sie heute früher ins Büro geradelt war. Ihre Kollegin Lilly war noch nicht da. Pichler konnte sehr ungemütlich und aufbrausend werden, wenn er niemanden im Büro antraf.

»Die Leiche ist gestern nachmittags noch von Frau Sigmund identifiziert worden. Es handelt sich tatsächlich um ihren Ehemann Moritz Sigmund. Sie hat uns auch darüber informiert, dass er Nichtschwimmer war und sie sich nicht vorstellen kann, warum er sich so nahe am Wasser aufgehalten hat.«

»Gibt es Spuren äußerer Gewalteinwirkung?«

Sie wusste, dass Pichler diese Frage stellen musste. Bei einem Unfall konnte es keine Ermittlungen in seiner Abteilung, die sich ausschließlich mit Gewaltverbrechen beschäftigte, geben.

»Der Obduktionsbericht wurde soeben gemailt. Der Tod ist durch Ertrinken beziehungsweise Ersticken eingetreten. Es gibt auch drei Bänderrisse im linken Sprunggelenk und Brüche zweier Mittelfußknochen. Sonst nur vereinzelt Hämatome über den ganzen Körper verteilt. Der Tod ist um ziemlich genau 7 Uhr 30 eingetreten.«

Pichler schien gelangweilt und nicht besonders interessiert an diesen Ergebnissen zu sein.

»Wir können also von einem Unfall ausgehen. So früh am Morgen bleibt ein Vorfall dieser Art leicht unbeobachtet. Ertrinkende können auch nicht schreien. Oder gibt es Zeugen?«

Noch bevor Eva antworten konnte, es war ihr soeben eingefallen, dass sie auf Erik Gunnarson vergessen hatten, erhob sich Pichler und wandte sich zum Gehen. Er hatte die Hand schon zur Tür ausgestreckt, da ging sie mit einem kräftigen Ruck nach innen auf.

»Entschuldigen Sie, ich wusste nicht, dass Sie hinter der Tür stehen.« Lilly wunderte sich, auf ihren Chef zu treffen.

Pichler erschrak so sehr, dass er sich vor Schmerz an die Stirn griff, so als hätte sie die Tür mit großer Wucht getroffen, obwohl sie nicht einmal berührt wurde.

Eva konnte sich ein leichtes Grinsen nicht verkneifen.

»Wo kommen Sie überhaupt her? Warum haben Sie Ihren Dienst noch nicht angetreten?«

Eva war neugierig, welche Ausrede Lilly parat haben würde.

»Ich war noch kurz in der Kriminaltechnik und habe Moritz Sigmunds Handyprotokoll der letzten Tage erstellen lassen. Wir sollten es überprüfen, um herauszufinden, ob es außer den Anrufen von Martina Sigmund noch andere gibt, die für unsere Ermittlungen interessant sein könnten.«

»Vergessen Sie das. Verschwenden Sie keine Zeit dafür. Wir gehen davon aus, dass wir es mit einem Unfall zu tun haben. Basta.«

Pichler verschwand auf den Gang hinaus und warf die Tür krachend hinter sich zu.

»Also, ich lasse mich da jetzt nicht davon abbringen. Für die Überprüfung der Liste werden wir nicht viel Zeit brauchen.«

Eva schüttelte den Kopf, verwundert über Lillys Sturheit, und begann, die weiße Ermittlungswand abzuräumen.

»Du meinst wohl, dass du nicht viel Zeit dafür brauchen wirst. Ich bin ja ausnahmsweise Pichlers Meinung.«

Lilly hörte schon nicht mehr zu. Sie war bereits in die Ziffern des Protokolls vertieft. Alle Nummern waren mit Namen oder Abkürzungen versehen, es gab daher keine anonymen Anrufe. Die ersten fünfzehn hatten sie bereits Martina Sigmund zugeordnet. Mehrmals tauchte die Bezeichnung Greta G. und Ludwig K. auf, und ein einziges Mal vor einigen Tagen gab es ein Gespräch mit N. P.

»Und was bringt uns das jetzt?«

Evas Laune schwand.

»Das sind nur wenige Namen, die wir kontaktieren müssen. Wenn sich nichts Interessantes aus den Gesprächen ergibt, dann beenden wir unsere Ermittlungen wegen der mangelnden Hinweise auf Fremdverschulden.«

Lilly blieb hartnäckig.

»Wenn du meinst, dass das schnell erledigt ist, dann ruf sie bitte selbst an! Ich kümmere mich um das Gespräch mit Erik Gunnarson, damit wir nicht noch einmal darauf vergessen.«

Eva kramte mit finsterer Miene im Rucksack nach ihrem Handy.

Ludwig Kehrer – Kommissariat

Er war gerade dabei, seinem Artikel den letzten Schliff zu geben, als sein Telefon läutete. Da auf dem Display eine unbekannte Nummer aufschien, obwohl seine Durchwahl angewählt worden war, meldete er sich mit vollem Namen.

»Lilly Peischer, Kriminalpolizei Linz, darf ich Sie um eine kurze Auskunft bitten?«

Ludwig war erstaunt und auch ein wenig erschrocken. Angestrengt durchforstete er sein Gedächtnis, welche Schandtat er begangen haben könnte. War er zu schnell gefahren, hatte er jemanden unabsichtlich verletzt, war Frau Bergmair bei ihrer Begegnung auf der Promenade doch mehr erschrocken, als sie zugegeben hatte? Es fiel ihm nichts ein, weswegen ihn gleich die Kriminalpolizei anrufen sollte. Deshalb dauerte es auch einige Sekunden, bevor er antworten konnte.

»Ja, selbstverständlich, gerne!«

»Sagt Ihnen der Name Moritz Sigmund etwas?«

Da Ludwig Kehrer noch immer ein wenig verwirrt war, musste er sich den Namen einige Male vorsagen, bevor er sich erinnerte, dass das ja der Fotograf war, mit dem er in letzter Zeit einige Differenzen gehabt hatte.

»Ja, das ist ein Fotoreporter, der mich meist mit sehr aktuellen und guten Bildern versorgt. Warum?«

»Waren Sie mit seinen Bildern und seiner Arbeitsweise immer zufrieden?«

Kehrer wollte es noch nicht in den Kopf, warum sich die Kriminalpolizei für seine Beziehung zu Moritz Sigmund interessieren könnte. War es ein Scherzanruf? Wollte ihn jemand auf den Arm nehmen?

»Dazu gebe ich telefonisch keine Auskunft. Ich bin auch dem Datenschutz verpflichtet.«

»Dann muss ich Sie bitten, zu uns in die Polizeidienststelle Abteilung *Leib und Leben* zu kommen. Wir erwarten Sie zeitnah.«

Kehrer gab seinen soeben fertiggestellten Artikel an das Lektorat weiter und machte sich sofort auf den Weg in die Nietzschestraße. Den Namen Lilly Peischer hatte er zu Beginn des Telefonats auf einen Zettel gekritzelt und so wusste er nun, nach wem er an der Information fragen musste.

Nach der Kontrolle seines Ausweises und der Aufnahme der Daten setzte die Beamtin das Gespräch unmittelbar dort fort, wo sie es am Telefon beendet hatten, und fragte nochmals nach Kehrers Beziehung zu Moritz Sigmund.

»Wir haben meist ein gutes Einvernehmen. Seine Aufnahmen sind immer von ausgezeichneter Qualität, er liefert prompt und verlässlich, wir arbeiten seit einigen Jahren gut zusammen.«

Auf die Streitigkeiten bezüglich der Fotorechte und die diesbezüglichen Unstimmigkeiten mit seiner Chefin wollte er dieser Beamtin gegenüber nicht näher eingehen.

»Ich muss Ihnen leider mitteilen, dass Moritz Sigmund am Montag tot aus der Donau geborgen wurde. Wir ermitteln derzeit noch, ob Fremdverschulden vorliegt, und gehen im Zuge dieser Ermittlungen auch den abgespeicherten Nummern auf seinem Handy nach. Daher mein Anruf bei Ihnen.«

Jetzt musste sich Ludwig Kehrer wirklich erst einmal fassen. Wie konnte dieser durchtrainierte, sportliche Mann tot in der Donau gefunden worden sein? So ein Mensch sollte sich doch aus der Donau retten können, auch wenn die Strömung stark ist.

»Da muss eine Verwechslung vorliegen!«

»Leider nein, Herr Kehrer, seine Gattin Martina hat Moritz Sigmund eindeutig identifiziert. Sind Ihnen vielleicht in letzter Zeit Veränderungen an Herrn Sigmund aufgefallen? Wirkte er gestresst, nervös, verängstigt?«

»Keineswegs, ganz im Gegenteil!«

Lilly Peischer nickte nachdenklich, bedankte sich schließlich für das Gespräch und wies Ludwig Kehrer darauf hin, dass er sich für weitere Fragen zur Verfügung halten sollte.

Ludwig Kehrer atmete durch und beschloss, einen kleinen Spaziergang zu machen, um einen klaren Kopf zu bekommen.

Auf dem Weg zum Hauptplatz, wo er sich ein Bier gönnen wollte, fiel ihm ein, dass er von der Bergung eines Toten aus der Donau schon in seiner Zeitung gelesen hatte. Er hatte dieser Kurzmeldung aber keine große Beachtung geschenkt.

Während des ersten Schlucks dachte er daran, dass er sich zwar jetzt einen neuen Fotografen suchen musste, sich aber dafür nicht mehr mit Sigmunds Manipulationen und Regelverstößen abzugeben brauchte.

»Auch gut!«

Luise Koch – Donaustrand Urfahr

Luise war in ihre Wohnung am Fuße des Schlossberges zurückgekehrt, nachdem sie zwei Nächte bei ihrer Kollegin verbracht hatte. Sie fühlte sich dort nicht willkommen, zwei Nächte waren genug. Luise hatte sich auf ein klärendes Gespräch mit Katharina vorbereitet, sie war sicher, dass Katharina schon beim Betreten der Wohnung harte Worte finden würde. Vielleicht war aber doch eine Lösung ihres gemeinsamen Problems möglich, wenn sie beide in Ruhe miteinander reden würden.

Sie traf Katharina nach Dienstschluss aber nicht zu Hause an, es schien so, als wäre die Wohnung nach ihrem heftigen Streit nicht mehr benutzt worden. Wut, Ungeduld und ein wenig Sorge mischten sich.

So machte sich Luise an diesem Abend auf zu einem Spaziergang, sie vermisste Katharina und war bereit, sich mit ihr zu versöhnen und, wenn nötig, auch Kompromisse einzugehen. Am Hauptplatz verweilte sie kurz auf der Bank, auf der sie oft gemeinsam gesessen waren, angeregt geplaudert und Händchen gehalten hatten. Sie behielt den ganzen Platz rundum im Blick, um zu sehen, ob Katharina vielleicht doch Eis schleckend auf einer anderen Bank saß. Die wenigen Menschen, die noch unterwegs waren, verließen wegen des drohenden Gewitters den Platz. Pflanzen, die vereinzelt in Trögen den Hauptplatz zierten, bewegten sich bedrohlich im Wind.

Von Katharina keine Spur. Luise wollte nicht wahrhaben, dass ihre Freundin vielleicht schon längst zu ihrem neuen Lover gezogen war.

Eigentlich hätte sich Luise denken können, dass sie um diese Uhrzeit, knapp vor Einbruch der Dunkelheit, bei aufziehendem Wind niemanden und schon gar nicht Katharina antreffen würde. Da fiel ihr ein, dass sie, bevor sie in die Wohnung zurückkehren würde, doch noch ihren gemeinsamen Lieblingsplatz in Urfahr aufsuchen musste.

Katharina hielt sich an der Donau, die sie so sehr liebte, bei jedem Wetter und bei jeder Tageszeit, wenn sie ihr Geschäft zugesperrt hatte, auf. Auch dann, wenn das Wetter umschlug, die Wellen durch den aufkommenden Wind grünlich schäumten und nicht einmal mehr Spaziergänger mit ihren Hunden unterwegs waren.

Luise sprang auf und näherte sich der Donaubrücke, die sie suchend überquerte. Ab der Mitte der Brücke begann sie zu laufen, dichte dunkle Gewitterwolken zogen auf, sie hatte nicht mehr viel Zeit, wenn sie nicht nass werden wollte. Sie musste noch einen kurzen Blick zum Donaustrand werfen, einem Platz, der ihnen beiden so sehr gefiel, dass sie mehrmals wöchentlich dorthin spazierten.

Luise war bereits außer Atem, der Wind war stürmisch geworden. Das Donauufer war schon menschenleer. Gewitter an der Donau konnten sehr heftig ausfallen, es war klug, rechtzeitig ein Dach über den Kopf zu bekommen. Kaum hatte sie die Brücke überquert, bog sie Richtung Westen ab. Sie brauchte nur ein bis zwei Minuten bis zum Strand, um dann wieder in ihre sichere Wohnung umzukehren. Die ersten Regentropfen fielen schwer vom Himmel.

Schon von weitem sah sie Katharina. Sie lehnte wie so oft entspannt an einer Weide, ihr Gesicht dem Schlossmuseum zugewandt, Magazine und Bücher rund um sich verstreut und teilweise vom Wind bis ans Ufer verweht. Diesmal war eine Verwechslung ausgeschlossen. Luise wunderte sich, dass Katharina keine Anstalten machte, dem drohenden Unwetter zu entkommen. Sie verlangsamte ihren Schritt.

»Katharina, Katharina! Ich bin froh, dass ich dich gefunden habe. Komm, lass uns miteinander reden!«

Luise war nur mehr wenige Schritte von ihrer Freundin entfernt, als sich ein schreckliches Gefühl in ihrer Magengrube, nein, rund um ihr Herz, breitmachte. Sie konnte es nicht sofort zuordnen. Etwas war anders als sonst.

Katharina reagierte nicht. Sie blieb, angelehnt an die Weide, sitzen. Das Gesicht blutüberströmt.

Luise wandte sich geräuschlos um und lief, so schnell sie konnte, davon.

15. Juli

Lilly & Eva – Kommissariat

Lilly wählte die Nummer von N. P., den Lautsprecher hatte sie eingeschaltet, damit Eva mithören konnte.

»Hallo.«

»Guten Morgen. Peischer. Kriminalpolizei. Mit wem spreche ich?«

»Porsche. Nadja Porsche.«

Eine kurze Pause entstand. Lilly hielt sich nicht mit einleitenden Worten auf, sie kam sofort zur wichtigsten Frage.

»Sagt Ihnen der Name Moritz Sigmund etwas? Sie haben vorigen Freitag mit ihm telefoniert.«

»Moritz Sigmund? Der Name kommt mir bekannt vor. Lassen Sie mich kurz nachdenken.«

Lilly wartete. Am anderen Ende der Leitung war für mindestens zwanzig Sekunden Stille.

»Warum fragen Sie eigentlich? Worum geht es denn?«

»Wir ermitteln in einer Angelegenheit, die Herrn Sigmund betrifft.« Lilly wollte nicht sofort erzählen, dass Sigmund tot war, möglicherweise wusste Frau Porsche noch nichts von seinem Ableben.

»Nein. Ich kenne niemanden, der Moritz Sigmund heißt. Warum behaupten Sie, dass ich ihn angerufen habe? Das kann nicht sein, ich weiß überhaupt nicht, wer das ist.«

Nadja Porsches Stimme wirkte etwas lauter als zu Beginn des Gesprächs und Lilly meinte, leichte Aggression zu verspüren.

»Frau Porsche, Ihre Kontaktdaten sind auf Sigmunds Handy gespeichert. Ich denke, wir werden Sie zu uns ins Kommissariat einladen, um das Gespräch weiterzuführen. Wir …«

Nadja Porsche lachte plötzlich auf.

»Ach, entschuldigen Sie! Jetzt fällt es mir wieder ein. Sigmund ist doch der Fotograf, der Fotos für unterschiedliche Events anbietet. Ich habe seine Auslage am Hauptplatz, in der er seine Kunstwerke ausstellt, vor kurzem beim Spazierengehen entdeckt und ich glaube, er hat auch bei der Hochzeit einer Freundin fotografiert.«

»Ja, und? Warum haben Sie ihn angerufen?«

Lilly vernahm wieder dieses kurze Zögern und leichte Unsicherheit in der Stimme.

»Mein Mann hat demnächst Geburtstag. Ich habe mir gedacht, dass er sich über einen Fototermin in einem professionellen Studio freuen würde. Da habe ich den Fotografen – wie heißt er noch schnell? – angerufen.«

»Sigmund. Er heißt Moritz Sigmund. Was ist daraus geworden? Haben Sie einen Termin vereinbart?«

Lilly glaubte der Dame am anderen Ende der Leitung kein Wort.

»Leider war der Preis für ein Fotoshooting unverschämt hoch, sodass ich diese Idee sofort wieder verworfen habe. Daher habe ich den Namen des Fotografen auch gleich vergessen.«

»Danke für Ihre Erläuterungen. Es könnte sein, dass wir Sie nochmals kontaktieren, falls es weitere Unklarheiten zu Sigmunds Tod gibt. Auf Wiederhören.«

Bevor sie auflegte, vernahm sie nur mehr ein helles, splitterndes Geräusch. Ein Gegenstand, wahrscheinlich aus Glas oder Porzellan, musste zu Boden gefallen sein. Nadja Porsche sagte kein Wort mehr.

Noch ehe Eva, die am Schreibtisch gegenüber saß und das Gespräch interessiert mitgehört hatte, reagieren konnte, läutete ihr Diensthandy. Sie nahm das Gespräch an und hörte nur kurz zu.

»Ein älteres Ehepaar hat soeben eine weibliche Leiche am Donaustrand gefunden. Wir müssen sofort hin.«

Luise Koch – Schlossberg

Die ganze Nacht über hatte Luise der Gedanke gequält, dass sie anders reagieren und sofort zur Polizei hätte gehen müssen. Da half es auch nicht, sich auf ihre Panik auszureden und sich tot zu wünschen.

Mit dem ersten Morgenlicht kroch sie aus dem Bett und fand gerade genug Kraft zu duschen und sich einen starken Kaffee zuzubereiten. Schnell schlüpfte sie in frische Kleidung, fuhr sich mit den Fingern durchs Haar, griff nach dem Schlüssel auf der Kommode und verließ eiligst das Haus.

Während sie die engen Gassen der Altstadt hinunterlief, überlegte sie krampfhaft, wie sie den Beamten im Polizeirevier ihr Verhalten am Vorabend erklären sollte. Schließlich nahm sie all ihren Mut zusammen und drückte den Klingelknopf im Wachzimmer Klosterstraße.

Kaum war der Türsummer ertönt und die Tür aufgegangen, war sie auch schon die paar Treppen hinaufgesprungen und stand nun einem freundlichen jungen Beamten gegenüber.

»Meine Freundin ist tot!«

Der Polizist war mit solchen Situationen noch nicht vertraut und fragte zuerst nach ihren Personalien, die er eifrig notierte.

»Ich heiße Luise Koch, meine Freundin ist tot, ich habe sie gefunden!«

Nachdem er den Namen notiert hatte, holte der Beamte eine Kollegin aus dem Nebenzimmer, da er hoffte, dass diese besser mit der aufgeregten Frau Koch umgehen könnte.

»Das ist Lena Mayr. Sie wird sich für Sie Zeit nehmen.«

Luise, die schnell Vertrauen zu dieser Beamtin gefasst hatte, bemühte sich, die Ereignisse des Vorabends zusammenhängend wiederzugeben.

»Ich wollte mich nach einem heftigen Streit mit meiner Lebenspartnerin aussprechen und habe sie schließlich auf ihrem Lieblingsplatz am Donaustrand entdeckt. Katharina war eine begeisterte Schwimmerin und nutzte jede freie Minute, um im Sommer in der Donau zu baden. Ich habe sie dann auch gefunden, angelehnt an eine Weide, Magazine und Bücher rund um sie ausgebreitet. Voll Freude bin ich auf sie zugelaufen, weil ich gedacht hatte, wir könnten uns an diesem Abend doch wieder versöhnen. Aber …«

»Was aber, Frau Koch? Erzählen Sie bitte weiter!«

»Kann ich ein Glas Wasser haben?«

Während Lena zur Kochzeile ging, flüsterte ihr der Kollege ein paar Sätze ins Ohr, denen die Beamtin aufmerksam lauschte. Als sie Luise das Glas reichte, begann sie langsam und leise auf sie einzureden.

»Kann es sein, dass Sie Ihre Freundin leblos aufgefunden haben?«

Luise war erleichtert. Sie musste es nicht aussprechen, sie musste nur nicken.

»Ich kann mir vorstellen, dass das ein Schock für Sie war. Wann genau haben Sie sie denn gefunden?«

»Am Abend, gestern, es war gerade ein Gewitter aufgezogen, ihr Gesicht war blutüberströmt, ich habe mich umgedreht und bin in Panik weggelaufen.«

Lena gab dem Kollegen ein Zeichen. Dieser erklärte Luise, dass er von einem Leichenfund am Donaustrand gehört hatte und dass schon zwei Ermittlerinnen auf dem Weg zum Fundort wären.

»Aber bitte begeben Sie sich noch ins Kommissariat, am besten im Laufe des Nachmittags, Sie müssen sicher noch genauer befragt werden.«

Luise nickte, verabschiedete sich und meldete sich endlich im Kindergarten krank.

Lilly & Eva – Donaustrand Urfahr

Ein älteres Paar saß auf einer Bank, aneinander geklammert, um sich gegenseitig zu stützen. In etwa fünfzig Metern Entfernung war der Strand zwischen Donau und Straße mit einem gestreiften Band abgesperrt.

Eva war mit ihrem Rad nach Urfahr gefahren, sie war schneller als Lilly, die den Bus genommen hatte.

Die Spuren des starken Gewitters vom Vorabend konnte man noch deutlich sehen. Zerrissene Blätter von Weiden und Kastanienbäumen, Blütenreste und viele kleine Zweige übersäten die Straße. Sie musste mit dem Rad vielen Wasserpfützen ausweichen, wenn sie nicht von oben bis unten nassgespritzt werden wollte.

Eva näherte sich dem abgesperrten Bereich, lehnte ihr Rad an eine Weide und nahm den knallroten Helm, den sie erst am Vortag gekauft hatte, diesmal unter den Arm. Leider hatte sie vergessen, im Büro noch ihre High Heels gegen bequeme Schuhe zu tauschen, Sand und Steine waren ein schlechter Untergrund für die schönen Absätze. Es war nicht das erste Mal, dass Eva dienstliche Gespräche barfuß führte, so zog sie ihre Schuhe aus und verstaute sie im Rucksack.

»Guten Morgen, Frau Murauer, schön, Sie an diesem Sommermorgen wiederzusehen. Ich habe mir nicht gedacht, dass mir diese Freude so bald nach unserem Treffen vor ein paar Tagen wieder zuteilwird.«

Hoffentlich kam Lilly bald. Eva konnte die süßliche Art des Arztes nur schwer aushalten.

»Je später der Morgen, desto netter die Damen! Schön, Sie zu sehen, Frau Peischer!«

Winkend begrüßte er Lilly, die sich dem Fundort der Leiche nur sehr langsam näherte. Eva atmete erleichtert auf.

Die Sicherung des Ortes und der Spuren war abgeschlossen, die Kriminaltechniker packten ihre Koffer, die Tote war auch bereits mit einem Tuch bedeckt. Kameras und Stative warteten darauf, abtransportiert zu werden. Der Arzt gab nur mehr eine kurze Zusammenfassung seiner Erkenntnisse.

»Wir haben eine Frau mittleren Alters mit blutüberströmtem Gesicht, an einer Weide lehnend, tot vorgefunden. Ihr Tod wurde möglicherweise durch einen Schlag mit einem schweren stumpfen Gegenstand herbeigeführt, es könnte ein Stein gewesen sein. Ich denke, dass der Schlag von vorne ausgeführt wurde. Wahrscheinlich ist sie gestern Abend oder in der Nacht getötet worden.«

»Gibt es Abwehrspuren?«

»Nein, es gibt keine diesbezüglichen Spuren. Genaueres aber später. Wie immer nach der Obduktion.«

Eva wandte sich an einen Techniker.

»Wissen wir, wer die Tote ist, gibt es einen Ausweis oder Hinweise auf ihre Identität?«

»Rund um die Frau waren in großem Radius bis ans Ufer Zeitschriften und Bücher verstreut, das ist nicht weiter verwunderlich, das Gewitter gestern war sehr heftig. In ihrer Tasche befanden sich abgesehen von ein paar Kleinigkeiten auch eine Geldtasche und ihr Reisepass. Die Tote heißt Eleonore Bergmair, geboren in Linz, 42 Jahre alt.«

»Bergmair. Bergmair. Ich kenne jemanden, der so heißt.«

Eva trat an die Tote heran und bat den Arzt, das Gesicht abzudecken. Lilly hielt sich im Hintergrund.

»Das ist Katharina Bergmair. Ich kenne sie. Sie hat einen Schmuck-Designerladen in der Herrenstraße. Ich habe schon fallweise bei ihr eingekauft.«

Lilly war trotz ihres Abstandes zum Fundort oder Tatort, so genau ließ sich das im Moment noch nicht sagen, wieder sehr blass geworden.

»Hast du jetzt alles gesehen? Dann können wir ja gehen. Wir sollten noch kurz mit dem Paar reden, das dort drüben sitzt und die Frau gefunden hat.«

Lilly drängte zum Gehen.

»Ja, ja. Ich komme schon.«

Jetzt war Lilly an der Reihe. Sie würde das Gespräch mit den beiden sicher gut führen.

»Guten Morgen. Ich bin Lilly Peischer und das ist meine Kollegin Eva Murauer. Kriminalpolizei.«

Der alte Mann richtete sich auf, blickte Lilly freundlich an und begann zu erzählen.

»Meine Frau Theresia und ich, wir gehen sehr oft am Morgen an der Donau spazieren, da ist noch nicht so viel los und die Luft ist noch kühl, besonders nach einem Gewitter.«

»Also, Josef, du solltest uns doch erst einmal vorstellen. Theresia und Josef Winter. Sie müssen wissen, wir sind seit sechzig Jahren verheiratet, unsere Kinder sind über die ganze Welt verstreut, wir haben viel Zeit und daher ...«

Herr Winter nahm seine Frau an der Hand und stoppte ihren Redefluss.

»Liebe Frau Kommissarin, wir können Ihnen außer unserer Lebensgeschichte nichts, rein gar nichts erzählen. Ich fürchte, so viel Zeit werden Sie nicht zum Zuhören haben.«

Lilly spürte, dass der Mann recht haben würde.

»Trotzdem herzlichen Dank für Ihre Bereitschaft. Sie können uns gern anrufen, falls Ihnen doch etwas Wichtiges einfällt.«

Lilly reichte Frau Winter ihre Karte.

In der Zwischenzeit hatten sich viele Schaulustige rund um die Absperrung versammelt, Handys wurden gezückt und Mutmaßungen geäußert, was da wohl passiert sein könnte.

Eva und Lilly entfernten sich.

»Wo steht denn dein Fahrrad? Deinen Helm hast du ja diesmal glücklicherweise sicher unter deinem Arm verwahrt.«

»Gut, dass du mich erinnerst. Beinahe hätte ich es jetzt dort drüben stehen gelassen. Verstehst du, warum sich jemand, der Eleonore heißt, Katharina nennt?«

Eva konnte sich diese Tatsache nicht erklären.

»Vielleicht ist Eleonore ihr erster Vorname und sie nennt sich Katharina, weil ihr der Name Eleonore nicht gefällt, oder?«

Lilly hatte schon wieder eine ganz einfache Erklärung.

»Wahrscheinlich hast du recht.«

Alessandro Coretti – Gruberstraße

Er wollte nicht mehr dulden, dass Yannick und Toby seinen Tanzkurs stören würden.

Er hatte sich am Dienstag zu wenig auf die Tanzpaare konzentrieren können, ständig war er durch die Kinder abgelenkt. Man wusste nie so recht, welche Dummheiten ihnen einfallen würden. Er musste sie noch rechtzeitig vor Beginn des Kurses zu seiner Schwester zurückbringen. Sie würde es verstehen, dass das so nicht weiterging.

Hoffentlich.

Alessandro schnappte die Kinder bei der Hand, achtete auch darauf, dass sie nichts bei ihm im Studio vergessen würden und marschierte mit ihnen in die Gruberstraße. Glücklicherweise war das Wetter nach dem heftigen Gewitter des Vortages wieder wolkenlos geworden, nur noch leichter Wind blies ihnen um die Ohren.

»Warum bringst du uns jetzt schon nach Hause? Es ist doch noch gar nicht so spät.«

Toby liebte es, beim Tanzkurs seines Onkels dabei sein zu dürfen. Er hüpfte dann meist zwischen den Paaren herum, manchmal sogar richtig im Takt. Manchmal nahmen ihn auch Tänzerinnen und Tänzer an der Hand und drehten sich mit ihm im Kreis. Andere blickten finster und böse. Yannick dagegen fing zu schreien an, hielt sich die Ohren zu und stampfte mit den Füßen, wenn die Musik startete.

»Es tut mir leid, ich kann nicht in Ruhe arbeiten, wenn ihr immer bei mir seid. Meine Nerven halten das nicht aus. Ihr müsst das verstehen. Ihr dürft zum Wochenende wiederkommen.«

Alessandro gab sich Mühe, die Kinder nicht spüren zu lassen, dass er sie sicher nie wieder in seinen Kursen haben wollte. Es waren schließlich nicht seine Kinder. Er nahm sich vor, die zwei Buben Vanessa zurückzugeben, ein für alle Mal.

Er musste lange klingeln, bis sich die Tür in der Gruberstraße langsam öffnete. Nichts wäre schlimmer gewesen, als wenn seine Schwester nicht zu Hause gewesen wäre und er Toby und Yannick wieder hätte mitnehmen müssen.

Er hatte nicht damit gerechnet, dass Ronnie verschlafen die Tür öffnete. Alessandro zuckte leicht zurück. Ihm gegenüber stand ein Mann, den er nicht gerne im Dunkeln hätte treffen wollen, seine Figur füllte fast den ganzen Türrahmen aus. Die muskulösen Arme waren übersät mit Tattoos, er wirkte ungepflegt und ein seltsamer, undefinierbarer Geruch entströmte der Wohnung.

Hinter ihm kam Vanessa zum Vorschein.

»Was willst du? Warum bist du jetzt schon da? Wir haben eine Abmachung. Du sorgst an den Nachmittagen für deine Neffen, ich muss heute noch zwei Musikstunden halten. Wir brauchen das Geld.«

Alessandro wunderte sich, dass Ronnie immer noch bei Vanessa anzutreffen war, er hatte doch geglaubt, dass die beiden getrennt waren.

»Bei mir können sie nicht bleiben, das ist unmöglich. Du musst dir eine andere Möglichkeit überlegen, als sie mir einfach im Tanzstudio abzuliefern.«

Die Kinder zappelten an Alessandros Händen.

Da erwachte Ronnies Energie.

»Jetzt halt doch dein Maul! Du blöder Tanzaffe. Wenn du nicht sofort verschwindest, wirst du meine Muskeln kennenlernen.«

Ronnie ballte seine Fäuste.

Alessandro versuchte, Widerstand zu leisten. Er wusste, dass er Menschen wie Ronnie unterlegen war. Das Einzige, das er leisten konnte, war, ihn zu ignorieren.

»Vanessa, wenn du nicht zur Vernunft kommst, dann, dann …«

Er begann zu stottern. Eine Eigenschaft, die er aus seiner Jugend kannte.

»Ich werde das Jugendamt einschalten. Es wird ein Auge auf dich, deinen Lebenswandel und deine Kinder werfen. Du wirst sehen.«

Alessandro riss sich von den Kindern los und stürmte die Treppe hinunter.

Kaspar Zeisig – Spielplatz

Diesmal hatte er es eilig, aus dem Geschäft und der Werkstatt zu kommen, die Nachmittagssonne war einfach zu verlockend. Außerdem kam an diesem heißen sonnigen Nachmittag ohnehin keiner in seinen Laden.

Kaspar Zeisig sperrte ab und überlegte, ob er wieder zum Donaupark gehen sollte, beschloss dann aber, seine Schritte Richtung Schlossberg zu lenken. Er wollte wieder einmal die Aussicht von der Schlossterrasse genießen und den Baufortschritt der beiden neuen Linzer Donaubrücken besichtigen.

Als er vor dem Schauspielhaus angekommen war, musste er kurz verschnaufen, es war einfach zu heiß an diesem Nachmittag und er war viel zu warm angezogen. Zum Glück war noch eine Bank im Schatten der Kastanienbäume frei, wahrscheinlich, weil der Lärm des benachbarten Kinderspielplatzes die Leute eher abschreckte.

Zeisig hingegen machte das nichts aus, er setzte sich, legte die Jacke ab und schaute dem lustigen Treiben auf dem Spielplatz zu. Es herrschte Gedränge an der überdachten Rutsche, am Kletterturm maßen zwei Buben ihre Kräfte und an der Schaukel entdeckte er ein Mädchen und einen Buben, die ihm bekannt vorkamen.

Er nahm die beiden Kinder näher in Augenschein und erinnerte sich, dass sie schon einmal bei ihm im Geschäft gewesen waren. Sie waren ihm damals aufgefallen, weil sie so gehorsam und brav waren. Jetzt konnte er auch ihre Mutter entdecken, deren Ohrring er repariert hatte.

Während er noch an die mühsame Arbeit an diesen Jugendstilstücken dachte, fiel es ihm wie Schuppen von den Augen: Das war Martina Sigmund, die erst vor kurzem ihren Mann verloren hatte.

Als er seine Jacke nahm und umständlich aufstand, fielen ihm auch die Namen der beiden Kinder Luis und Marie wieder ein. Zielstrebig ging er auf sie zu, stellte sich hinter die Schaukelnden und begann Marie anzuschubsen. Diese genoss den Höhenflug und kreischte vor Vergnügen. Luis hingegen sprang von der Schaukel und rannte auf seine Mutter zu.

Erst jetzt wurde Martina Sigmund auf Zeisig aufmerksam. Sie drückte Luis an sich, strich ihm über das Haar, nahm ihn dann an der Hand und kehrte mit ihm zu den Schaukeln zurück.

»Ich bitte Sie, das zu unterlassen. Meine Tochter ist für diese Höhe noch nicht alt genug!«

»Aber ich wollte doch nur …«

Kaspar Zeisig ging nun entschlossen auf Martina zu und versuchte, ihr sein Beileid auszudrücken. Dies war nicht so einfach, weil Frau Sigmund offensichtlich nicht gewillt war, ihm die Hand zu schütteln.

So blieb er etwas ratlos vor ihr stehen und stotterte einige Halbsätze und Wörter, um sein Entsetzen und sein Mitgefühl auszudrücken.

Martina nickte, bedankte sich und rief nun auch Marie zu sich, die sich aber nur schwer von der Schaukel lösen konnte. Bevor sie sich umdrehen konnte, nahm Kaspar Zeisig all seinen Mut zusammen und trat nochmals einen Schritt näher.

»Ich könnte öfter auf die beiden aufpassen, jetzt, wo sie keinen Vater mehr haben.«

Die Frau wurde blass und schüttelte energisch den Kopf.

»Das kommt überhaupt nicht in Frage. Wir kommen auch ohne Ihre Hilfe gut zurecht. Und jetzt lassen Sie mich und meine Kinder gefälligst in Ruhe!«

Mit Luis und Marie an der Hand entfernte sie sich mit schnellen Schritten und ließ Zeisig einfach stehen.

Lilly Peischer – Hauptplatz

Schweren Herzens hatte sich Lilly alleine auf den Weg gemacht, um die Ehefrau des Verstorbenen Moritz Sigmund zu befragen. Eva wollte sich um den zweiten Todesfall, der ihnen am Morgen gemeldet worden war, kümmern.

Als Martina Sigmund die Wohnungstür öffnete, bereute es Lilly schon, ohne Eva hier zu sein. Frau Sigmund war kreidebleich, schien um Jahre gealtert und hielt sich nur mühsam auf den Beinen. Trotz jahrelanger Berufserfahrung konnte Lilly mit solchen Situationen nur schlecht umgehen.

Nachdem sie von Frau Sigmund in die Wohnung gebeten worden war, entschloss sie sich, sich auf das Wesentliche zu beschränken und die Trauernde nicht länger als nötig zu belasten.

»Kennen Sie eine Nadja Porsche?«

Martina hatte sich inzwischen gesetzt, blickte starr vor sich hin und erst als Lilly die Frage wiederholte, schüttelte sie langsam den Kopf.

»Unsere Kriminaltechnik hat das Telefonverzeichnis auf dem Handy Ihres Mannes wiederherstellen können und da sind wir auf die Initialen N. P. gestoßen. Wir haben herausgefunden, dass diese Abkürzung Nadja Porsche heißen muss. Sagt Ihnen der Name gar nichts?«

Martina war in sich gekehrt und blieb weiterhin stumm.

»Der letzte Anruf dieser Nummer war am Abend des Freitags der vergangenen Woche. War Ihr Mann an diesem Abend zu Hause?«

Jetzt schien sich Martina zu fangen und Lilly merkte, wie sich die schwer getroffene Frau zu sammeln versuchte. Sie stand plötzlich auf und ging zu einem bunten Familienkalender, der in der Küche hing. Langsam suchte sie mit dem Zeigefinger den von Lilly angegebenen Tag.

»Ja, Moritz war an diesem Tag daheim. Ich kann mich jetzt wieder erinnern. Wir hatten gerade alles für das Abendessen vorbereitet, als das Telefon meines Mannes klingelte. Nachdem er auf das Display geschaut hatte, war er ins Nebenzimmer gegangen und hatte dort ziemlich lang telefoniert.«

»Daran können Sie sich gut erinnern?«

Martina konnte der Ermittlerin die Situation genau schildern und ging auch ausführlich darauf ein, wie ungeduldig Luis und Marie schon auf den Vater gewartet hatten. Sie gab an, dass sie die Kinder nur mühsam davon abhalten hatte können, zu Moritz ins Nebenzimmer zu platzen.

»Wissen Sie, was Nadja Porsche mit Ihrem Mann so lange zu besprechen hatte?«

»Keine Ahnung, mein Mann hat diesen Namen auch nicht erwähnt. Er meinte nur kurz, dass es sich um einen Fotoauftrag auf der Burg Clam handeln würde. Allerdings ist mir dann aufgefallen, dass er den Kindern gegenüber gereizt reagierte, was gar nicht seine Art war. Er schien nervös und auch ein wenig irritiert. Auf meine Frage, ob ihn dieser Auftrag belaste oder eine Nummer zu groß für ihn sei, verneinte er und goss sich ein Glas Wein ein.«

»Und Sie haben den Namen Nadja Porsche wirklich noch nie gehört?«

Als Martina abermals verneinte, verabschiedete sich Lilly schnell, drückte noch ihr Beileid aus und trat den Rückweg in die Polizeidienststelle an.

Als sie den Hauptplatz überquerte, ließ sie das Gespräch mit Frau Sigmund nochmals Revue passieren und beschloss, sich Nadja Porsche genauer anzuschauen. Sie wählte die Nummer, die sie gespeichert hatte, und lud Nadja Porsche für den nächsten Tag ins Büro vor.

Eva Murauer – Herrenstraße

Eva machte sich auf den Weg in die Herrenstraße, um dem Schmuckatelier von Katharina Bergmair einen Besuch abzustatten. Es gab da einen Mitarbeiter, der vielleicht erzählen konnte, wann Katharina Eleonore Bergmair, oder auch umgekehrt, das letzte Mal im Geschäft gewesen war. Eva hatte versucht, ihn telefonisch im Geschäft zu erreichen, leider ohne Erfolg.

Sie schlenderte in Gedanken versunken die Herrenstraße entlang.

»So eine erfolgreiche junge Frau. Da muss jemand eine schreckliche Wut auf sie gehabt haben, um sie so fürchterlich zuzurichten. Nach Raubmord hat der Fundort nicht ausgesehen.«

Eva blieb vor der Eingangstür zum Geschäft stehen, um ihre Gedanken zu ordnen. Unvermittelt wurde sie kräftig nach innen geöffnet und eine freundliche Stimme begrüßte Eva.

»Guten Tag, schön, Sie wiederzusehen! Sie waren schon einige Male bei mir im Geschäft. Leider habe ich Ihren Namen vergessen.«

Eva konnte nicht gleich antworten. Sie war plötzlich erschrocken. Ihr gegenüber stand Katharina Bergmair.

»Guten Tag.«

»Kommen Sie bitte herein, wir haben eine sehr elegante neue Kollektion. Vielleicht darf ich sie Ihnen zeigen.«

Eva bewegte sich noch immer nicht.

»Entschuldigen Sie. Eva Murauer. Kriminalpolizei.«

»Aha. Was führt Sie zu mir? Hoffentlich sind Sie nicht dienstlich da!«

»Frau Bergmair, es tut mir leid, Sie zu belästigen. An der Donau wurde heute früh eine Frau tot aufgefunden, die Ihnen sehr ähnlich sieht, zum Verwechseln ähnlich.«

Katharina Bergmair sank geräuschlos auf den Sessel, der im Eingangsbereich stand, kreidebleich mit einem Zucken um die Mundwinkel.

»Meine Schwester! Meine Schwester aus der Schweiz ist bei mir zu Besuch. Was ist passiert?«

Eva überhörte vorerst die Frage.

»Wie heißt Ihre Schwester?«

»Eleonore. Sie heißt Eleonore Bergmair. Bergmair, so wie ich. Sie ist meine Zwillingsschwester. Was ist passiert?«

»Wir wissen es noch nicht genau. Wahrscheinlich wurde sie am Donaustrand erschlagen.«

»Das kann nicht sein. Sie kannte doch niemanden in Linz und hatte am Strand sicher auch keine Wertsachen mit.«

Katharina Bergmair begann zu weinen. Tränen rannen über ihr Gesicht, der ganze Körper zitterte.

»Wir nehmen nicht an, dass sie beraubt wurde. Geldtasche und Ausweis haben wir gefunden. Ich muss Sie bitten, zu uns ins Kommissariat zu kommen. Glauben Sie, dass Sie das heute noch schaffen könnten?«

»Ja, vielleicht. Nein, ich weiß es nicht. Wer macht denn so was? Meine liebe Schwester!«

»Kann sich jemand um Sie kümmern? Ich kann Sie so nicht alleine lassen.«

Katharina Bergmair dachte kurz nach.

»Ja. Meine Freundin. Nein, mein Freund wird mich sicher abholen.«

Katharina Bergmair – Kommissariat

Auf dem Schild neben der Tür las sie die Namen von Eva Murauer und Lilly Peischer. Katharina Bergmair klopfte leise und öffnete zögerlich die Tür.

»Guten Tag. Ich bin Katharina Bergmair.«

Die Frau am Schreibtisch war nicht Eva Murauer.

»Guten Tag. Kommen Sie nur herein. Ich bin Lilly Peischer. Gut, dass Sie da sind. Bitte nehmen Sie Platz.«

Katharina ließ sich umständlich im Besuchersessel nieder.

»Mein aufrichtiges Beileid zum Tod Ihrer Schwester. Ich bin soeben informiert worden, dass Sie sie bereits identifiziert haben. Wie geht es Ihnen?«

»Ach, wissen Sie, es ist so schrecklich. Ich verstehe noch immer nicht, was da passiert ist. «

Katharina war in schwarzem Hosenanzug erschienen, die glatten Haare waren zu einem Knoten gebunden und dunkle Ringe unter den Augen ließen vermuten, dass sie stark geweint haben musste.

»Eleonore lebte sehr zurückgezogen in der Schweiz, wir haben uns nur sehr selten gesehen. Ich habe sie immer wieder gedrängt, mich zu besuchen, weil es ja auch im Sommer so schön in Linz und besonders an der Donau ist.«

»Hat sie bei Ihnen gewohnt?«

»Nein, das war diesmal leider nicht möglich. Ich bin selbst in einer Umzugssituation und da habe ich ein Hotelzimmer am Hauptplatz für sie gebucht. Da hat sie, da hatte sie auch viele Möglichkeiten für Spaziergänge an der Donau, während ich im Geschäft war. Sie kannte in Linz sonst niemanden.«

Katharina Bergmair begann zu weinen, ganz leise und unaufhörlich. Da öffnete sich die Tür und Eva Murauer kam mit zwei Bechern Kaffee herein.

»Frau Bergmair, darf ich Ihnen einen Kaffee anbieten?«

Katharina nickte und nahm dankend den Becher an.

»Uns ist die große Ähnlichkeit zwischen Ihnen und Ihrer Schwester aufgefallen. Wäre es möglich, dass sie mit Ihnen verwechselt wurde?«

Katharina seufzte.

»Wir sind schon als Kinder immer wieder verwechselt worden. Wir haben uns auch manchmal einen Spaß erlaubt und absichtlich unsere Namen getauscht.«

Fast gleichzeitig formulierten Eva Murauer und Lilly Peischer die nächste Frage.

»Frau Bergmair, gibt es jemanden, der Sie nicht mag, oder besser gesagt jemanden, der Ihnen den Tod wünscht? Haben Sie Feinde?«

Katharina blickte erschrocken auf.

»Nein, nein. Sicher nicht. Ich bin eine sehr verträgliche Person. Ich wüsste nicht, wer mir schaden wollte.«

Plötzlich stockte sie nachdenklich in ihren Ausführungen.

»Ist Ihnen dazu etwas eingefallen?«

Lilly musste weiterfragen. Jede Anmerkung konnte wichtig sein.

»Wenn ich genauer nachdenke, fällt mir ein, dass ich in den letzten Tagen oft das unangenehme Gefühl hatte, dass mich jemand beobachtet. Und einmal wurde ich dann auch tatsächlich von einem Mann, einem Redakteur, angesprochen. Seither ist das nicht mehr vorgekommen.«

»Wissen Sie, wer der Mann war? Kennen Sie ihn?«

»Er hat sich als Ludwig Kehrer vorgestellt. Er war vor kurzem dienstlich bei einer Veranstaltung im Landesstudio des ORF und hat dann einen sehr schmeichelhaften Bericht über mich und meine große Expertise zu Linzer Künstlerinnen verfasst.«

»Aha. Sehr interessant.«

»Frau Murauer, glauben Sie, dass er etwas mit dem Mord an Eleonore zu tun haben könnte?«

Katharina war entsetzt aufgesprungen.

»Das können wir zum jetzigen Zeitpunkt noch nicht sagen. Danke. Sie haben uns aber sehr geholfen.«

Damit verabschiedeten sie Frau Bergmair, die schon wieder Tränen in den Augen hatte und gebeugt zur Tür ging.

Luise Koch – Kommissariat

Nach dem Gespräch mit dem Beamten im Wachzimmer hatte sich Luise noch schlechter gefühlt. Wie hatte sie nur in Panik davonlaufen können und Katharina schwer verletzt oder tot am Donaustrand zurücklassen können? Sie würde das in ihrem Leben nie mehr gutmachen können.

Sie war doch sonst ein so emphatischer Mensch, konnte keiner Fliege was zu Leide tun und war auch Spezialistin in Erster Hilfe. Eine Panikattacke dieser Art hatte sie aber schon einmal gehabt, damals, als ihr Bruder einen Herzinfarkt nur knapp überlebt hatte. Auch diesmal hatte sie das Gefühl von explodierendem Puls und hohem Blutdruck gehabt. Seither trug sie meist ein Notfallmedikament bei sich, nur gestern nicht.

Viele traurige Gedanken gingen ihr durch den Kopf und gleichzeitig machte sie sich Vorwürfe, während sie vor dem Büro der Ermittlerinnen wartete.

Als dann endlich die Tür aufging, kam eine elegante Frau in schwarzem Hosenanzug und dunkler Sonnenbrille weinend in gebeugter Haltung heraus. Auch alles andere an ihr war schwarz, die zurückgekämmten Haare, Schuhe und Handtasche. Die beiden Frauen standen sich gegenüber. Es dauerte ein paar Sekunden, bis Luise die Situation begriff.

»Katharina, Katharina! Um Gottes willen! Ich dachte, du bist tot.«

Sie fiel Katharina um den Hals, begann zu weinen und ließ sie nicht mehr los.

Eva und Lilly traten auf den Gang, wahrscheinlich hatte sie das laute Schluchzen der beiden Frauen angelockt.

»Meine Schwester ist gestorben, am Donaustrand. Wahrscheinlich wurde sie ermordet.«

»Wie schrecklich! Wer macht denn sowas? Ich wusste gar nicht, dass deine Schwester in Linz ist. Sie wohnt doch in der Schweiz, oder?«

»Ja, schon, sie wollte mich besuchen, wir haben uns sehr lange nicht mehr gesehen. Ich bin so froh, dich zu sehen!«

Katharina, die plötzlich erleichtert wirkte, löste sich aus Luises Umarmung, hörte auf zu weinen und schien froh über dieses Zusammentreffen zu sein.

»Warum bist du eigentlich nicht im Kindergarten?«

Luise fiel erst jetzt auf, dass es ungewöhnlich war, dass sie von Katharina hier angetroffen wurde. Sie musste denken, dass sie ein Problem mit der Polizei hatte oder dass es im Kindergarten möglicherweise einen Vorfall gegeben hatte, der Ermittlungsarbeit erforderte.

Katharina hängte noch eine wichtige Frage an.

»Wie kommst du auf die Idee, dass ich tot wäre?«

Luise versuchte abzulenken. Sie wollte Katharina jetzt auf keinen Fall erzählen, was sie hergeführt hatte.

»Das erzähl ich dir ein anderes Mal. Ich bin in Eile und muss kurz mit den Beamtinnen reden.«

Das Stichwort passte für Eva genau, um Luise ins Büro zu bitten.

Alessandro Coretti – Tanzstudio

Heute würde es im Kurs keine Störung durch seine Neffen geben. Er hatte sie endgültig seiner Schwester zurückgebracht.

»Ich freue mich ganz besonders, Ihnen mitteilen zu dürfen, dass am kommenden Sonntag das Dinnerschiff in Linz anlegen wird. Es wird nicht nur ein köstliches 5-Gänge-Menü serviert, sondern es wird auch die ganze Nacht Tanzmusik gespielt werden.«

Alessandro Coretti stand in der Mitte seines Tanzsaals, diesmal in schwarzer Lederjacke, weißen Jeans mit rotem Seidenhemd und Halstuch. Es war heute »Freies Tanzen« angesagt, da konnte er auf seinen azurblauen Anzug und eine Krawatte verzichten. Auch so sah er sehr elegant aus, seine dunklen Haare wurden durch eine große Portion Haarwachs aus der Stirn gehalten. Die schwarzen Lackschuhe schienen mit den gewellten Haaren um die Wette zu glänzen. Die Damen und Herren, die um ihn einen Kreis gebildet hatten, klatschten erfreut in die Hände.

»Sie alle sind dazu eingeladen. Ich hoffe, dass viele von Ihnen Zeit dafür haben. Es werden auch einige Special Guests als Überraschung für Sie erwartet. Bitte tragen Sie sich in die Liste ein, die beim Eingang liegt.«

Heute waren nur wenige Personen in den Kurs gekommen, möglicherweise, weil es plötzlich stark zu regnen begonnen hatte. Alessandro beobachtete, dass einige mit der Anmeldung zögerten, das ältere Ehepaar zum Beispiel, das sich zärtlich an den Händen hielt. Oder das Paar, das auch heute wieder im Partnerlook gekleidet war, diesmal in blauen Jeans und gelben langärmeligen T-Shirts.

Frau Murauer aber ging entschlossen mit ihrem Tanzpartner, der viel kleiner als sie war, auf den Eingang zu. Die beiden nickten einander zu und trugen sich in die Anmeldeliste ein. »Kann man sich da nur zu zweit anmelden, oder darf ich auch alleine auf das Dinnerschiff kommen?«

Alessandro Coretti drehte sich zu Kaspar Zeisig um.

»Selbstverständlich können Sie auch alleine kommen. Ich würde mich freuen, wenn Sie dabei wären. Sie dürfen auch jemanden mitbringen, der nicht im Kurs bei uns ist. Alles ist erlaubt.«

Zeisig schien mit dieser Antwort zufrieden zu sein.

Coretti wandte sich schnell der Tonanlage zu, weil er fürchtete, Zeisig würde ihn in ein längeres Gespräch verwickeln. Aus den Augenwinkeln sah er noch, dass er seinen Namen auf die Liste setzte.

16. Juli

Eva & Lilly – Kommissariat

An diesem strahlenden letzten Arbeitstag der Woche hatte Eva das Rad genommen und war endlich wieder einmal pünktlich und noch vor Lilly im Amt. Als sie das Rad abgestellt und versperrt hatte, nahm sie den Helm ab, fuhr sich mit beiden Händen durch das Haar und eilte in den ersten Stock. Vor ihrem Zimmer wartete eine auffällig blonde Frau mittleren Alters, elegant und teuer gekleidet, die nervös auf die Uhr blickte und aufsprang, als Eva die Tür zu ihrem Büro öffnen wollte.

»Sind Sie Frau Peischer?«

Eva verneinte, stellte sich vor und wies darauf hin, dass die Kollegin Peischer jede Minute kommen müsste.

»Ich bin Nadja Porsche und wurde herbestellt!«

Eva wusste, dass sie dieses Gespräch nur gemeinsam mit Lilly führen wollte.

Keine zwei Minuten später traf Lilly etwas abgehetzt ein. Eva bat Frau Porsche ins Zimmer und bot ihr einen Sessel und ein Glas Wasser an.

»Das ist meine Kollegin Lilly Peischer und das ist Nadja Porsche, die du gestern zu uns gebeten hast.«

Für die beiden Ermittlerinnen war die Vorgangsweise bei diesem Gespräch klar, sie mussten sich nicht absprechen. Eva gab vor, Papiere zu sortieren, Wichtiges von Unwichtigem zu trennen und Lilly somit die Gesprächsführung zu überlassen.

»Frau Porsche, wir wissen mittlerweile, dass Sie vor einer Woche mit Moritz Sigmund telefoniert haben und dass er nach diesem Telefonat äußerst nervös und irritiert war. Ich kann mir nicht vorstellen, dass eine Anfrage für ein Fotoshooting ihn so aus der Fassung gebracht hätte. Sigmund war Profi, eine solche Anfrage war für ihn keine Ausnahmesituation, das Gespräch hätte keine fünf Minuten gedauert.«

Eva stapelte die Papiere, die sie vor sich liegen hatte, und blickte kurz auf.

»Wir glauben, dass Sie lügen. Da muss es für die Länge dieses Gespräches einen triftigeren Grund geben.«

Lilly nickte zu Evas Aussage und schaute Nadja Porsche scharf an.

»Ja, Sie haben recht. Weder mein Mann noch ich wollten uns von diesem Kerl fotografieren lassen. Das Fotoshooting als Geschenk für Klaus war eine Ausrede. Aber Moritz Sigmund hatte mich schon fotografiert. Sie müssen wissen, ich bin Schriftstellerin, ich schreibe Gedichte und suche einen Verlag, der mein Talent erkennt und meine Poesie veröffentlicht. Bei der Hochzeit meiner Freundin Greta war ich auf einen Verleger gestoßen, der sich scheinbar für meine Werke interessiert hatte. Wie sich später herausstellen sollte, begeisterte ihn meine Person mehr als meine Gedichte. Und dieser Sigmund ist uns offensichtlich nachgeschlichen und hat uns in eindeutiger Situation fotografiert.«

»Tatsächlich!«

Eva hatte wieder einen Papierstapel aufgeschichtet und widmete Nadja Porsche nur einen Seitenblick.

»Dann hat er Sie mit kompromittierenden Fotos erpressen wollen, richtig?«

Lilly ließ nun nicht mehr locker und forderte Nadja Porsche auf, die Erpressung zuzugeben und den Namen des Verlegers preiszugeben.

»Dazu bin ich nicht verpflichtet, ich kann Ihnen aber gern den Inhalt jenes Telefonats, durch das Sie auf mich gestoßen sind, mitteilen. Ich habe diesem miesen Erpresser klargemacht, dass wir einmal, und zwar nur ein einziges Mal, auf seine Forderungen eingehen würden. Dann ließ ich mir von ihm nochmals die Höhe des Geldbetrages und die Modalitäten für die Übergabe bestätigen und habe schließlich aufgelegt.«

Nachdem Nadja Porsche den beiden Ermittlerinnen auch noch erzählt hatte, dass Sigmund nicht zur Übergabe erschienen war, schüttelten Eva und Lilly beinahe gleichzeitig den Kopf, entließen Nadja Porsche jedoch für diesen Tag.

Ronnie Reiler – Gruberstraße

Nervös ging Ronnie im Zimmer auf und ab und wartete auf Vanessa, die Yannick und Toby in Kindergarten und Schule gebracht hatte. Er zupfte ungeduldig an der Plastikfolie, die das Tattoo auf seinem linken Unterarm noch abdeckte, bis es endgültig verheilt war. Er war stolz auf seine neueste Errungenschaft, einen Adler mit ausgebreiteten Flügeln und kräftigem Schnabel. Der Schmerz war erträglich gewesen, Ronnie war schließlich ein Mann und es waren nicht seine ersten Stiche gewesen. Die angedeuteten Ringe an den Fingern seiner linken Hand waren fertig, die Umrandungen der Fingerknöchel fehlten noch.

Während er noch in die Betrachtung seiner Körperverzierungen vertieft war, kam Vanessa mit einer prall gefüllten Einkaufstasche zurück. Sie begrüßte Ronnie kurz und schleppte die Einkäufe dann in die Küche.

Ronnie konnte es nicht erwarten und folgte ihr.

»Überraschung!«, rief er und umarmte sie von hinten. Vanessa wand sich aus seinen muskulösen Armen, drehte sich um und wich einen Schritt zurück.

»Endlich wieder fit fürs Staplerfahren?«

»Ganz im Gegenteil. Ich bin das ganze Wochenende über auf dem Dinnerschiff beschäftigt, das wieder einmal in Linz anlegt. Eine Securityfirma, bei der ich einmal ausgeholfen habe, hat mich engagiert. Da gibt es satte Kohle, ein Abendessen und sicher keine Probleme. Meine einzige Aufgabe besteht darin, die Einladungen der feinen Pinkel zu überprüfen und niemanden ohne diesen Wisch einzulassen. Was sagst du?«

Vanessa schüttelte den Kopf und verdrehte die Augen.

»Aber du bist doch als Staplerfahrer krankgemeldet. Wie soll denn das gehen?«

»Mach dir keine Sorgen, keinem Schwein wird das auffallen. Aber, das Beste kommt zum Schluss!«

Ronnie merkte Vanessas Desinteresse und wurde langsam ungeduldig, auch das Tattoo am linken Unterarm begann jetzt wieder zu jucken.

»Hör mal, meine Süße! Weißt du, wer für Musik und Tanzprogramm zuständig ist? Das wird dich interessieren!«

Jetzt wurde Vanessa hellhörig, es war ihr nicht wohl, wenn Ronnie so aufgekratzt war. Solche Situationen waren in ihrer Beziehung noch nie gut ausgegangen.

»Sag bitte nicht Alessandro!«

»Doch!«

Vanessa schlug die Hände zusammen. Sie ahnte Unheil. Ein Zusammentreffen von Ronnie und ihrem Bruder war noch nie gut ausgegangen. Dafür waren die beiden zu verschieden. Und jetzt sollte das auf einem Unterhaltungsschiff ohne ihre Anwesenheit stattfinden. Nicht auszudenken!

»Dann sagst du diesen Job ab!«

»Was soll ich?«

Ronnie meinte, nicht richtig verstanden zu haben.

»Absagen!«

Ronnie näherte sich Vanessa wieder und legte ihr die Hände auf die Hüften. Obwohl sie sich wehrte, ließ er nicht locker und zog sie an sich.

»Bist du verrückt? Da habe ich doch endlich die Chance, mit ihm alleine reden zu können, auf dem Schiff und vor seinem Job kann er nicht davonlaufen. Ich werde ihm meine Meinung zum Erbe eurer Eltern und zum Verhältnis zwischen euch beiden sagen. Der wird Augen machen!«

Vanessa befreite sich erneut aus seinen Armen und verließ die Küche. Ronnie folgte ihr wie ein Hündchen.

»Es wird doch Zeit, dass dem feinen Herrn Bruder jemand zeigt, wo es langgeht. Der soll blechen, die Erbschaft ist ausreichend für ihn und für uns und unsere Kinder, das wird er einsehen müssen.«

»Gut, von mir aus, versuch es und stell ihn zur Rede, aber lass ihn in Ruhe! Bin gespannt, was du ausrichtest!«

Lilly Peischer – Redaktion

Lilly hatte in der Redaktion erfahren, dass Ludwig Kehrer am Vormittag im Dienst war. Diese Tatsache wollte sie nutzen, um ihm einen Überraschungsbesuch abzustatten.

Sie war immer noch der festen Überzeugung, dass Moritz Sigmund einem Verbrechen zum Opfer gefallen sein musste. Kehrer hatte im Gespräch von der guten Zusammenarbeit und den hervorragenden Fotos, die Sigmund gemacht hatte, nahezu geschwärmt. Lilly war nicht sicher, ob das auch stimmte. Sie liebte Besuche, mit denen keiner rechnete, meist erfuhr sie dann auch wichtige Details. Besonders interessant war auch, dass sich Katharina Bergmair von Kehrer beobachtet gefühlt hatte, dass sie möglicherweise sogar von ihm mehrmals verfolgt worden war. Sie fragte sich, welchen Grund er wohl dafür gehabt hatte.

Sie erreichte die Redaktion kurz vor Mittag, wo sie sich bis zum Newsroom durchfragte. Lilly verließ den Lift im zweiten Stock und blickte sich suchend um, als sie Ludwig Kehrer am Kaffeeautomaten lehnend entdeckte.

»Wollen Sie zu mir? Ich habe jetzt leider überhaupt keine Zeit.«

Kehrer wandte sich eilig mit dem Kaffeebecher in der Hand ab. Er verschüttete dabei das heiße Getränk und begann zu fluchen.

»Jetzt warten Sie doch! Ich muss Sie nur kurz sprechen. Es dauert nicht lang.«

Lilly sah Kehrers verärgertes Gesicht. Offensichtlich war ihm dieser Besuch unangenehm, worüber sie sich heimlich freute.

»Jetzt reden Sie schon! Was wollen Sie noch von mir? Ich wüsste nicht, was ich Ihnen noch erzählen könnte. Mit Moritz Sigmund hat mich eine rein geschäftliche Beziehung verbunden. Das habe ich Ihnen schon erklärt.«

Lilly ging nicht auf seine Bemerkungen ein.

»Warum haben Sie vor kurzem Katharina Bergmair verfolgt?«

»Also, wer sagt denn so was? So eine Frechheit! Ich habe sie doch nicht verfolgt.«

»Frau Bergmair sieht das anders. Sie sind bei Einbruch der Dunkelheit hinter ihr hergeschlichen, sie hat sich des Öfteren beobachtet gefühlt und meint, dass Sie das gewesen sein könnten.«

Kehrers Gesichtsfarbe wurde leicht rot.

»Ach was, ich bin vor einigen Tagen zufällig mit ihr zusammengetroffen, nachdem ich einen Bericht über sie zu einer Veranstaltung im ORF geschrieben hatte. Ich schätze sie sehr. Sie hat ihre Expertise zu oberösterreichischen Künstlerinnen im ORF unter Beweis gestellt. Sie ist in ihrem Fachbereich wesentlich kompetenter als dieser lächerliche Wichtigtuer Sigmund.«

Noch bevor er die letzten Silben zu Ende gesprochen hatte, schien er sich auf die Lippen zu beißen.

Lilly war eine aufmerksame Zuhörerin und Beobachterin und hakte sofort nach.

»Das müssen Sie mir schon genauer erklären. War Moritz Sigmund doch kein so toller Fotograf?«

»Er hat seit einiger Zeit immer wieder Fotorechte ignoriert und die Redaktion ganz schön in Bedrängnis gebracht. Die Reaktionen der Leserinnen und Leser auf seine geklauten Fotos waren teilweise sehr unfreundlich.«

»Wollten Sie nicht sagen, dass er Sie damit in Bedrängnis gebracht hat?«

»Mir war das völlig egal, glauben Sie mir!«

Kehrer drehte sich um und verschwand im Newsroom.

Lilly glaubte Ludwig Kehrer kein Wort. Kopfschüttelnd nahm sie die Treppe nach unten.

Luise Koch – Schlossberg

Nachdem Luise am Vorabend das Kommissariat verlassen hatte, war sie wie betäubt durch die engen Altstadtgassen zurückgeschlichen.

Die Wohnung leer vorzufinden, war für sie noch immer unangenehm und unfassbar. Sie hatte sich nicht die Mühe gemacht, etwas einzukaufen, hatte gedankenlos in eine Scheibe Brot gebissen und sich schließlich wieder ins Bett gelegt.

Und hier hatte sie sich bis in den frühen Morgen hinein verkrochen und nicht einmal die Kraft gefunden, die Vorhänge aufzuziehen. Sie konnte einfach nicht mit dieser Situation umgehen. Während sie schon um Katharina getrauert hatte, war ihr diese im Kommissariat plötzlich entgegengetreten. Luise hatte zuerst an ihrer Sehkraft gezweifelt oder an eine Halluzination geglaubt, dann aber die in Schwarz gehüllte Frau eindeutig als Katharina identifiziert, die Eva Murauers Büro tränenüberströmt verlassen hatte.

Als sie Katharina glücklich umarmt und erfahren hatte, dass Katharinas Zwillingsschwester Eleonore getötet worden war, war sie erst einmal nur erleichtert gewesen.

Eva Murauers Aufforderung, ins Büro zu kommen, hatte ihr die Beichte erspart, dass sie die Tote gefunden und nichts unternommen hatte. In der Befragung hatte sie dies dann allerdings gestehen müssen, auch, dass sie in Panik davongelaufen war.

Nachdem sie der Kommissarin die genaueren Umstände der Auffindung mitgeteilt hatte, war sie nach dem Unterschreiben des Befragungsprotokolls entlassen worden.

Nun musste sie diese Situation ständig überdenken, sie konnte keinen klaren Gedanken fassen, immer wieder verfolgten sie die Bilder der toten Eleonore. Sie schwankte zwischen Erleichterung darüber, dass Katharina heil und gesund war, und dem Schock über den Tod der Schwester.

Das Klingeln ihres Handys holte sie letztendlich in die Wirklichkeit zurück. Sie kannte die Nummer auf dem Display, es war Benedikts Mutter, die ihr das Leben und die Arbeit im Kindergarten immer wieder schwer machte. Was wollte sie jetzt? Wollte sie sich darüber beschweren, dass Luise seit zwei Tagen krankgemeldet war?

»Ja, bitte!«

Benedikts Mutter schien erleichtert, dass Luise den Anruf entgegengenommen hatte.

»Wie geht es Ihnen, Frau Koch?«

»Besser, danke!«

Luise war von der Frage nach ihrem Wohlbefinden so überrascht, dass sie kurz angebunden blieb.

»Es hat sich herumgesprochen, dass Sie einen schweren Schock erlitten haben, und ich wollte Ihnen mitteilen, dass wir alle mit Ihnen fühlen. Benedikt vermisst sie, es wird immer deutlicher, dass er klare Linien und Vorgaben braucht, genau wie Sie das machen, Frau Koch!«

Luise kam aus dem Staunen nicht heraus und verstand die Welt nicht mehr. Benedikt, der nur vorlaut, ungestüm und nicht zu bremsen war, vermisste sie.

»Da haben mein Mann und ich gedacht, dass Ihnen vielleicht ein wenig Abwechslung guttun könnte. Was meinen Sie?«

»Abwechslung?«

Luise war nicht nach Abwechslung, sie wollte in Ruhe gelassen werden und sich im Bett verkriechen.

»Ja, wir haben eine Einladung für das Dinnerschiff, das am Sonntag in Linz anlegen wird, und würden Sie zu dieser Veranstaltung gern mitnehmen.«

Da Luise den Inhalt dieses Gesprächs noch immer nicht fassen konnte, schwieg sie weiterhin.

»Frau Koch, dürfen wir mit Ihnen rechnen, um 18 Uhr unterhalb der Schiffsanlegestelle? Es wäre uns ein Vergnügen und wir könnten uns damit für die Mühe, die Sie mit Benedikt haben, ein wenig revanchieren.«

»Ja, ich komme, danke!«

Kaum hatte sie aufgelegt, bereute sie ihre Entscheidung, konnte sie aber nicht mehr rückgängig machen.

Nadja Porsche – Brucknertower

Nadja kontrollierte ihren Getränkekühlschrank. Sie suchte nach einem Prosecco, und zwar nicht nach irgendeinem, es musste ihre Lieblingsmarke aus dem Veneto sein. Es gab schließlich einen Grund zu feiern. Ihr Erpresser Moritz Sigmund war tot, die Gefahr war gebannt, die beiden Ermittlerinnen hatten sie nach der Befragung entlassen.

Mit sicherem Griff holte sie eine Flasche Extradry der Kellerei Canel hervor. Liebevoll betrachtete sie die Flasche und das Etikett, das das Hauptgebäude dieses prächtigen Weinguts in Valdobbiadene abbildete.

Jetzt fehlten nur mehr der Sektkühler, ein schönes bauchiges Glas und ihre Lieblingsmusik. In einer solchen Situation konnte es nur Paolo Conte mit seiner herrlichen Interpretation von »Azzurro« sein.

Gerade als sie die Beine hochgelagert und den ersten Schluck genossen hatte, hörte sie den Türsummer der Wohnungstür. Klaus kam also endlich einmal früher nach Hause.

Er fragte nicht lange, was es denn zu feiern gebe, er nahm sich ein zweites Glas und ließ sich gut gelaunt neben Nadja auf dem Teppich aus Alpakawolle nieder. Er stieß mit seiner Frau an und erinnerte sie dabei an eine ihrer Romreisen, bei der sie Conte in den Thermen des Caracalla gehört hatten. Nadja, die den Refrain mitsummte, schloss sich seinem Schwelgen in Erinnerungen an und wies auf den teuersten Cappuccino ihres Lebens auf der Piazza Navona hin. Reisen hatten dem Ehepaar immer wieder gutgetan, sie hatten gemeinsame Interessen, was Kultur und Erholung anbelangte, und genossen jeden Urlaubstag.

Als die letzte Nummer verklungen war, stand Klaus auf, postierte sich vor Nadja und stieß ein letztes Mal mit ihr an.

»Darf ich die Gnädigste zum Wochenende auf das Dinnerschiff an der Donau einladen?«

Erfreut sprang Nadja auf, umarmte Klaus und war schon unterwegs zu ihrem Kleiderschrank.

»Was trägt man zu diesem Anlass?«

»Das neue schwarze Kleid mit dem tiefen Rückenausschnitt könnte ich mir gut vorstellen. Darin siehst du umwerfend aus.«

Nadja nickte und fragte erst jetzt, wie Klaus zu dieser Einladung gekommen war und was auf dem Dinnerschiff geboten würde.

»Diese Einladung ist sehr exklusiv, ich habe sie von einem befreundeten Immobilienmakler bekommen. Er selbst ist verhindert. Du kannst dich auf ein Abendessen bei Kerzenlicht und Tanzmusik bis in die Morgenstunden freuen.«

Nadja hielt sich das schwarze Kleid vor den Körper, trat damit vor den Spiegel und drehte sich zu Klaus um.

»Es wird ein perfekter Abend werden!«

18. Juli

Eva Murauer – Dinnerschiff

Eva lehnte nach einigen Tänzen mit Anton, ihrem Tanzpartner, ein wenig erhitzt an der Reling an Deck des Dinnerschiffs.

Der Wind trieb große Wolken Richtung rot-orangem Sonnenuntergang, er verschaffte ihnen allen ein wenig Abkühlung. Alessandro Coretti hatte eine glühende Eröffnungsrede gehalten, in der er alle Gäste, vor allem die Linzer Prominenz, freundlich begrüßte, in der er aber auch seine begeisterten Teilnehmerinnen und Teilnehmer des Tanzkurses herzlich willkommen hieß.

Eva hatte für diesen Abend ein besonders auffälliges Kleid, das sie erst vor wenigen Tagen auf einem Flohmarkt erstanden hatte, gewählt. Ein türkisfarbenes, knöchellanges Kleid, bedruckt mit bunten Vögeln, das im Wind flatterte und in dem sie sich besonders anmutig drehen konnte. In ihren rotgestreiften High Heels war sie nochmals um fünf Zentimeter größer als Anton.

Anton war ein ausgezeichneter Tänzer, allerdings ein wenig einsilbig, Unterhaltungen mit ihm waren nicht leicht zu führen. Eva störte das nicht, sie war ja in erster Linie zum Tanzen hier. Es behagte ihr allerdings nicht, dass sie sich ständig von Kaspar Zeisig wegbewegen musste, offenbar wollte er jede Möglichkeit nutzen, sie in ein Gespräch zu verwickeln oder sie zum Tanz aufzufordern, was sie heute auf keinen Fall wollte.

Auch an diesem Abend konnte sie nicht anders, obwohl sie privat unterwegs war, als sich einen Überblick über die Gruppe der anwesenden Personen zu verschaffen. Viele elegante Damen und Herren aus Politik und Wirtschaft, die sich angeregt unterhielten oder sich zur Musik bewegten. Sie meinte auch, einige Linzer Künstlerinnen und Künstler zu entdecken.

Erstaunt war sie, dass sie genau gegenüber, an einen Hocker gelehnt, Luise Koch entdeckte. Sie plauderte angeregt mit einem Paar und hinterließ bei Eva einen entspannten Eindruck, ganz anders als noch bei ihrem Treffen im Kommissariat. Sie hatte keine Zeit, sich zu wundern, weil bereits die nächste Tanznummer, ein Samba, einsetzte.

Größeres Gedränge auf der Tanzfläche an Deck des Schiffes verursachte plötzlich einen kleinen Zusammenstoß einiger Paare. Der Ellbogen einer Frau bohrte sich in Evas Rücken. Schon beim Herumdrehen, auf der Suche nach der Verursacherin des Schmerzes, entschuldigte sich diese.

»Oh, pardon! Es tut mir leid, wie ungeschickt von mir!« Nadja Porsche zuckte zurück und entschuldigte sich nochmals, als sie erkannte, wem sie ihren Ellbogen in die Rippen gedrückt hatte.

»Kein Problem. Halb so schlimm.«

Eva wunderte sich, Frau Porsche, möglicherweise mit ihrem Ehemann, hier zu treffen. Die beiden tanzten in enger Umarmung wie ein junges Liebespaar.

»Aha, offenbar ganz ahnungslos, der Herr Gemahl«, dachte Eva, bevor sie mit Anton zur nächsten Drehung ansetzte, die sie möglichst weit weg von Kaspar Zeisig bringen sollte.

Die Musik setzte aus und Alessandro Coretti klatschte vornehm in die Hände. »Meine Damen und Herren, es freut mich, dass Sie Ihr Tanzbein so elegant schwingen! Ich denke, wir alle haben uns eine Pause und eine Stärkung an der Bar verdient. In Kürze werden wir unseren Tanzabend fortsetzen, bevor wir uns dann etwas später zum Dinner unter Deck treffen.«

Die Gäste applaudierten Coretti, der eine leichte Verbeugung andeutete. Sie strömten nach unten zur Bar, wo es Brötchen und köstliche Getränke gab. Coretti blieb zurück und griff nach seinem Handy. Offenbar wollte er die kurze Pause für ein Telefonat nutzen.

Eva kam ein Mann entgegen, der ihr bekannt vorkam. Etwas weniger elegant gekleidet als die anderen Gäste, sie hatte ihn auch nicht unter den Tanzenden gesehen. Erst als sie knapp aneinander vorbeigingen, sah sie seinen Ausweis, den er an die Jacke angeheftet hatte. Da konnte sie ihn zuordnen.

»Presse. Ludwig Kehrer.«

Das war doch der Redakteur, dessen Foto an ihrer Ermittlungswand klebte. Er hatte Kontakt zu Moritz Sigmund, dem Fotografen, gehabt, der in der Donau ertrunken war. Und er kannte auch Katharina Bergmair, sie hatte sich von ihm beschattet gefühlt. Eva nahm sich vor, morgen intensiv darüber nachzudenken.

Die Anfangstakte des Wiener Walzers erklangen, um das Ende der Pause anzukündigen. Die Gäste eilten wieder nach oben, um unter freiem Himmel die nächsten Tänze zu genießen, bevor zum Dinner gebeten würde. Während viele noch miteinander plauderten, wurden die ersten schon unruhig, weil Alessandro Coretti den zweiten Teil des Abends nicht einleitete.

Aus irgendeinem Grund musste er sich wohl verspätet haben, sodass Herr Danner, der Bordmanager, herbeieilte und zur Freude der Tanzwilligen eine CD auflegte.

Ronnie Reiler – Gruberstraße

Es war schon reichlich spät, als Ronnie in Vanessas Wohnung eintraf und sich erst einmal bei einem kühlen Bier von der Anstrengung dieses Abends erholen musste. Kaum hatte er die Kühlschranktür mit dem Fuß zugeknallt, erschien Vanessa in der Küche und setzte sich zu ihm an den Tisch.

»Wie ist es gelaufen?«

Ronnie nahm einen kräftigen Schluck, der ihm Zeit gab, sich eine passende Antwort zu überlegen.

»Anstrengend! Du hast keine Vorstellung davon, wie schwer die Füße werden, wenn man den lieben langen Abend vor einem Kahn steht und hört, wie die anderen feiern. Anfangs vergeht die Zeit schnell, da sind die Einladungen zu kontrollieren und da kann man auch manch einen Blick auf teure Abendroben und Anzüge erhaschen. Dann aber wird es eintönig und mühsam. Ich bin fix und fertig!«

»Du weißt genau, was ich meine! Hast du mit Alessandro gesprochen?«

Ronnie musste Zeit gewinnen, er überlegte krampfhaft, wie er Vanessa sagen könnte, dass er Alessandro am Schiff nicht angetroffen und somit auch nicht mit ihm sprechen hatte können.

»Hast du Knabberzeug?«

Wortlos holte Vanessa Chips und Erdnüsse aus einem Küchenkasten und knallte sie vor Ronnie auf den Tisch.

»Hast du mit ihm gesprochen?«

Vanessa drosselte sofort die Lautstärke, als Geräusche aus dem Kinderzimmer zu hören waren. Beide lauschten kurz und schüttelten dann gleichzeitig den Kopf. Es war keiner der beiden Buben wach geworden. Vanessa holte sich ein Glas Wasser und setzte sich wieder zu ihrem Expartner.

Ronnie schwieg weiter, stopfte sich Chips in den Mund und schaute Vanessa kauend an. Zwischendurch nahm er einen Schluck Bier, griff nach den Erdnüssen und blieb stumm.

»Was war los? Hast du ihn etwa umgebracht?«

Jetzt wurde es Ronnie zu bunt.

Er schluckte und räusperte sich.

»Er war einfach nicht zu finden!«

»Bist du blind, oder was? Er war doch der Entertainer an diesem Abend auf dem Dinnerschiff! Wie kann er da nicht zu finden sein? Wage es nicht, mich wieder anzulügen!«

Nun blieb Ronnie nichts anderes übrig, als Vanessa den Verlauf des Abends genau zu schildern.

»Stundenlang bin ich von einem Fuß auf den anderen gestiegen. Manchmal habe ich eine Melodie mitgesummt und mir die eine oder andere Zigarette gegönnt. Ich habe aber immer wieder auf die Uhr gesehen, da ich in der Pause auf das Schiff wollte. Dann hätte ich Alessandro so richtig in die Zange genommen.«

»Hast du ihn wirklich nicht gefunden?«

Vanessa war der Verzweiflung nahe. Sie hatte gehofft, dass Ronnie ihrem Bruder ein wenig Angst einjagen hätte können. Dann hätte er vielleicht zugestimmt, dass ein Teil der Erbschaft ihrer Eltern ihr und den Kindern zugutekommen würde. Dieser Mann war wirklich zu nichts zu gebrauchen!

»Als am Schiff nichts mehr zu hören war, weil die Pause begonnen hatte, bin ich rauf. Kein Mensch auf der Tanzfläche, niemand, der an der Reling lehnte. Alle hatten sich in den Speisesaal zum Buffet begeben. Auch kein Alessandro weit und breit. Ich habe dann noch ein wenig nach ihm gesucht, auch auf der Toilette, dann musste ich aber schleunigst wieder runter, sonst wäre ich meinen Job los gewesen.«

»Eigenartig, sonst bereitet er doch immer die nächsten Musikstücke und Ansagen vor, in dieser Hinsicht ist er immer tadellos vorbereitet.«

»Keine Ahnung, die ersten Gäste hatten das Deck schon wieder betreten. Rolf, meine Ablöse, war mittlerweile auch schon eingetroffen und ich habe mich schleunigst verdrückt.«

19. Juli

Max Merz – Treppelweg an der Donau

Zu dieser Jahreszeit genoss Max seinen Job beim Linzer Magistrat. Es würde ein strahlender Tag werden, er liebte die Sonne und außerdem strich ihm ein leichter Fahrtwind, verursacht durch seine Kehrmaschine, durchs Haar. In der kalten und dunklen Jahreszeit bereute er es manchmal, bei diesem Job gelandet zu sein, Dienstbeginn um 5 Uhr 30 war ja wirklich sehr früh.

Jetzt aber genoss er die frühe Morgenstunde und zuckelte mit seinem Mehrsaisonkehrgerät langsam den Treppelweg entlang, den Blick immer auf den Weg vor sich gerichtet. Es war ihm schon öfter passiert, dass er Flaschen, Dosen, ja sogar Kleidungsstücke übersehen hatte, die seine Maschine aus dem Gleichgewicht brachten. Dann musste er absteigen, die Bürsten von Unrat befreien und diesen händisch entsorgen. Also waren Vorsicht und vorausschauendes Fahren das Gebot der Stunde.

Mit seiner Berufsroutine konnte es Max sich aber auch erlauben, einige Blicke auf die Donau, ihre Farbe und ihren Wellengang zu werfen. Aus den Augenwinkeln betrachtete er auch die Kreuzfahrtschiffe, die um diese Jahreszeit oft dicht an dicht am Donauufer ankerten. Er bewunderte diese und träumte insgeheim davon, auch einmal mit einem solchen Schiff bis ans Schwarze Meer fahren zu können.

Langsam näherte sich Max dem Dinnerschiff, das nur einmal im Monat in Linz vor Anker lag. Im Vorbeirollen zählte er die Kabinenfenster und ließ seinen Blick auch auf die beiden Decks gleiten, auf denen am Vorabend gefeiert und getanzt worden war. Zwei mächtige Taue hielten dieses schwimmende Ungeheuer am Poller fest und ließen ihm keinen Spielraum für unkontrollierte Bewegungen.

Diesmal musste aber eine besonders kreative Truppe das Schiff gechartert haben, eine solche geschmacklose Kunstinstallation an den Tauen hatte er noch nie gesehen. Das Kunstwerk war so gestaltet, dass ein schwarzer polierter Schuh an einem Tau hing, während der Fuß, der in diesem Schuh zu stecken schien, und das daran hängende Bein ins Wasser ragten.

»Unappetitlich!«

Max wandte sich ab und suchte die nächsten paar Meter mit den Augen ab, um mit seiner Maschine ungestört weiterfahren zu können. Allerdings musste er sich noch einmal umdrehen, schließlich war er der Erste, der seinen Kolleginnen und Kollegen von diesem neuen Kunstwerk an der Donau erzählen konnte.

Max drosselte seine Maschine und schaute sich die Fortsetzung des Hosenbeins noch einmal genauer an. Feiner Zwirn schloss sich an eine schwarze Socke an, das Knie ragte gerade noch aus dem Wasser. Als Max sich ein wenig vorbeugte, traute er seinen Augen nicht. Da trieb ein ganzer Mensch unter Wasser, das war keine Installation, das war schlicht eine Leiche.

Es dauerte einige Sekunden, bis er diesen Gedanken wirklich realisiert hatte, dann bremste er, brachte sein Kehrgerät zum Stillstand und kletterte hinunter. Vorsichtig wagte er sich an den Rand des Treppelweges, hielt sich am Poller fest und konnte so einen genaueren Blick ins Wasser riskieren.

Er hatte sich nicht getäuscht, ein Mensch, genauer gesagt ein Mann, hing da kopfüber im Wasser, offensichtlich tot.

Max schaute den Treppelweg hinauf in Richtung Schlossberg und hinunter in Richtung Autobahnbrücke. Keine Menschenseele weit und breit. Was sollte er tun?

Er musste die Polizei rufen. Er kletterte wieder auf seine Kehrmaschine, auf der er sein Handy liegen gelassen hatte, und wählte die Notrufnummer.

Eva & Lilly – Dinnerschiff

»Gut, dass Sie endlich da sind!«

Pichler empfing die beiden Ermittlerinnen nicht gerade freundlich.

»Einen schönen guten Morgen. Wo brennt es denn an diesem wunderbaren Vormittag?«

Eva war übertrieben freundlich, als sie mit Lilly, früher als sonst, lachend das Büro betrat.

»Soeben kam ein Notruf herein. An der Schiffsanlegestelle wurde eine Leiche gefunden. Das ist eine Katastrophe. In so kurzer Zeit drei Todesfälle an der Donau! Fahren Sie hin, unverzüglich!«

»Lieber Herr Pichler, das machen wir gerne. An der Donau ist die Luft ohnehin erfrischender als in unserem Büro.«

Lilly konnte sich diese Bemerkung nicht verkneifen. Sie verstand nicht, warum Pichler an diesem Morgen so schlecht gelaunt war. Sie fand es ebenfalls schrecklich, dass es schon wieder einen Toten gab.

Bevor die beiden aus dem Büro verschwanden, wechselte Eva noch schnell die bunten High Heels, Fundorte von Leichen waren ihren geliebten Schuhen selten zuträglich.

Auf dem Weg zur Donau erzählte Eva vom netten Tanzabend an Bord des Dinnerschiffs, davon, wie viele Leute sie getroffen hatte und dass ihr Tanzpartner Anton ein wahrer Tanzkünstler sei.

An der Schiffsanlegestelle unterhalb der Donaubrücke, an der das Schiff lag, wurde soeben ein Mann aus dem Wasser gehoben. Die weißen Anzüge der Männer und Frauen der Kriminaltechnik blendeten in der Morgensonne, das Team erledigte seinen Job unaufgeregt und professionell wie immer.

Lilly verlangsamte ihre Schritte und ließ sich zurückfallen. Die Kleidung des Mannes, der vorsichtig auf eine Plane gelegt wurde, war völlig durchnässt, das Wasser tropfte von den schwarzen Haaren, die sein Gesicht bedeckten. Eva erkannte ihn sofort.

Coretti. Alessandro Coretti.

Sein blauer Anzug war verschmutzt, bedeckt mit Schlamm und grünen Algen. Der schwarze Lackschuh des rechten Beines fehlte. Sein Körper schien größer und aufgedunsen, die Eleganz des Tanzlehrers war einem schrecklichen Anblick gewichen.

»Lilly, komm näher! Du wirst es nicht glauben, das ist Alessandro Coretti, mein Tanzlehrer, der gestern durch die Veranstaltung geführt hat.«

Eva, die sonst an Fundorten von Leichen unerschrocken agierte, wirkte plötzlich blass und einsilbig.

Lillys Neugier und Redefluss erwachte.

»Jetzt erzähl doch schon! Wer war noch an Bord? Welche Gäste der Veranstaltung hast du erkannt? Der Tote sieht nicht so aus, als wäre er heute Morgen in den glänzenden Wellen einfach ertrunken. Da hat sicher jemand nachgeholfen.«

Bei diesem Gedanken zuckte Eva zusammen. Lilly hatte recht.

»Coretti war in der Pause verschwunden und den ganzen Abend nicht mehr aufgetaucht.«

»Also, das Wort *aufgetaucht* hättest du nicht unbedingt verwenden müssen.«

Lilly schmunzelte.

»An Bord waren sehr viele Leute. Ein paar wenige habe ich gekannt. Wenn ich darüber nachdenke, muss ich sagen, dass wir einige Personen durch die letzten beiden Todesfälle kennen. Luise Koch, zum Beispiel. Sie hat sich vom Schrecken, nachdem sie Eleonore Bergmair tot aufgefunden hatte, gut erholt. Sie wirkte sichtlich entspannt.«

Lilly hörte aufmerksam zu.

»Das ist ja interessant. Ich dachte, sie wäre so richtig zusammengebrochen nach diesem Vorfall.«

»Frau Porsche war auch da, mit einem Mann, wahrscheinlich ihrem Ehemann. Sie haben richtig verliebt gewirkt und ausgiebig getanzt. Und Ludwig Kehrer war offenbar beruflich am Schiff, wahrscheinlich gibt es morgen einen Bericht in der Zeitung. Und selbstverständlich waren einige Teilnehmerinnen und Teilnehmer des Tanzkurses dabei.«

»Wir brauchen unbedingt eine Gästeliste. Der Herr dort drüben sieht aus, als könnte er uns helfen.«

Lilly ging auf einen Mann zu, der einige Zettel in der Hand hielt. Vielleicht hatte sie Glück und es handelte sich um eine Gästeliste. Sie behielt recht.

»Guten Tag. Kriminalpolizei. Peischer. Meine Kollegin Murauer. Darf ich Sie um Ihren Namen und Ihre Funktion auf diesem Schiff bitten?«

»Helmut Danner. Ich bin der Bordmanager. Ich nehme an, dass Sie wissen möchten, wer gestern an Bord war.«

Er reichte Lilly die Gästeliste, die sie kurz überflog.

»Vielen Dank. Das ist großartig. Damit haben Sie uns sehr geholfen. Haben Sie weitere Informationen, die für uns interessant sein könnten?«

Der Bordmanager überlegte lange.

»Ich war gestern ganz verunsichert, als Herr Coretti nach der Pause nicht mehr da war. Wir hatten die Vereinbarung, dass er durch die gesamte Veranstaltung führen sollte. Er hatte das Schiff möglicherweise verlassen, obwohl das unserer Security, Herrn Reiler, nicht aufgefallen war. Merkwürdig.«

»Stimmt. Coretti hat gefehlt, wir alle haben uns gewundert.«

Eva nickte, nahm Lilly die Liste aus der Hand und drehte sich vom Toten weg, um ihn nicht mehr sehen zu müssen.

Ludwig Kehrer – Redaktion

Im Büro herrschte schon große Betriebsamkeit, Ludwig Kehrer war später an seinem Arbeitsplatz erschienen als sonst. Da er am Vorabend für die Redaktion an einem Event mit Tanz und Musik am Dinnerschiff teilgenommen hatte, hatte er um Zeitausgleich angesucht, um an diesem Montag ausschlafen zu können.

Kaum hatte er die Redaktion betreten, bestürmten ihn die Kolleginnen und Kollegen schon, wie denn der Sonntagabend auf dem Schiff verlaufen sei. Ludwig Kehrer, der mit solchen Anlässen nicht viel anfangen konnte und auch kein großer Freund oder Bewunderer der High Society war, gab einsilbige Antworten und war kurz angebunden. Es genügte ihm schon, dass er nun über den Abend auf dem Unterhaltungsschiff einen Artikel schreiben musste.

Er schaltete seinen Computer ein, las zuerst seine Mails, markierte jene, die er schnell beantworten musste und wollte schon loslegen.

Da erschien auf seinem Bildschirm ein Insert über Polizeimitteilungen zu einem Leichenfund am Treppelweg an der Donau. Er klickte die Information an und erfuhr, dass eine männliche Leiche in sehr ungewöhnlicher Position an der Donau gefunden worden war. Der Mann hatte sich mit einem Bein an den Tauen, mit denen das Schiff am Poller befestigt war, verfangen und war kopfüber ins Wasser gestürzt.

Gefunden worden war der Tote von einem gewissen M. M., der als Straßenreiniger mit seiner Kehrmaschine am Linzer Treppelweg unterwegs gewesen war.

Sofort nach dem Bekanntwerden der Nachricht meldeten sich einige seiner Kolleginnen bei ihm, die es an den Tatort zog und die über den Vorfall berichten wollten.

Das Schiff mit seinen betuchten Gästen war für die Damen in der Redaktion schon immer ein Anziehungspunkt gewesen und sie hätten Ludwig Kehrer am Vorabend liebend gern ersetzt.

Kehrer machte ihnen aber klar, dass er selbst an den Tatort gehen würde, da er die Situation auf dem Schiff nach dem vergangenen Abend gut und vielleicht auch den Toten selbst kenne.

Da dieses Argument nicht zu entkräften war, kehrten die Kolleginnen resigniert an ihre Schreibtische zurück. Ludwig Kehrer machte sich auf den Weg und eilte die Promenade bis zum Taubenmarkt hinunter, durchschritt eilig die enge Gasse im Schmidtor, überquerte den Hauptplatz und sah schon von der Fußgängerüberführung aus den mit Absperrbändern abgeriegelten Fundort.

Dieser Anblick stimmte ihn kurz traurig, da er den Vorabend als sehr angenehm empfunden hatte, obwohl er die Reichen und Schönen dieser Stadt lieber aus der Ferne beschrieb. Zwar hatte er trotz der guten Musik, die der Tanzschulbesitzer Alessandro Coretti ausgewählt hatte, nicht getanzt, dafür aber hatte er den lauen Abend bei einem guten Glas Wein genossen.

Er hatte sich dabei Notizen über die Inszenierung des Abends, die illustren Gäste der Linzer Szene und die interessantesten Abendroben gemacht. Schließlich hatte er Stoff für seinen Artikel sammeln müssen, den er am Montagmorgen schreiben sollte.

Erst jetzt fiel ihm ein, woher ihm die große schlanke Frau mit den auffälligen High Heels bekannt vorgekommen war. Sie musste von der Kriminalpolizei sein, bei seiner Befragung durch Lilly Peischer hatte sie kurz den Raum betreten und war ihm sofort aufgefallen.

Seine Aufmerksamkeit hatte sie am Vorabend aber vor allem durch ihr tänzerisches Talent und ihre ausgefeilten und eleganten Bewegungen auf sich gezogen.

Endlich war er am Donauufer angekommen und durch das rot-weiße Band geschlüpft, nur ein paar Schritte trennten ihn von dem aus den Tauen befreiten männlichen Opfer.

Unmittelbar daneben standen Lilly Peischer und ihre Kollegin, die er jetzt in einer ganz anderen Rolle als auf dem Schiff wahrnahm.

Ludwig Kehrer überlegte, ob er sie befragen und um Informationen bitten sollte, als sein Blick auf den Toten fiel.

»Der Tanzlehrer!«

Nachdem ihm diese Aussage entschlüpft war, waren alle Augen auf ihn gerichtet.

Eva & Lilly – Kommissariat

Eva stand an der Ermittlungswand und notierte die Namen der Personen, die auf der Gästeliste des Bordmanagers zu finden waren. Dabei verband sie die Namen mit Pfeilen, die bereits bei den Ermittlungen zu den beiden anderen Todesfällen an der Donau vermerkt waren. Es entstand ein buntes Bild mit vielen Namen, Linien und Notizen.

Lilly überflog die Personen, mit denen sie schon zu tun gehabt hatten: Nadja Porsche, die auch Moritz Sigmund gekannt hatte. Luise Koch, die trauernde Exfreundin von Katharina Bergmair, und Ludwig Kehrer, der möglicherweise nicht nur dienstlich an Bord gewesen war.

»Und du, Eva, warst auch da. Dein Name und der deines Tanzpartners fehlen. Welche anderen Teilnehmerinnen und Teilnehmer des Tanzkurses waren noch auf dem Schiff?«

»Aufgefallen ist mir Kaspar Zeisig, der gern mit mir tanzen wollte. An die anderen Personen kann ich mich nicht mehr erinnern. Auf der Liste steht auch der Name des Mannes, der für die Security verantwortlich war: Ronnie Reiler. Wir sollten ihn nach seinen Beobachtungen fragen.«

Lilly wollte noch etwas hinzufügen, als sich die Tür öffnete und der Arzt eintrat, der die Untersuchung des toten Alessandro Coretti vorgenommen hatte.

»Ich dachte, dass ich vorbeikomme, um Ihnen die wesentlichen Infos sofort mitzuteilen. Die Obduktion ist noch nicht abgeschlossen, aber es ist anzunehmen, dass der Mann ertrunken ist, allerdings sicher nicht ohne fremdes Zutun.«

»Wie kommen Sie darauf?«

Lilly sah, dass der Arzt Fotos mitgebracht hatte, und schaute schnell weg.

»Die Detailaufnahmen der beiden Oberarme zeigen starke Hämatome, nicht nur vereinzelt, sondern großflächig. Sie sind ganz frisch und können meiner Ansicht nach nicht nur durch den Sturz über die Reling verursacht worden sein.«

Er breitete die Fotos auf dem Schreibtisch aus. Eva beugte sich neugierig darüber.

»Da sieht man auch dunkle Flecken am Hals von Coretti. Was haben sie zu bedeuten?«

Der Arzt schmunzelte.

»Gut beobachtet, Frau Kollegin. Das sind wahrscheinlich Würgespuren. Da hat jemand ganz schön zugedrückt. Es wäre möglich, dass der Mann dadurch bewusstlos über Bord gegangen ist.«

»Und in weiterer Folge kopfüber im Tau hängend ertrunken ist?«

»Ja, das ist möglich. Anzunehmen ist, dass der Tod im Laufe der Abendveranstaltung, von der Sie erzählt haben, eingetreten ist. Genaueres wissen wir sicher morgen.«

»Schrecklich. Wenn ich mir vorstelle, dass Coretti vielleicht schon nach der Pause tot war, während wir uns alle tanzend vergnügt haben.«

Der Arzt verabschiedete sich, er musste zurück in die Gerichtsmedizin, ließ die Fotos aber zurück.

Lilly schob sie von ihrem Schreibtisch weg, Eva benötigte sie ohnehin für die Ermittlungswand.

»Wir müssen herausfinden, ob Alessandro Coretti Verwandte hat, die wir benachrichtigen müssen.«

»Es gibt zwei Neffen, zwei kleine Kinder, die in letzter Zeit häufig in den Kursen mit dabei gewesen sind und sich fallweise sehr anstrengend verhalten haben. Ich glaube, dass es die Kinder seiner Schwester sind.«

Während Eva noch erzählte, hatte Lilly schon das Melderegister online geöffnet. Sie kritzelte die Informationen auf die Tageszeitung, die vor ihr lag.

»Vanessa Coretti, wohnhaft in der Gruberstraße. So ein Glück, da kann sie hoffentlich gleich bei uns vorbeikommen.«

Lilly schob Eva die Handynummer hinüber, sie wollte nicht die Überbringerin dieser schlechten Nachricht sein.

Eva wählte die Nummer mehrere Male hintereinander. Vanessa Coretti war nicht erreichbar.

Vanessa Coretti – Gruberstraße

Schon während der letzten Unterrichtsstunde an der Musikschule hatte Vanessa das stetige Vibrieren ihres Handys bemerkt. Sie hatte sich davon aber nicht aus der Ruhe bringen lassen, da sie ihre Söhne Yannick und Toby gut aufgehoben wusste.

Als ihre Schülerinnen jetzt endlich ihre Violinen eingepackt hatten, griff sie nach dem Handy und strich über das Display. Sie staunte nicht schlecht, als sie sah, dass sie fünfmal von einer unbekannten Linzer Nummer angerufen worden war.

Noch im Konferenzzimmer entschloss sie sich, zurückzurufen. Schon nach dem ersten Klingelzeichen wurde ihr Anruf von einer Frau Eva Murauer angenommen, die sich als ermittelnde Beamtin vorstellte und wissen wollte, ob Vanessa mit Alessandro Coretti verwandt war.

Instinktiv schaltete Vanessa auf stur, konnte es sich doch nur um eine Anwältin oder dergleichen handeln, die sich der Erbschaftssache ihrer Eltern angenommen hatte. Alessandro hatte sich also Verstärkung geholt, er hatte ja die finanziellen Mittel dazu. Für Vanessa war klar, dass diese Frau Murauer ihren Erbschaftsanspruch als ungültig abtun würde.

»Ja, das ist mein Bruder!«

»Ich habe leider eine traurige Nachricht für Sie. Wir haben ihren Bruder Alessandro heute in den frühen Morgenstunden am Dinnerschiff tot aufgefunden. Es gibt einige Indizien, die darauf hinweisen, dass es sich um einen gewaltsamen Tod handeln könnte. Wir würden Sie gerne heute Nachmittag im Kommissariat dazu befragen.«

Nachdem sich Vanessa dazu bereiterklärt hatte, eilte sie betroffen nach Hause, schloss die Wohnung auf und stürzte ins Schlafzimmer. Wütend riss sie die geschlossenen Vorhänge auf und schüttelte den schlafenden Ronnie, der nicht wusste, wie ihm geschah. Schlaftrunken richtete er sich auf und schaute Vanessa verständnislos an.

»Yannick und Toby sind noch bei der Geburtstagsfeier des Nachbarkindes!«

»Was hast du mit ihm gemacht? Raus mit der Sprache!«

Vanessa hatte Ronnie an den Schultern gepackt und schüttelte ihn wie eine Puppe.

»Mit wem?«

»Mit Alessandro, du Lügner! Sagst mir, du hättest ihn nicht angetroffen, und bringst ihn gleich um! Er war mein Bruder!«

Erst als Ronnie aufgesprungen war und sich in seiner ganzen Größe vor Vanessa aufgebaut hatte, ließ sie von ihm ab.

»Ich – habe – ihn – nicht – gesehen, klar?«

Vanessa griff nach der Hose, die auf dem Sessel lag, drängte Ronnie, sie anzuziehen, und schleuderte ihm ein paar Sandalen aus dem Vorraum entgegen.

»Zieh dich an und komm mit!«

Die Zeitspanne, in der Ronnie in seine Kleider und zu sich selbst gefunden hatte, nützte Vanessa, um bei der Nachbarin zu klingeln und sie zu bitten, Yannick und Toby noch dazubehalten, da sie und Ronnie nochmals dringend wegmüssten.

»Wo willst du denn hin?«

»Ins Kommissariat, du Blödmann, die haben mich angerufen, Alessandro wurde heute Morgen am Schiff tot aufgefunden. Und du hast ihn wahrscheinlich als Letzter lebend gesehen! Ein wenig erschrecken hättest du ihn sollen, aber doch nicht gleich umbringen!«

Ronnie, der noch immer nicht wusste, wie ihm geschah, trottete gehorsam hinter Vanessa her, ließ ihre Schimpftiraden über sich ergehen und schüttelte nur von Zeit zu Zeit den Kopf.

Katharina Bergmair – Schlossberg

Katharina hatte sich in den letzten Tagen schlecht konzentrieren können. Sie war fahrig und unruhig, der Tod ihrer Zwillingsschwester hatte sie schwer getroffen. Die Obduktion hatte ergeben, dass Eleonore bereits am Mittwoch der Vorwoche und nicht erst am Donnerstag, am Tag ihres Auffindens, gestorben war. Sie machte sich Vorwürfe, dass sie am Mittwoch keine Zeit für Eleonore gehabt hatte, dass sie sie auch nicht angerufen hatte. Katharina war den ganzen Tag in ihrem Schmuckladen gewesen und hatte auch abends eine geschäftliche Verpflichtung gehabt, sodass sie ganz auf ihre Schwester vergessen hatte.

Der Gedanke daran, dass Eleonore gestorben war und dass sie diesen grausamen Tod hatte erleiden müssen, ließ sie nicht mehr los. Es hatte sich auch das Gefühl breitgemacht, dass Eleonore vielleicht doch mit ihr verwechselt worden war. Sie kannte niemanden in Linz und war sicher nur am Badestrand gewesen, um sich zu erholen.

Katharina machte sich auf den Weg zum Schlossberg. Sie musste mit Luise reden. Vielleicht bekam sie dadurch ein wenig Klarheit.

Sie läutete an ihrer früheren gemeinsamen Wohnung. Sie besaß zwar noch einen Schlüssel, wollte ihn aber nicht benützen. Luise war am späten Nachmittag immer zu Hause, sie musste aber dennoch lange warten, bis sie in der Wohnung schlurfende Schritte vernahm.

Luise öffnete zerzaust mit Ringen unter den Augen und ein wenig verschlafen nur einen Spaltbreit die Tür. »Mit dir habe ich gar nicht gerechnet. Was willst du? Ich habe starke Kopfschmerzen.«

»Ich will nur kurz mit dir reden. Ich bin so traurig und verzweifelt und muss ständig an Eleonore denken.«

»Das versteh ich. Mir geht es auch so. Ich kann nicht mehr schlafen und habe immer wieder Albträume. Komm herein, magst du Tee?«

Katharina schüttelte den Kopf und folgte Luise ins Vorzimmer.

»Ich denke immer daran, dass ich ihren Tod hätte verhindern können, wenn ich am Mittwoch Zeit für sie gehabt hätte und sie zum Strand begleitet hätte. Ich habe leider so viel zu tun gehabt.«

Plötzlich veränderte sich Katharinas Tonfall.

»Wo warst du eigentlich am Mittwochabend?«

»Ich weiß das jetzt nicht mehr so genau, da müsste ich schon scharf nachdenken.«

»Dann mach das!«

Katharinas Stimme wurde lauter und aggressiv.

»Reg dich nicht auf! Ich denke ja schon nach. Ich glaube, ich war nur spazieren, wie meist nach Dienstschluss, wenn das Wetter schön ist. Warum willst du das wissen?«

»Vielleicht hast du Eleonore getötet! Du hast sie wahrscheinlich mit mir verwechselt. Du hast dich sehr über mich geärgert, das weiß ich.«

»Du bist verrückt! Was denkst du von mir? Ich bringe doch niemanden um und schon gar nicht deine Schwester. Wie käme ich dazu?«

»Dann sag schon endlich, wo du am Mittwochabend warst, wenn du nichts mit dem Tod meiner Schwester zu tun hast.«

Katharina hatte sich bedrohlich vor Luise aufgebaut und kam ihrem Gesicht ganz nahe.

»Wenn du es genau wissen willst, ich war am Donaustrand und habe dich gesucht. Und als das drohende Gewitter näherkam, meinte ich, dich lesend zu entdecken. Ich dachte, die Frau, die blutüberströmt an einem Baum lehnte, wärst du. Ich konnte diesen Anblick nicht aushalten und bin in Panik davongerannt.«

Katharina erstarrte kurz, fasste sich dann aber und schlug Luise mit der flachen Hand ins Gesicht. Sie drehte sich um, verließ die Wohnung ohne jedes Wort und knallte die Eingangstür zu.

Sie konnte diese Geschichte nicht glauben. Viel wahrscheinlicher war, dass Luise ihre Schwester zufällig am Strand angetroffen hatte, sie mit ihr verwechselt und sie brutal im Zorn getötet hatte.

Den ganzen Heimweg lang weinte Katharina leise vor sich hin.

Vanessa Coretti – Kommissariat

Erst vor dem Kommissariatsgebäude wurde Vanessa klar, dass sie sich in der Aufregung nicht danach erkundigt hatte, in welchem Zimmer sie vorsprechen sollte. Nur der Name Eva Murauer war ihr von diesem Telefonat vor einer knappen Stunde in Erinnerung geblieben.

Gleich nach der Drehtür befand sich eine Orientierungstafel und Vanessa war dankbar für ihr gutes Namensgedächtnis. Sie hatte schnell erkannt, dass sie ins erste Stockwerk musste, zog Ronnie, der schon zum Lift schritt, zurück und drängte ihn die Stufen hoch.

Nachdem Vanessa angeklopft hatte, nahm sie sich nicht die Zeit abzuwarten, bis sie ins Büro gerufen wurde. Mit Ronnie im Schlepptau stürzte sie ins Zimmer von Eva Murauer und Lilly Peischer, die jetzt beide erschrocken von ihrer Arbeit aufblickten.

Vanessa stellte sich kurz vor und noch bevor die beiden Kommissarinnen ihnen einen Platz anbieten konnten, begann sie Ronnie zu beschuldigen.

»Der da hat meinen Bruder Alessandro zuletzt auf dem Dinnerschiff gesehen. Er war als Security engagiert und hat sich in der Tanzpause unerlaubt auf das Schiff geschlichen und ihn ermordet. Er sollte ihn nur ein wenig erschrecken, dann sind ihm sicher wieder einmal die Sicherungen durchgebrannt und er hat den armen Alessandro getötet.«

Eva und Lilly blickten von einem zum anderen und merkten, wie der Beschuldigte sich aufrichtete, sich räusperte und nun seine Sicht der Dinge darstellen wollte.

»Langsam, meine Liebe! Ich lass mir von dir keinen Mord in die Schuhe schieben. Ja, ich war unerlaubt in der Pause auf dem Schiff, ja, ich wollte ihn erschrecken, und nein, ich habe ihn nicht ermordet, da ich ihn nicht angetroffen habe.«

Auf Nachfrage von Eva und Lilly erzählte Ronnie noch einmal ausführlich von seinem Vorhaben und auch davon, dass er sich schleunigst aus dem Staub gemacht hatte, als die ersten Gäste aus der Bar wieder an Deck zurückgekommen waren. Das könne seine Ablöse bestätigen, der Kollege hatte schon an der Reling auf ihn gewartet.

»Frau Coretti, warum haben Sie Herrn Reiler dazu angestiftet, Ihren Bruder zu erschrecken und ihm Angst einzujagen?«

Während Vanessa schwieg, begann Ronnie aufbrausend zu erzählen. »Du kannst es den Damen ruhig erzählen, wie er dich behandelt hat, dein Bruder! Beschreib doch, wie das mit der Erbschaft eurer Eltern gelaufen ist. Gib doch zu, dass du ihm den Teufel an den Hals gewünscht hast, weil er das Erbe nicht mit dir teilen wollte! Dein feiner Herr Bruder!«

Vanessa war immer mehr in sich zusammengesunken und nickte schließlich zu allem, was Ronnie vorbrachte. Stockend begann sie den beiden Ermittlerinnen darzulegen, warum Alessandro von den Eltern als Alleinerbe eingesetzt worden war und wie notwendig sie das Geld in ihrer Situation als Alleinerzieherin gebraucht hätte.

»Konnten Sie das nicht in einem Gespräch mit ihm klären?«

»Er war auf beiden Ohren taub, wenn es um das Geld ging. Er hatte schon alles verplant und in die Tanzschule gesteckt. Außerdem meinte er, dass es allein meine Schuld gewesen sei, weil ich mich nicht endgültig von Ronnie, dem Vater meiner Kinder, getrennt hätte. Meine Eltern waren von jeher gegen unsere Beziehung gewesen und haben mir das dann mit dem Testament drastisch vor Augen geführt.«

»Wo waren Sie an diesem Abend?«

»Ich war mit Yannick und Toby zu Hause und habe auf Ronnie gewartet.«

Bevor Lilly und Eva die beiden entließen, befragten sie Ronnie noch einmal, ob er in der Tanzpause jemanden an Deck gesehen habe. Als dieser verneint und vehement erklärt hatte, dass niemand anwesend gewesen war, konnten er und Vanessa das Büro verlassen.

Kaspar Zeisig – Schmuckwerkstatt

In der vergangenen Woche hatte er täglich nur wenige Stunden in seiner Werkstatt verbracht. Das Wetter war so ausgezeichnet gewesen, dass er vor allem morgens mehr Zeit als sonst an der Donau verbracht hatte, um seine Angel auszuwerfen oder Vögel zu beobachten. Einige seiner Kundinnen und Kunden warteten schon ungeduldig auf die bestellten Reparaturen. Der Ehering eines Stammkunden musste vergrößert werden, eine alte Uhrkette sollte poliert werden und auch einige gerissene Kettchen warteten auf Zeisigs geschickte Hände.

Er wollte sich beeilen, weil er heute noch möglichst viele Arbeiten erledigen sollte und außerdem den Sonnenuntergang auf der Brücke genießen wollte. Darauf wollte er keinesfalls verzichten. Zeisig sperrte sein Geschäft zu, hängte das Schild »Ich freue mich morgen wieder auf Ihren Besuch« an die Glastür, um dann im hinteren Teil der Werkstatt ungestört arbeiten zu können. Gut gelaunt pfiff er eine Nummer, die immer wieder im Tanzkurs gespielt wurde, vor sich hin, wiegte sich im Walzerschritt und nahm die Schmuckstücke zur Reparatur aus der Vitrine.

Er fand, dass sich die Teilnahme am Tanzkurs bereits gelohnt hatte. Er hatte ein paar ganz nette Damen kennengelernt, zwar noch nicht näher, aber sein verändertes Äußeres schien bei den Tänzerinnen gut anzukommen. Seit einiger Zeit trug er nur mehr bunte Hemden, meist mit Tiermotiven, und gestreifte Krawatten, obwohl sie seinen Hals ein wenig einengten und Mascherl viel bequemer waren. Zeisig hatte auch erstmals im Abverkauf blaue Jeans erstanden, die besonders gut zu den weißen Sportschuhen passten, wie er fand. Das alte grüne Sakko wollte er demnächst durch ein neues moderneres ersetzen, hoffentlich würde ihn eine geschickte Verkäuferin gut beraten.

Er fühlte sich um Jahre jünger als noch vor einigen Wochen, drehte sich nochmals im Dreivierteltakt und war so gut gelaunt wie schon lange nicht mehr.

»Vielleicht werde ich mich noch zusätzlich nach einer renommierteren Tanzschule umsehen. Ich würde dann noch wesentlich mehr Damen kennenlernen können, das könnte nicht schaden. Aus mir könnte wirklich ein guter Tänzer werden.«

Zeisig ertappte sich dabei, dass er mit sich selbst redete. Das machte er fallweise, wenn er schon länger mit niemandem gesprochen hatte. Seine Stimme klang dann meist unnatürlich kratzig und rau.

Er stoppte seine Bewegungen und wandte sich den Reparaturen der Kettchen zu. Da spürte er Schmerzen in beiden Händen, die Finger ließen sich nur schwer in ihren Gelenken bewegen. Ungeschickt und ungelenk führte er die Bewegungen aus. Zeisig erschrak. Schmerzen dieser Art hatte er noch nie gehabt. War es beginnendes Rheuma oder vielleicht Gicht? Hatte er sich beim Fischen an der Donau eine Verkühlung zugezogen? Oder waren seine Handwerkerhände in den letzten Tagen größerer Kraftanstrengung ausgesetzt gewesen? Er konnte es sich nicht erklären.

Die Schmuckstücke glitten aus seinen Händen, er konnte sie nicht festhalten. Er erhob sich von seinem Arbeitstisch, ließ die Reparaturarbeiten einfach liegen, verließ seine Werkstatt und eilte Richtung Donau, um noch den Sonnenuntergang sehen zu können und sich von den Schmerzen abzulenken.

20. Juli

Eva Murauer – Winterhafen

An diesem Morgen stürmte sie die Treppen der acht Stockwerke hinunter bis in den Radkeller. Energisch schob sie ihr Rad auf den Parkplatz, setzte den Helm auf und trat gleich kräftig in die Pedale.

Eva wollte den frühen Morgen dazu nutzen, den Kopf frei zu bekommen, um sich dann vielleicht besser konzentrieren zu können. Zu viele Opfer, zu viele Verdächtige, die Ermittlungsarbeit wollte in diesen drei Fällen, von denen Lilly und sie noch gar nicht wussten, ob sie miteinander in Verbindung standen, nicht abreißen.

Der Auftritt der Schwester des letzten Toten, Vanessa Coretti, mit ihrem Expartner Reiler hatte ihr den Rest gegeben. Diese gegenseitigen Beschuldigungen waren ihr auf die Nerven gegangen und nur Lillys Ruhe hatte sie davor bewahrt, die beiden anzufauchen.

Ganz in Gedanken an den vergangenen Arbeitstag war sie mittlerweile am Linzer Konzerthaus vorbeigeradelt und näherte sich dem Winterhafen. Hier wurde es ein wenig ruhiger, auf diesem Abschnitt des Treppelweges waren immer nur wenige Leute unterwegs. Aus diesem Grund versammelten sich hier auch die zahlreichen Petrijünger, um in Ruhe angeln zu können.

Plötzlich versperrte ihr ein Mann den Weg. Eva musste scharf abbremsen und wollte den Unvorsichtigen gerade zur Rede stellen, als sie ihn erkannte. Es war Kaspar Zeisig, der mit ihr den Tanzkurs besucht hatte und dem sie immer tunlichst aus dem Weg gegangen war.

Jetzt aber stieg sie vom Rad und ließ sich auf ein Gespräch mit Zeisig ein, der ihr begeistert davon erzählte, dass er bei passendem Wetter immer hier zum Angeln sei, bevor er sein Geschäft aufsperren müsse. Manchmal kam er auch nach Geschäftsschluss, um zu angeln oder Vögel zu beobachten. Er erklärte stolz, dass er sich freiwillig zur Vogelzählung in seiner Umgebung gemeldet hätte.

»Sie waren vorgestern auch auf dem Dinnerschiff, wenn ich mich recht erinnere. Schrecklich, was unserem Tanzlehrer da zugestoßen ist. Ich habe es in der Zeitung gelesen.«

Eva schwieg und nickte.

»Ich habe vor, einen anderen Tanzkurs zu besuchen, ich möchte nicht warten, bis sich ein Ersatz für Coretti gefunden hat, sonst vergesse ich wieder alle Schrittfolgen. Wollen Sie vielleicht mit mir in eine Tanzschule in der Innenstadt wechseln?«

Eva verneinte und wies darauf hin, dass sie beruflich derzeit stark gefordert sei und lieber abwarten wolle, wer ihren bisherigen Kurs weiterführen werde.

»Schade, wir haben so vieles gemeinsam. Die Liebe zum Tanzen, zur Natur und zur frühen Morgenstunde.«

Die letzte Bemerkung Kaspar Zeisigs regte Eva zum Nachdenken an.

Der Tod des ersten Opfers, das aus der Donau geborgen worden war, fiel ihr ein. Erik Gunnarson, der rudernde Zeuge, hatte Moritz Sigmund schon in aller Herrgottsfrühe entdeckt. Was, wenn dieser Zeisig an jenem Tag auch beim Angeln gewesen war? Hätte ihm da nicht Sigmunds Unfall auffallen müssen? Hätte er ihm eventuell zu Hilfe kommen können oder Hilfe herbeiholen sollen?

»Darf ich Sie etwas fragen?«

»Einer so schönen Frau stehe ich immer Rede und Antwort!«

»Waren Sie am Montag der Vorwoche auch hier zum Angeln?«

Kaspar Zeisig blickte auf die Uhr, begann langsam sein Anglerzeug einzupacken, faltete seinen Klappsessel zusammen und trat noch einmal ganz nah an Eva heran.

»Daran kann ich mich beim besten Willen nicht mehr erinnern, Sie müssen schon entschuldigen.«

»Keine Ursache!«

Eva, die jetzt auch auf die Uhr geschaut hatte, verabschiedete sich schnell und wendete das Rad in Richtung Kommissariat.

Eva & Lilly – Kommissariat

Dieses zufällige Treffen mit Kaspar Zeisig gab Eva zu denken. Sie notierte seinen Namen auf der weißen Wand in ihrem Büro, ohne Verbindungspfeile zu den anderen Personen darzustellen. Er war sehr oft an der Donau unterwegs, möglicherweise war er ein wichtiger Zeuge und wusste es selbst gar nicht.

Noch während sie die letzten Buchstaben seines Namens an der Ermittlungswand notierte, kam Lilly zur Tür herein. Spät, sehr spät für einen gewöhnlichen Arbeitstag. Eva war bereits ein wenig besorgt gewesen, weil sich Lilly sonst nie verspätete, zumindest nie ohne triftigen Grund.

»Entschuldige, ich wollte schon viel früher kommen, aber ich habe heute schon eine sehr seltsame Begegnung gehabt.«

»Du wirst es nicht glauben, ich auch. Aber bitte erzähl du zuerst.«

Eva war gespannt, welche Geschichte Lilly erzählen würde.

»Ich habe heute früh leider mein silbernes Medaillon, das ich von Adam zum Geburtstag geschenkt bekommen habe, beschädigt. Ich habe nicht bemerkt, dass es zu Boden gefallen war und bin darauf gestiegen. Dabei wurde es leicht eingedrückt.«

»Ja und?«

»Daher habe ich zuerst einen kleinen Umweg über die Herrenstraße gemacht, um die Reparatur bei Frau Bergmair vornehmen zu lassen. Stell dir vor, sie hat mich einfach weggeschickt mit der schroffen Bemerkung, dass sie solche Kleinigkeiten nicht mehr übernehmen könne.«

»Sehr interessant.«

»Ich habe mich sehr geärgert, das Ausklopfen des Medaillons wäre doch eine Kleinigkeit für sie gewesen. Am Weg ins Kommissariat bin ich dann zufällig in die Schmuckwerkstatt gestolpert, die Kaspar Zeisig gehört. Ist das nicht der Kollege aus deinem Tanzkurs?«

»Ja, ja. Erinnere dich, wir haben davon geredet, dass er auch bei der Tanzveranstaltung am Dinnerschiff gewesen war.«

»Ich habe mich selbstverständlich nicht zu erkennen gegeben. Er hat mein Schmuckstück sofort professionell und kostengünstig repariert und er meinte dann, dass er es bedaure, dass bei ihm fast ausschließlich Reparaturen beauftragt und die schicken Sachen bei Frau Bergmair gekauft würden. Ich versuchte, ihn damit zu trösten, dass er viel freundlicher wäre als Katharina Bergmair, die mich vorher weggeschickt hatte.«

»Ich nehme an, dass er sich sehr über dein Kompliment gefreut hat. Sei nur vorsichtig, dass er dich nicht als seine neue Tanzpartnerin auserwählt!« Eva grinste.

»Ich weiß nicht so recht. Er hat ungewöhnlich reagiert, mich mit großen Augen angeschaut und gefragt, ob ich sicher sei, dass ich bei Katharina Bergmair gewesen war, und nicht in einem anderen Geschäft. Zeisig erzählte dann auch, dass er sie schon eine Ewigkeit kenne und sie gemeinsam die Lehrlingsausbildung absolviert hatten.«

»Und stell dir vor, ich habe Kaspar Zeisig schon früh am Morgen an der Donau getroffen, beinahe hätte ich ihn überfahren, als er so plötzlich vor mir stand. Als er dann von seiner Gewohnheit erzählte, viel Zeit am Ufer zu verbringen, kam mir der Gedanke, er könnte möglicherweise Zeuge im Fall Sigmund sein.«

»Das wäre durchaus möglich.«

»Ich habe versucht, aus ihm herauszubekommen, wo er an jenem Morgen war, Zeisig hat sich aber mehr darauf konzentriert, mich zu einem Tanzkurs mit ihm zu überreden.«

Eva ergänzte die Ermittlungswand mit strichlierten Linien von Zeisig zu Sigmund und zu Bergmair.

Martina Sigmund – Hauptplatz

Sie war erleichtert gewesen, als ihre Mutter Luis und Marie abgeholt hatte und sie einen freien Tag vor sich hatte.

Jetzt aber saß Martina auf einem Küchenstuhl, drehte die leere Kaffeetasse in den Händen und starrte ins Leere. Sollte sie wirklich das Arbeitszimmer ihres verstorbenen Mannes betreten und damit beginnen, seine Sachen zu sortieren?

Martina gab sich einen Ruck und entschloss sich endlich, in das Terrain von Moritz einzudringen. Zuallererst öffnete sie beide Fenster, um die abgestandene Luft im Zimmer loszuwerden. Ein Blick auf den Schreibtisch zeigte ihr, dass hier viel Sortierarbeit vor ihr lag. Seufzend zog sie den Schreibtischsessel zu sich heran und setzte sich. Wo sollte sie beginnen?

Im obersten Fach fand sie eine Mappe mit der Aufschrift »Rechnungen«. Diese wollte sie sich zuerst vornehmen. Ein Trennkarton teilte die Mappe in die Bereiche »bezahlt« und

»offen«. Um nach diesem Prinzip vorgehen zu können, musste sie die Kontoauszüge bereitlegen und Einsicht nehmen.

Sie war erleichtert, dass sie die meisten dieser Rechnungen unter »bezahlt« einordnen konnte. Dennoch stieß sie immer wieder auf offene Beträge, die häufig den Namen Ludwig Kehrer trugen. Diese wollte sie sich jetzt genauer ansehen.

Nachdem sie sie auf einen Stapel geschlichtet hatte, fiel ihr ein Kuvert in die Hände, das nur mit N. P. beschriftet war. Daraus lugten einige Fotos hervor, die ein Paar in recht eindeutigen Situationen zeigten. Sollte das ihr Mann fotografiert haben? Der beiliegende Zettel *»Möglichst viel herausholen – beide reich!«* trug eindeutig seine Handschrift.

War ihr aufmerksamer und kinderliebender Ehemann ein Erpresser gewesen? Verstört räumte Martina die Bilder zur Seite und wandte sich wieder den offenen Rechnungen Ludwig Kehrers zu. Dieser arbeitete für eine Linzer Tageszeitung und hatte von Moritz immer wieder Fotos bekommen, die meisten davon aber nicht bezahlt.

Da sie es ohnehin in diesem verlassenen Zimmer nicht mehr aushielt, stand sie auf, steckte die Papiere in ihre Tasche, schlüpfte in ihre Sandalen und machte sich auf den Weg zur Redaktion auf der Linzer Promenade.

Beim Portier fragte sie nach Ludwig Kehrer und wurde in den Newsroom im zweiten Stock verwiesen.

Als sie vor der Tür stand, wurde sie geöffnet und eine resolut wirkende, gepflegte Dame mittleren Alters stand Martina gegenüber.

Kurz und knapp antwortete sie auf Martinas Frage nach Ludwig Kehrer, dass dieser derzeit nicht im Haus sei. Kurzentschlossen zog Martina ihre Papiere aus der Handtasche und hielt sie der Frau, die erst ihre Brille aufsetzen musste, unter die Nase.

»Da haben Sie aber Glück, dass Sie Kehrer nicht persönlich antreffen, er hätte seine Wut auf Moritz Sigmund sicher an Ihnen ausgelassen!«

Martinas ratloses Gesicht ließ Kehrers Chefin innehalten und sie begann der Ehefrau dieses Fotografen, der leider unter mysteriösen Umständen zu Tode gekommen war, die Ursache für Kehrers Wut zu erklären.

»Herr Sigmund hat uns immer wieder Fotos gebracht, die ihm gar nicht gehörten. Da es in der Redaktion oft sehr schnell gehen muss, haben wir diese veröffentlicht und bitterböse Briefe von Leserinnen und Lesern bekommen, die diese Fotos kannten oder gemacht hatten. Somit haben wir auch die Rechnungen erst dann bezahlt, wenn eindeutig feststand, dass diese auch von Herrn Sigmund stammten. Ludwig Kehrer ist bei uns bekannt für effiziente und fehlerfreie Arbeit, seine Wut auf diesen Fotografen war daher ganz schön groß.«

Martina steckte die Rechnungen wieder ein, bedankte sich und verabschiedete sich kleinlaut. Auf dem Heimweg überlegte sie, ob sie auch der Sache mit den kompromittierenden Fotos nachgehen und eventuell sogar damit zur Polizei gehen sollte.

Eva & Lilly – Kommissariat

»Kommen Sie bitte zu mir ins Büro. Sofort, wenn möglich!«

Pichler ließ am Telefon keinen Zweifel aufkommen, dass sie und Lilly ohne Verzögerung bei ihm erscheinen müssten.

»Komm! Cheftermin, jetzt! Das bedeutet nichts Gutes.«

Lilly kramte noch in ihren Unterlagen, nahm alle Papiere an sich, bekam ein paar hektische Flecken und war beinahe gleichzeitig mit Eva auf dem Flur.

»Vergiss nicht, dein Handy auf lautlos zu stellen! Sonst kriegt er wieder einen Anfall, der Alte.«

Lilly hatte recht. Wenn ein Handy während einer Besprechung klingelte, regte sich Pichler so auf, dass sie um seinen Blutdruck fürchten mussten.

Pichler hatte in seinem Büro zwei Sessel für Eva und Lilly nebeneinander zurechtgerückt, um von ihnen in diesen drei Fällen auf den aktuellen Stand der Ermittlungen gebracht zu werden.

Eva und Lilly wirkten klein im Vergleich zu ihrem Chef, dessen Sessel immer etwas höher gestellt war. Pichler war von schlanker und schmächtiger Statur, auch heute trug er wieder einen alten, etwas zu groß gewordenen Anzug.

Pichler startete das Gespräch ohne Begrüßung und ohne Einleitung.

»Gestern hatte ich einen sehr unerfreulichen Termin mit dem Polizeipräsidenten. Er wollte wissen, warum es noch keine positiven Ermittlungsergebnisse gibt. Sie können sich vorstellen, wie unangenehm das für mich war. Die Presse wird auch schon ungeduldig. Ich muss mich täglich rechtfertigen dafür, dass nichts weitergeht. Also, schießen Sie los! Und nur die Fakten.«

Lilly begann betont langsam und unaufgeregt zu berichten.

»Am Montag, den 12. Juli, ertrinkt Moritz Sigmund in der Donau. Ungeklärt ist, wie und warum er in den Fluss gestürzt ist. Unsere neuesten Ermittlungen haben die Vermutung ergeben, dass es vielleicht einen Zeugen dafür geben könnte.«

»Ersparen Sie mir Ihre Vermutungen! Fakten zählen, nur Fakten.«

»Es gibt mindestens zwei Personen, die auf Sigmund nicht gut zu sprechen waren: Nadja Porsche wurde von ihm wegen eines Liebhabers erpresst und Ludwig Kehrer, ein Redakteur, dessen Ruf durch gestohlene Fotos schwer gelitten hatte.«

Pichler beruhigte sich langsam. Er erkannte, dass seine Ermittlerinnen, mit denen er auch sonst sehr zufrieden gewesen war, nicht untätig waren.

»Zwei Tage später, am Mittwoch, den 14. Juli, wird Eleonore Bergmair am Donaustrand erschlagen. Wahrscheinlich fällt sie einer Verwechslung mit ihrer Schwester Katharina zum Opfer.«

Eva setzte die Berichterstattung fort, wie immer hatten sie und Lilly vereinbart, abwechselnd nur ganz kurz über die Fälle zu sprechen.

»Auf Katharina Bergmair könnte es Luise Koch, ihre Expartnerin, abgesehen haben. Und da taucht auch wieder Ludwig Kehrer auf, der ihr des Öfteren gefolgt war.«

»Und wie passt da die Ermordung des dritten Opfers Alessandro Coretti ins Bild? Oder gibt es da keine Zusammenhänge mit den anderen Fällen?«

Pichler sprang auf und begann nervös in seinem geräumigen Büro auf und ab zu wandern.

»Alessandro Coretti starb vorgestern, am Sonntag, am Dinnerschiff an der Anlegestelle. Wir haben noch nicht alle Anwesenden der Veranstaltung befragt. Wir wissen aber bereits, dass Luise Koch und Ludwig Kehrer dabei waren.«

Lilly ließ sich durch das metallene Geräusch, das Pichlers Absätze verursachten, in ihren Ausführungen nicht stören.

»Ein starkes Motiv hätte Ronnie Reiler gehabt, Corettis Schwager. Seine Expartnerin, die Schwester des Toten, wurde um ihre Erbschaft betrogen. Reiler war an diesem Abend für die Security verantwortlich. Zeit und Gelegenheit für diesen Mord hätte er gehabt.«

»Und wie sieht es mit den Alibis aller anderen aus? Und vor allem mit den Motiven?«

Eva wusste schon vorher, dass Pichler diese Fragen stellen würde.

»Wir werden alle Personen, die in einem oder in mehreren der Fälle auftauchen, für morgen zu einer Befragung einladen. Das wollten wir doch, oder? Lilly?«

Lilly schien anderen Gedanken nachzuhängen. Es fiel ihr auf, dass sie noch jemanden kannte, der sich ähnlich wie Pichler kleidete.

»Ja, sicher. Das ist die vereinbarte Vorgangsweise.«

»Und vergessen Sie ja nicht, den möglichen Zeugen einzuladen! Danke.«

Eva und Lilly wandten sich der Tür zu. Da hörten sie ihren Chef freundlich ergänzen:

»Ich weiß, dass Sie Ihr Bestes geben. Ich verlasse mich auf Sie.«

Lilly Peischer – Alturfahr

Nachdem sie die Wohnung betreten hatte, musste sich Lilly zuerst einmal setzen. Die Arbeit im Kommissariat war derzeit ziemlich belastend und Eva und sie waren bei ihren Ermittlungen scheinbar keinen Schritt vorwärts gekommen.

Sie gönnte sich einen frisch gepressten Orangensaft und zog sich damit in das kühle Wohnzimmer zurück. Ein Blick auf die Uhr bestätigte ihr, dass sie noch eine gute Stunde Zeit hatte, bis ihr Mann Adam eintreffen würde.

Adam wollte noch einkaufen und an diesem Abend für sie kochen, bei ihm war es im Sommer immer ein wenig ruhiger, die Leute begannen erst im Herbst wieder über die Einrichtung ihrer Wohnungen nachzudenken.

Lilly wollte sich in Ruhe Gedanken über ein Gespräch mit ihm machen, das längst fällig war. Seit seinem abrupten Aufbruch bei ihrem Spaziergang an der Donau hatte sie das Thema »Adoption« nicht mehr angesprochen, vergessen hatte sie es allerdings nie. Sie wollte es schaffen, Adam wenigstens zu einem Informationsgespräch zu überreden

Genussvoll nippte sie an ihrem Saft und überlegte, wie sie ihn behutsam zu einem Gespräch über ihre Zukunft führen könnte. Er wollte sie an diesem Abend mit etwas Besonderem überraschen und sie meinte, dass die Pause zwischen dem Aperitif und der Vorspeise wohl am günstigsten wäre, um dieses heikle Thema anzuschneiden.

Während sie ihre Füße massierte, hörte sie Adam kommen, stand auf und richtete ihre Kleidung und ihr Haar noch schnell vor dem Spiegel.

Er begrüßte sie wie immer mit einem Kuss und trug dann die schwere Einkaufstasche in die Küche. Als Lilly ihm beim Ausräumen half, entdeckte sie Käse in rauen Mengen, eine Flasche Weißwein, ein Fläschchen Kirschschnaps und zwei lange Baguettes.

»Käsefondue!«

»Erraten, heute zur Feier des Tages mit drei Käsesorten.«

Lilly lehnte sich an die Theke in der Küchenmitte und bewunderte wieder einmal Adams schöne Hände, während er sich an die Vorbereitung des Fondues machte. In diese Hände hatte sie sich gleich zu Anfang verliebt.

Als Adam eine gekühlte Flasche Prosecco entkorkte, wollte sie ihm doch den feierlichen Anlass dieses Abends entlocken.

»Ich habe einen Kurzurlaub in der Schweiz gebucht! Wir fahren mit dem Auto bis Chur und besteigen dort den Glacier Express, der uns durch die Rheinschlucht in sechs Stunden nach Zermatt bringen wird.«

»Aber ich habe doch keinen Urlaub beantragt! Ich habe drei ungeklärte Todesfälle auf meinem Schreibtisch liegen. Pichler sitzt Eva und mir schon im Nacken! Der Polizeipräsident persönlich will einen Bericht über die drei Toten, die knapp hintereinander aus der Donau geborgen worden sind.«

Adam, der wusste, wie empfindlich Lilly reagieren konnte, wenn man sich in ihre beruflichen Pläne einmischte, versuchte nun, ihr schonend beizubringen, dass er mit ihrem Chef bereits gesprochen und dass dieser drei freie Tage zugesichert hatte.

»Wann?«

Lilly blickte Adam entgeistert an.

»Ich kann jetzt unmöglich weg und außerdem …«

Adam nickte und erzählte, dass er im Reisebüro die Option gebucht hatte, dass sie die Reise nach dem Lösen ihres kniffligen Falles antreten könnten.

»Was meinst du mit außerdem, Lilly?«

»Ich habe uns in der kommenden Woche zu einem Informationsgespräch für Adoptionswillige angemeldet.«

Adam leerte sein Glas in einem Zug, nickte und zog Lilly zu sich heran.

»Auch das wird sich einrichten lassen, so schnell wirst du deinen Fall ja nicht geklärt haben. Nun muss ich aber den Käse schmelzen, ich bin am Verhungern!«

Eva Murauer – Donaulände

Den ganzen Tag über hatte es geschüttet, als ob der Himmel sich geöffnet hätte. Erst jetzt gegen Abend versiegten die letzten Tropfen. Der Arbeitstag war sehr anstrengend gewesen, Pichler hatte seinen Beitrag dazu geleistet.

Ein Abendspaziergang über die Donaubrücke hinunter zum Kunstmuseum war genau richtig. Die Wiese am Südufer der

Donau war noch feucht, trotzdem breiteten viele Menschen wieder ihre Decken aus, um gemeinsam den kühlen Sommerabend zu genießen. Hunde hetzten über die großen freien Flächen, ihre Besitzerinnen und Besitzer hatten große Mühe, sie unter Kontrolle zu bringen. Ein junges Paar tanzte auf einem ebenen Metallkunstwerk zu Sambamusik, Kinder spielten mit Bällen und ein junger Mann jonglierte. Viele Spaziergängerinnen und Spaziergänger wie Eva schlenderten den Weg entlang, die Bänke zum Verweilen waren gut besetzt.

Eva erholte sich schnell von den Anstrengungen ihres Arbeitstages. Sie schlenderte an der Schiffsanlegestelle und am Kunstmuseum vorbei, genoss dabei den freien Blick Richtung Pöstlingberg, weiter zum Konzerthaus und zum Pavillon, in dem es regelmäßig Sommerveranstaltungen gab. Ihr Ziel war die neue Eisenbahnbrücke, die in den kommenden Tagen eröffnet werden sollte.

So ganz konnte sie sich gedanklich nicht von den aktuellen Fällen lösen. Sie wurde vom Schlussapplaus abgelenkt, der aus dem Pavillon kam. Die Besucherinnen und Besucher der Veranstaltung strömten ihr entgegen, sie musste ausweichen, um im Gedränge nicht unterzugehen.

»Guten Abend, Frau Murauer.«

Ludwig Kehrer begrüßte Eva freundlich.

»So ein Zufall. Waren Sie auch in dieser lustigen Krimikomödie?«

Eva musste kurz nachdenken. Ach ja, das war doch der Redakteur, dessen Name auch an ihrer Ermittlungswand aufschien. Er war in Begleitung einer jungen Frau, die er sofort vorstellte.

»Das ist meine Nichte Hanna. Wir beide feiern heute eine großartige Zeugnisnote in Latein und außerdem lieben wir Komödien und ganz besonders Kriminalkomödien. Sie doch auch, oder? Aber wahrscheinlich mögen Sie ernstere Themen als wir.«

»Ich beschäftige mich privat nur mit heiteren Themen, glauben Sie mir. Mord und Totschlag spielen da keine Rolle.«

»Ach nein, so habe ich das auch nicht gemeint. Glücklicherweise war das nur ein Theaterstück, wirklich spannend. Das echte Leben spielt sicher keine Stücke wie dieses.«

Hanna drängte bereits zum Weitergehen.

»Herr Kehrer, ich wünsche Ihnen noch einen schönen Abend. Wir sehen uns ja morgen im Präsidium, um zwischen Realität und Dichtung zu unterscheiden.«

Kehrer wurde ernst. »Könnten Sie mir den Grund für die Vorladung verraten? Ich tappe da ganz im Dunkeln.«

»Wir ermitteln in mehreren ungeklärten Todesfällen an der Donau. Es müssen daher alle Alibis und mögliche Motive überprüft werden.«

Eva wandte sich zum Weitergehen und ließ Ludwig Kehrer einfach stehen.

Vanessa & Ronnie – Gruberstraße

Ronnie konnte es kaum erwarten, dass Vanessa aus der Musikschule nach Hause kam. Unentwegt schaute er auf die Uhr, denn er wollte dringend mit ihr reden, bevor er zum Nachtdienst in die Securityfirma aufbrechen musste. Yannick und Toby hatte er schnell, ohne viele Worte und auch ohne Gutenachtgeschichte, ins Bett gesteckt, er hatte in Ruhe nachdenken wollen.

Endlich erschien Vanessa, sie schien nicht mehr ganz so betrübt über den Tod ihres Bruders und summte sogar eine bekannte Melodie vor sich hin. Kaum hatte sie die Küche betreten, stellte Ronnie sie zur Rede.

»Warum haben sie dich nicht vorgeladen?«

Es dauerte eine Weile, bis Vanessa erkannte, was Ronnie damit meinte. »Du meinst zur Polizei, zu den Kommissarinnen?«

Wortlos hielt Ronnie ihr sein Handy entgegen und zeigte wütend auf die Anrufzeit auf seinem Display.

»Die haben mich aus dem Schlaf gerissen und mich für morgen Vormittag einbestellt! Frechheit!«

»Die beiden Ermittlerinnen können genauso wenig glauben wie ich, dass du das Deck völlig leer vorgefunden und Alessandro nirgends gesehen hast. Die werden dir wohl nochmals ordentlich auf den Zahn fühlen!«

Ronnie schlug mit der flachen Hand auf den Tisch, sodass die Bierflasche, die neben ihm stand, gefährlich ins Wanken geriet.

Dann sprang er vom Sessel auf und baute sich drohend vor Vanessa auf.

»Und was ist mit dir, meine Liebe? Hattest du nicht eine ungeheure Wut auf deinen Bruder, der sich strikt an das Testament gehalten und dich ohne einen Cent aus der Erbschaft deiner Eltern im Regen stehen gelassen hatte?«

Vanessa wich einen Schritt zurück, sagte aber kein Wort, da Ronnie mit seinen Vorwürfen recht hatte und sie sich eingestehen musste, dass sie Alessandro mehr als einmal den Tod an den Hals gewünscht hatte.

»Wer hat denn zusätzliche Stunden an der Musikschule halten müssen, um mit zwei Kindern über die Runden zu kommen? Wer hat sich denn unentwegt nach einer Kinderbetreuung am Nachmittag umgeschaut? Und wer hat Yannick und Toby in die Tanzschule geschickt, um Alessandro umzustimmen?«

Ronnie steigerte seine Anschuldigungen und Vorwürfe und trieb Vanessa dadurch in die Enge.

Diese war mit hängenden Schultern ein paar Schritte zur Küchenzeile gegangen, hatte sich umgedreht und machte sich nun an der Kaffeemaschine zu schaffen. Ronnie aber hörte nicht auf.

»Sollte ich deinen Bruder nicht dazu bringen, dir Geld zukommen zu lassen? Und jetzt? Jetzt laden sie mich vor, befragen mich, beschuldigen mich und verurteilen mich vielleicht sogar. Ich habe Alessandro kein Haar gekrümmt!«

Vanessa konnte an Ronnies Tonlage und an seiner Körperhaltung ablesen, dass seine Wut langsam verflog. Sie drehte sich um und legte ihm beide Hände auf die Schultern.

»Die können dich nicht verurteilen, wenn du nichts getan hast. Die beiden Ermittlerinnen werden den wahren Täter finden und dich von der Liste der Verdächtigen streichen.«

Ronnie nickte, setzte sich wieder und nahm einen kräftigen Schluck aus der Bierflasche.

»Es muss noch jemanden geben, der mit deinem Bruder eine Rechnung offen gehabt hat. Weißt du, ob er Feinde hatte?«

»Dazu habe ich ihn viel zu wenig gekannt und viel zu selten gesehen in letzter Zeit!«

Vanessa stellte eine Tasse Kaffee vor Ronnie hin und bereitete ihm Brote für die Nachtschicht zu.

»Morgen wissen wir mehr!«

Luise Koch – Schlossberg

Luise hatte sich zum Wochenende vom Schrecken, eine tote Frau am Donaustrand gefunden zu haben, erholt. Die Tanzveranstaltung am Sonntag hatte sie ihre Ängste und Sorgen für einige Stunden vergessen lassen. Auch die Unterhaltung mit

Benedikts Eltern hatte ihr gut getan und das anschließende Dinner war von ausgezeichneter Qualität gewesen. Leider hatte der Abend ein unerfreuliches Ende genommen, der Moderator und Tanzlehrer war im zweiten Teil der Veranstaltung nicht mehr aufgetaucht.

Nun, zwei Tage später, verspürte sie nach den anstrengenden Arbeitstagen erstmals Einsamkeit. Luise saß auf ihrem bequemen Sofa, hatte den Fernseher eingeschaltet, konnte sich aber nicht konzentrieren und schon gar nicht erheitern an der vom ORF ausgestrahlten Kennenlernsendung für Singles.

Immer wieder hatte sie die schreckliche Szene vor Augen, in der Katharina sie geohrfeigt hatte. Natürlich war es für ihre Exfreundin schwer zu ertragen, dass sie Eleonore gefunden hatte und so einfach davongerannt war. Luise konnte Katharina verstehen, der Verlust ihrer Schwester war ein schwerer Schlag, dass sie aber auf die Idee gekommen war, dass sie selbst etwas mit diesem Verbrechen zu tun haben könnte, kränkte sie. Was konnte sie nur tun?

Da ging auf ihrem Handy ein Anruf ein.

»Koch.«

Hoffentlich kam der Anruf von Katharina, die sich entschuldigen wollte. Auf dem Display erschien leider eine fremde Nummer.

»Peischer. Guten Tag, oder besser gesagt guten Abend!«

Luise wunderte sich, dass Frau Peischer jetzt, noch abends, bei ihr anrief. Es musste wichtig sein.

»Ich bin leider noch nicht früher dazugekommen, mich bei Ihnen zu melden. Entschuldigen Sie bitte die späte Störung.«

»Kein Problem. Gibt es Neuigkeiten zum Verbrechen an Eleonore Bergmair? Ich bin immer noch geschockt.«

»Wir würden gern mit Ihnen darüber reden und …«

Luise unterbrach sie.

»Ich weiß nicht mehr, als ich Ihrer Kollegin am Kommissariat ohnehin schon erzählt habe. Was wollen Sie noch von mir?«

Luises Stimme zitterte. Sie hatte Angst, dass man sie, so wie Katharina das tat, eines Verbrechens verdächtigen könnte, mit dem sie nichts zu tun hatte. Wahrscheinlich hatte Katharina sie bei den Ermittlerinnen angeschwärzt. Sie wollte nicht nochmals ins Kommissariat, das war eine zu große emotionale Belastung für sie.

»Ganz einfach. Wir erheben die Motive und Alibis aller Personen, die wir mit mehreren Verbrechen in Zusammenhang bringen. Sie gehören da auch dazu. Kommen Sie bitte morgen um 10 Uhr zu uns ins Büro, da werden wir dann Details besprechen.«

»Wie bitte? Warum reden Sie von mehreren Verbrechen?«

»Sie waren am vergangenen Sonntag bei der Tanzveranstaltung des Tanzclubs Coretti, oder?«

»Ja, schon. Warum fragen Sie? Ich verstehe das nicht.«

»Lesen Sie keine Zeitung? Alessandro Coretti, der Chef des Tanzclubs, wurde an diesem Abend ermordet.«

Für ein paar Sekunden herrschte Stille.

»Wir sehen uns morgen Vormittag. Noch einen guten Abend, Frau Koch!«

Nadja & David – Schlosscafé

Diesmal war Nadja die Erste am vereinbarten Treffpunkt, David hatte sich verspätet. Nadja setzte sich auf die niedrige Mauer und genoss die Aussicht auf Linz. Breit und träge floss die Donau weit unter ihr, Alturfahr hatte durch die vielen Neubauten seinen Charme verloren und der Blick nach links auf die riesige Baustelle der neuen Donaubrücke hatte auch wenig Romantisches an sich.

Nach Romantik stand Nadja ohnehin nicht der Sinn, war sie doch am Vormittag telefonisch ins Kommissariat zu einer Befragung bestellt worden. Sie konnte sich nicht vorstellen, was die Ermittlerinnen schon wieder von ihr wollten.

Bei der letzten Einvernahme hatte sie die Erpressung durch Moritz Sigmund zugegeben und auch ausgesagt, dass der Fotograf nicht zum vereinbarten Termin am Treffpunkt erschienen war, Davids Namen hatte sie allerdings nicht preisgegeben. Es interessierte sie brennend, ob David auch eine Vorladung bekommen hatte.

Die Sonne ging langsam unter, ein kühler Wind bewegte die Zweige der Linden und Kastanien und machte diesen Sommerabend besonders angenehm.

Mittlerweile war auch David eingetroffen, er hatte einen Tisch am Mäuerchen reserviert und Nadja konnte von ihrem Platz aus das Linzer Konzerthaus und die Donaupromenade sehen.

»Was gibt's?«

Unwillkürlich rückte Nadja ihren Stuhl näher an den Tisch heran und fragte David leise, ob er am Vormittag auch einen Anruf der Kriminalpolizei erhalten habe. Als David den Kopf schüttelte und verneinte, verstand Nadja, dass die Ermittlerinnen David nur von den Fotos kannten.

»Ich muss schon wieder zu einer Befragung. Ich kann mir nicht vorstellen, was die beiden noch von mir wissen wollen!«

David schien nicht wirklich zuzuhören. Er studierte die Getränkekarte und schlug Nadja vor, einen Aperol Spritz zu nehmen. Er selbst hätte Lust auf einen Whisky mit Eis, das würde seinen anstrengenden Arbeitstag abrunden.

»Hast du mir nicht zugehört?«

Nadja wurde zunehmend lauter, die Blicke der Menschen an den Nachbartischen waren sofort auf sie gerichtet.

»Hattest du nach deiner Einvernahme nochmals Kontakt mit den Kommissarinnen?«

Nadja sah ihn verblüfft an und schüttelte schließlich den Kopf. Dann nahm sie einen Schluck aus ihrem Cocktailglas und stellte es abrupt nieder.

»Du hast recht! Ich habe eine der beiden auf dem Dinnerschiff gesehen. Klaus, mein Mann, hatte eine Einladung bekommen und wir haben die große Schlanke auf der Tanzfläche gesehen. Sie hat mich auch erkannt und mir kurz zugenickt.«

»Also, sozusagen wieder an einem Tatort!«

David ließ die Eiswürfel in seinem Glas kreisen und beobachtete Nadja interessiert.

»Vielleicht denken sie, dass du auch mit diesem ertrunkenen Tanzlehrer ein Hühnchen zu rupfen hattest!«

Erst jetzt merkte Nadja, dass sich die Befragung nicht auf Moritz Sigmund, sondern auf Alessandro Coretti, den Tanzlehrer auf dem Schiff, beziehen könnte.

»Ich war doch immer in Begleitung meines Mannes, habe diesen Herrn Coretti nur aus der Ferne gesehen und nach der Pause war er plötzlich verschwunden.«

David leerte sein Glas in einem Zug, erhob sich und bat Nadja, die Rechnung zu übernehmen.

»Im Übrigen will ich von dir in Zukunft weder angerufen noch zu einem Treffen aufgefordert werden. Klar?«

Verdutzt blieb Nadja noch eine Weile sitzen und konnte ihr Lieblingsgetränk gar nicht richtig genießen.

Kaspar Zeisig – Winterhafen

Kaspar war zufrieden, äußerst zufrieden, fast glücklich. Ein Zustand, den er kaum kannte. Er fragte sich, während er bei Einbruch der Dunkelheit vom Winterhafen zurückspazierte, was dieses Glücksgefühl ausgelöst hatte.

Wahrscheinlich hatte es mit dem Nest des Drosselrohrsängers zu tun, das er jetzt, zwei Wochen, nachdem er diesen seltenen Vogel hier aufgespürt hatte, mit nur wenigen Schilfhalmen an einem Strauch befestigt über dem Wasser der Donau entdeckte. Das Weibchen saß regungslos im Nest, wahrscheinlich wärmte es bereits einige Eier.

Zeisig ging leise weiter. Welch Wunder der Natur! Er fühlte sich körperlich wesentlich besser als in den letzten Tagen. Die unerklärlichen Schmerzen in seinen Händen waren so schnell verschwunden, wie sie gekommen waren. Er hatte sich Sorgen darüber gemacht, ob er sich möglicherweise beim häufigen Auswerfen der Angel überanstrengt hatte oder ob er an einer beginnenden Stoffwechselerkrankung leiden würde. Diese Sorgen waren wie weggewischt.

Und dann hatte es heute das nette Gespräch mit der neuen Kundin gegeben, die ihm in seinem Geschäft wegen seiner Freundlichkeit ein Kompliment gemacht hatte. Leider hatte er vergessen, sie nach ihrem Namen zu fragen. Sie war eine hübsche Person. Ob sie wohl auch tanzen konnte? Wenn sie wieder einmal in seiner Werkstatt vorbeikommen sollte, würde er sie einfach danach fragen. Er hatte am Nachmittag auch schon nach einem neuen Tanzclub Ausschau gehalten und war in der Innenstadt fündig geworden. Morgen würde er an einem Schnupperkurs teilnehmen. Beim Schlendern durch die Stadt hatte er dann auch spontan einen Kurzbesuch bei einem Herrenfrisör gemacht.

Spontaneität war keine Eigenschaft, die auf Zeisig zutraf. Es überraschte ihn selbst, dass er kurzentschlossen in den Laden getreten war. Sein dünnes, schütteres Haar hatte unbedingt einen neuen modischen Schnitt, der ihn hoffentlich etwas sportlicher aussehen ließ, gebraucht. Der erste Eindruck, den er bei den Damen im Schnupperkurs hinterlassen wollte, sollte ein sehr guter sein.

Und er fand, dass der Frisör großartige Arbeit geleistet hatte, das Gegenüber im Spiegel gefiel ihm, nicht nur die Ohren, mit denen er ohnehin immer zufrieden gewesen war.

Er spazierte die Donau entlang, als ihm plötzlich einfiel, welcher Umstand sicher auch zu seinem Wohlbefinden beigetragen hatte. Kurz vor dem Ende seines Arbeitstages war ein Anruf der Kriminalpolizei gekommen. Die Dame am Apparat stellte sich als Lilly Peischer vor und lud ihn für den nächsten Morgen zu einer Befragung ins Kommissariat ein.

Er hatte von den Todesfällen an der Donau, die in den letzten beiden Wochen vorgefallen waren, gelesen und wunderte sich zuerst, was sie mit ihm zu tun haben könnten.

Frau Peischer hatte ihm erklärt, dass er möglicherweise bei der Aufklärung eines anderen Todesfalles Unterstützung leisten könnte.

Moritz Sigmund war in der Donau ertrunken, er als Fischer hätte eventuell Beobachtungen gemacht, die zur Aufklärung wichtige Hinweise liefern könnten. Vielleicht war er Zeuge des Unfalls geworden.

Zeisig konnte sich das nicht vorstellen, war aber sofort bereit zu helfen. Er war noch nie in einem Polizeikommissariat gewesen, er war neugierig und interessiert. Er freute sich, dass die Polizei vermutete, er könnte einen wichtigen Beitrag leisten. Vielleicht würde dann auch jemand über seine hilfreiche Aussage in einer Tageszeitung oder im Fernsehen berichten.

Ein wenig wunderte er sich allerdings darüber, woher die Polizei seinen Namen kannte und warum sie wusste, dass er leidenschaftlicher Fischer war.

21. Juli

Ronnie Reiler – Kommissariat

Dieser Vormittagstermin war überhaupt nicht nach seinem Geschmack und außerdem konnte er sich nicht vorstellen, was die beiden Ermittlerinnen von ihm wollten. Er zog noch einmal kräftig an seiner Zigarette, dämpfte sie aus und begab sich in den ersten Stock. Dort waren einige Sessel aufgereiht, die jedoch alle besetzt waren.

Ronnie grüßte in die Runde und wollte sich gar nicht vorstellen, dass alle diese Personen vor ihm an der Reihe waren. Suchend sah er sich nach einem Platz um, wo er sich anlehnen konnte. Endlich stützte er einen Ellbogen auf ein Fensterbrett und blickte die Wartenden an. An die wohlproportionierte Blondine erinnerte er sich. Sie war mit einem attraktiven Herrn auf dem Dinnerschiff gewesen. Bei näherem Hinsehen kamen ihm auch der große schlanke Bartträger und die grobknochige Frau mit dem Zopf bekannt vor. Einige Augenblicke später fiel ihm der untersetzte Mann, der frisch frisiert schien und bei der Kontrolle lange nach seiner Eintrittskarte gesucht hatte, auf.

Ronnie räusperte sich. »Sicherheitskontrolle, haben Sie alle eine Einladung erhalten?«

Die Dame mit den blonden Locken reagierte als Einzige. Sie hatte Ronnie offensichtlich erkannt und ging auf seinen Scherz ein.

»Wir warten alle auf eine Befragung, ich nehme an, es geht um den Abend auf dem Dinnerschiff, da Sie als Security auch hier erscheinen mussten.«

Ronnie nickte.

Plötzlich erhob sich die Frau, die Ronnie nicht bekannt vorkam, vom Sessel. Sie schüttelte ihr rotblondes Haar und blickte herausfordernd in die Runde.

»Ich bitte Sie, mich hier nicht miteinzubeziehen. Ich muss zu keiner Befragung, ich bin völlig freiwillig hier. Mein Name ist Martina Sigmund und ich habe einige Fragen zum Ableben meines Mannes!«

Ronnie zuckte mit den Schultern und sah zum Fenster hinaus, die anderen blickten etwas betreten zu Boden.

Nur Nadja Porsche sah Martina interessiert an.

»Sigmund, sagten Sie?«

Martina nickte und fächelte sich mit dem Kuvert, das sie in der Hand hielt, Luft zu.

Lange Zeit war nichts zu hören, außer dem Geräusch, das Kaspar Zeisigs Handflächen machten, wenn er sie nervös aneinander rieb. Plötzlich sprang der bärtige Herr, der bisher eher unbeteiligt schien, auf und begann den Gang abzuschreiten. Dabei blickte er immer wieder auf die Uhr und schüttelte den Kopf.

»Ich sollte schon längst wieder in der Redaktion sein, ich muss meinen Artikel noch überarbeiten und passende Fotos dazu aussuchen.«

Er stoppte seine Schritte vor Martina und schaute sie durchdringend an.

»Sigmund? Waren Sie die Ehefrau des verstorbenen Fotografen? Er hat regelmäßig für unsere Redaktion gearbeitet.«

Martina sprang auf, stellte sich vor Ludwig Kehrer hin und es schien, als ob sie ihm ins Gesicht springen wollte. Offenbar hatte sie es sich in letzter Minute überlegt, stürzte zur Tür und riss sie auf.

»Ich höre mir das nicht länger an, ich will endlich eine der Kommissarinnen sprechen!«

Ehe sie jemand aufhalten oder bremsen konnte, stand sie mitten im Büro von Lilly und Eva.

Martina Sigmund – Kommissariat

Martina Sigmund hatte sich zur Tür hereingedrängt, sie wollte nicht gemeinsam mit den vielen Leuten am Gang warten, bis sie an die Reihe kam. Es störte sie vor allem, dass sie von einigen angestarrt wurde.

»Guten Tag, Frau Sigmund. Bitte warten Sie draußen. Wir starten unsere Gespräche in Kürze.«

Eva Murauer blickte sie mit gerunzelter Stirn an.

»Entschuldigen Sie, ich kann nicht warten. Schauen Sie bitte kurz, wirklich nur kurz die Fotos an, die ich mitgebracht habe.«

Martina schüttelte die Fotos, die sie im Schreibtisch ihres Mannes gefunden hatte, aus ihrer Handtasche. Sie zeigten ein Paar, das sich innig küsste und sicher nicht einfach nur befreundet war.

»Stellen Sie sich vor, ich glaube, da draußen sitzt die Dame, die auf den Fotos zu sehen ist. Mein Mann hat auch die Notiz *beide reich* beigelegt. Es ist eindeutig seine Handschrift, ich kann mir allerdings nicht vorstellen, dass er wirklich diese Fotos gemacht hat. Das würde bedeuten, dass er sie möglicherweise erpresst hat. Nein, nein. Das war nicht der Stil meines Mannes.«

»Tatsächlich. Das ist doch …«

Lilly Peischer stockte.

»Sie müssen mir den Namen der Dame nicht verraten, ihre Initialen sind sicher N. P., wie auf dem Kuvert vermerkt. Ich will nichts mit ihr zu tun haben. Ich musste Ihnen von ihr erzählen, vielleicht ist sie für den Tod meines Mannes verantwortlich oder dieser Redakteur, der Rechnungen meines Mannes nicht bezahlt hat und fürchterliche Behauptungen in den Raum gestellt hat.«

»Ach so, wen meinen Sie denn?«

Eva Murauer schien sich nicht für Martinas aufgeregte Ausführungen zu interessieren und sortierte weiter ihre Unterlagen.

»Ludwig Kehrer. Ich habe viele offene Rechnungen an ihn gefunden. Habe ich recht? Auch er sitzt da draußen.«

Weder Lilly Peischer noch Eva Murauer reagierten auf ihre Frage. Sie boten ihr auch nicht an, Platz zu nehmen.

»Und noch etwas. Da draußen sitzt auch der Inhaber des Schmuckgeschäfts in der Altstadt, der unentwegt vor sich hin lächelt. Dieser unsympathische Mensch.«

Eva Murauer hob die Augenbrauen.

»Woher kennen Sie ihn?«

»Moritz hat gediegenen Schmuck bei ihm zu unserem Hochzeitstag gekauft und nach seinem Tod ist Herr Zeisig dann aufdringlich geworden. Er hat angeboten, sich um meine Kinder zu kümmern. Das Angebot wirkte total unseriös, ich habe mit meinen Kindern an der Hand das Weite gesucht.«

Diese Bemerkung schien die beiden Ermittlerinnen zu interessieren. »Danke für diesen Hinweis, damit hätten wir jetzt nicht gerechnet.«

»Ich glaube, dass mein Mann Feinde hatte, er kann nicht einfach in die Donau gefallen sein. Da hat sicher jemand nachgeholfen. Sie müssen diesem Unfall nachgehen. Bitte.«

»Frau Sigmund, wir werden uns darum kümmern, Sie können sich darauf verlassen. Aber jetzt müssen Sie wirklich gehen, wir haben zu tun.«

»Vielen Dank. Ich lasse Ihnen die Fotos zu Ihrer Verwendung da. Ich brauche sie nicht.«

Und damit drehte sie sich um und huschte zur Tür hinaus. Am Gang erntete sie viele böse Blicke. Der Herr, der aussah, als wäre er Bodyguard oder Ähnliches, fauchte sie an.

»Eh klar, sich vordrängen, das mögen wir. Ich glaube, du willst Ärger, oder?«

Martina ignorierte ihn und schritt erhobenen Hauptes Richtung Ausgang.

Eva & Lilly – Kommissariat

Eva atmete auf, als sie es endlich geschafft hatten, Martina Sigmund wieder loszuwerden. Sie sichtete noch einmal die Fotos, steckte sie dann aber schnell wieder ins Kuvert zurück.

»Das ist eindeutig Nadja Porsche!«

»Ja, sicher. Aber jetzt sollten wir die Befragung der Vorgeladenen durchführen. Ich bin dafür, dass wir sie einzeln befragen, und zwar nach dem Alphabet.«

Lilly kontrollierte die Liste mit den Namen und schlug vor, Luise Koch als Erste hereinzubitten.

»Mir würde es gefallen, wenn wir jeweils zwei zu uns holen würden, da sind sie unsicherer und verwickeln sich leichter in Widersprüche.«

»Und wenn wir alle gleichzeitig aufrufen?«

Den sommerlichen Temperaturen angepasst, stand Pichler in ausgetretenen Gummischlapfen und mit aufgekrempelten Ärmeln plötzlich mitten in ihrem Büro.

Eva musste sich abwenden, um nicht zu lachen, Lilly holte Luft, um Pichler auf den noch recht dünnen Stand der Ermittlungen zu bringen. Pichler ließ Lilly aber erst gar nicht zu Wort kommen. Er schien von einer fixen Idee getrieben.

»Wir müssen ihn nochmals befragen!«

»Wen?«

Lilly und Eva blickten Pichler gleichzeitig erstaunt an und warteten gespannt auf seine Antwort.

»Erik Gunnarson!«

»Den Ruderer, der die erste Leiche gemeldet und zu ihrer Bergung beigetragen hat.«

Lilly und Eva nickten und mussten sich eingestehen, dass sie auf den allerersten Zeugen bei dieser Mordserie schon wieder vergessen hatten.

»Schleunigst einbestellen, wer weiß, ob er sich noch in Linz aufhält, er war vielleicht als Tourist hier.«

Mit diesen Worten wollte Pichler das Büro wieder verlassen, wurde aber durch einen lauten Sirenenton aufgehalten. Er erstarrte.

Eva fand sich als Erste zurecht. »Feueralarm!«

Lilly hastete zur Wand neben der Tür und studierte den Plan der Fluchtwege. Sie fuhr die rot strichlierte Linie mit dem Finger nach.

»Draußen sofort nach rechts, durch die zweiflügelige Glastür, die Treppen hinunter und durch die Eisentür ins Freie. Dort sammeln und auf weitere Anweisungen warten!«

Während Lilly die Planskizze kommentierte, hastete Eva zur Garderobe und barg die zwei Handtaschen. Dann ergriff sie Pichler am rechten Unterarm und schob ihn energisch Richtung Tür.

»Die Ordner mit den Unterlagen!«

»Im Notfall alles liegen lassen, lautet die Anweisung.«

Nach kürzester Zeit hatten sie alle drei das Büro verlassen und noch ehe sie überlegen konnten, wie sie die vorgeladenen Personen in Sicherheit bringen könnten, hatten diese schon unter der Aufsicht des aufmerksamen Portiers und eines Hausmeisters den Weg ins Freie angetreten. Der Hausmeister hatte sogar noch Zeit gefunden, die Sessel an die Wand zu schieben, um den Fluchtweg frei zu halten.

»Perfekt geräumt in kürzester Zeit!«

Lilly und Eva schauten sich zuerst erleichtert an, mussten sich dann aber nach den Worten des Feuerwehrkommandanten doch ein wenig über diesen Probealarm ärgern, hatte er ihnen doch wertvolle Zeit für die Befragung ihrer Vorgeladenen gestohlen.

Eva & Lilly – Pfarrplatz

»Jetzt war die ganze Arbeit umsonst. Wir müssen alle Personen morgen nochmals zu uns ins Kommissariat einladen.«

»Reg dich nicht auf! Wir werden uns jetzt erst einmal eine köstliche Pizza am Pfarrplatz gönnen, bevor wir wieder von vorne anfangen. Da waren wir außerdem seit mehr als einem Jahr nicht mehr.«

Lilly versuchte Eva zu beruhigen, die zornig das Kommissariat verließ.

»Man hätte den Termin des Probealarms mit uns abstimmen können, oder? Unser Chef drängt auf schnelle Ermittlungsergebnisse, und jetzt das! Diese Verzögerung hätte nicht sein müssen.«

Sie staunten nicht schlecht, als sie sahen, dass die Pizzeria einen Gastgarten eröffnet hatte. Runde Gartentische und Holzsessel, bunte Sonnenschirme und mehrere Oleander in großen Kübeln mit lilablühendem Lavendel zierten das Kopfsteinpflaster. Eva wählte einen Tisch, von dem aus sie auch die Passanten auf der Straße im Blick hatte.

»Buongiorno! Welche Überraschung! Frau Peischer und Frau Murauer. Das freut mich aber sehr, dass Sie mich und meine Pizzen nicht vergessen haben.«

Beppi, Chef der Pizzeria Margherita, eilte mit ausgestreckten Armen sichtlich erfreut auf sie zu. Sie kannten ihn von vielen Besuchen im Vorjahr, die meist dienstlicher Art gewesen waren. Aber auch die Pizzen schmeckten ausgezeichnet.

»Was darf ich Ihnen bringen? Aqua minerale, come sempre?«

»Ja, gern. Wir nehmen auch eine Pizza Margherita. Haben Sie noch schwarze Oliven, wie früher?«

Lilly spielte damit auf den Fall an, in dem die Pizzeria ein wichtiger Schauplatz gewesen war.

»Si, si. Ich werde die Bestellung sofort weitergeben.«

Beppi schlängelte sich durch die Tische, die alle von Gästen besetzt waren.

»Ist dir beim überfallsartigen Besuch von Frau Sigmund auch etwas aufgefallen?«

Lilly dachte nach. Ähnlich wie Eva konnte auch sie sich nur schwer beim gemeinsamen Mittagessen von dienstlichen Themen lösen.

»Dass Nadja Porsche von Moritz Sigmund erpresst worden war, ist nichts Neues für uns. Dass Martina Sigmund allerdings Nadja Porsche indirekt eines möglichen Verbrechens beschuldigt, um von der Straftat ihres verstorbenen Mannes abzulenken, schon.«

»Ist aber verständlich, dass sie damit die Aufmerksamkeit auf Nadja Porsche richten will, oder?«

Eva legte ihre Stirn in Falten, streifte die High Heels unter dem Tisch ab und stützte die Ellbogen auf den Tisch.

»Eigentlich habe ich eine andere Bemerkung gemeint. Martina Sigmund hat erzählt, dass sie Kaspar Zeisig kennt und dass er gern auf ihre Kinder aufpassen würde.«

Lilly konnte nicht sofort antworten, weil Beppi mit den Getränken und den duftenden Pizzen an ihren Tisch eilte.

»Buon appetito. Lassen Sie sich die Pizzen schmecken! Ich freue mich so, dass Sie wieder da sind.«

Und schon hatte er sich umgedreht und war im Lokal verschwunden.

»Das ist schon ungewöhnlich, dass sich Zeisig so kurz nach dem Tod ihres Ehemannes nahezu aufdrängt. Er wirkt sehr unsensibel auf mich.«

»Das finde ich auch. In unserem Tanzkurs war er ständig auf Kontaktsuche und war dabei manchmal sehr distanzlos. Er möchte übrigens, dass ich mit ihm in einen neuen Tanzkurs wechsle.«

Lilly zerteilte die Pizza, führte ein Stück zum Mund und fasste dann kauend zusammen:

»Zeisig hat Moritz Sigmund gekannt, weil er Kunde in seinem Geschäft war. Möglicherweise hat er ihn auch beim Laufen an der Donau beobachtet.«

»Und er hat auch Alessandro Coretti gekannt. Besonders auffallend ist, dass er den beiden Männern keine Träne nachweint. Er scheint von deren Tod nicht betroffen zu sein. Auf mich wirkt er völlig harmlos, sein größtes Problem scheint seine Einsamkeit zu sein.«

»Kennt er nicht auch …«

Lilly kam nicht weiter. Sie erblickte ein älteres Paar, das sich ihnen näherte.

Theresia & Josef Winter – Pfarrplatz

»Eine Hitze ist das heute wieder und mit mir ist kein Weiterkommen!«

»Mach dir keine Sorgen, Theresia, wir vertragen die Sonne gut und werden auch diesen Sommer mit der Hitze fertig.«

Josef Winter ging geduldig neben seiner Frau Theresia her, die sich seit kurzer Zeit an einen Rollator gewöhnen musste. Noch vor einigen Tagen waren sie immer frühmorgens an der Donau spazieren gegangen, bis Theresia plötzlich keine Kraft mehr in den Beinen gehabt hatte.

Der Rollator sollte nun Abhilfe schaffen, war aber für die ungeduldige Theresia schwer zu ertragen.

»Das Pflaster hier könnten sie auch einmal erneuern, da bricht man sich ja die Beine.«

Josef sprach beruhigend auf Theresia ein.

»Das Kopfsteinpflaster auf dem Linzer Pfarrplatz wird wahrscheinlich unter Denkmalschutz stehen.«

»Ist es wirklich notwendig, dass wir den weiten Weg ins Kommissariat auf uns nehmen?«

Theresia war sich nicht mehr so sicher, ob sich die Mühe, die beiden Kommissarinnen aufzusuchen und ihnen ihre Beobachtungen zu schildern, wirklich lohnte.

»Das haben wir uns jetzt vorgenommen und der Spaziergang wird uns beiden sicher guttun. Am Abend wissen wir dann wenigstens, wovon wir müde sind.«

Zum Glück entdeckte Josef unmittelbar vor ihnen einen Gastgarten mit vielen Sonnenschirmen.

»Wollen wir da drüben eine Pause machen und etwas trinken?«

Theresia blickte auf, nickte und lenkte ihre Gehhilfe in Richtung der Pizzeria Margherita.

»Ich muss aber zuerst über den Zaun schauen, ob es einen geeigneten Tisch für mich und dieses Ding da gibt, ich will nicht, dass alle Leute ausweichen müssen und mich anstarren.«

Als die beiden vorsichtig über die wuchtigen Kübelpflanzen spähten, erblickte Theresia Winter an einem Tisch am Rand Eva Murauer und Lilly Peischer.

»Schau, Josef, wir können uns den Weg ersparen. Da sitzen die beiden Kommissarinnen, zu denen wir wollten.«

Eva hatte das ältere Ehepaar zuerst wiedererkannt und war aufgestanden, um die beiden zu begrüßen.

»Gut, Sie hier zu treffen, da sparen wir uns einen Weg. Es ist uns nämlich noch etwas eingefallen, und zwar zu der Toten am Donaustrand, die wir vorigen Donnerstag entdeckt haben.«

Josef und Theresia fielen einander ins Wort, ließen einander nicht ausreden und waren erleichtert, ihre Beobachtungen hier an Ort und Stelle mitteilen zu können.

Lilly stand auf, rückte eine Pflanze zur Seite und war Theresia behilflich, an ihren Tisch zu kommen.

Angewidert schob Theresia den Rollator zur Seite, ließ ihn achtlos stehen und setzte sich auf den angebotenen Sessel neben Lilly.

»Also, liebe Familie Winter, was haben Sie zu berichten?«

»Wir sind doch vor einiger Zeit, als mich meine Beine noch nicht im Stich gelassen hatten, täglich am Donaustrand spazieren gegangen. Und da ist uns des Öfteren ein Mann begegnet.«

»Wir haben zuerst nicht weiter auf ihn geachtet, bis er einmal in großer Eile daherkam und Theresia anrempelte.«

»Nicht einmal entschuldigt hat sich dieses ungepflegte Mannsbild, glaubte wohl, er sei etwas Besseres mit seinem auffälligen Mascherl um den Hals!«

Eva und Lilly hörten gespannt zu. Beim Wort »Mascherl« ergriff Lilly Theresia Winters Hand.

»Würden Sie ihn auf einem Foto erkennen?«

Frau Winter nickte heftig und blickte ihren Mann strahlend an.

»Unter Tausenden würde ich den wiedererkennen und meinem Josef kann er nicht das Wasser reichen!«

Die beiden Kommissarinnen bedankten sich und schlugen vor, dass Josef und Theresia Winter am späteren Nachmittag mit dem Taxi ins Kommissariat kommen sollten. Für die Kosten würden sie aufkommen.

»Vielleicht können uns die beiden ja wirklich weiterhelfen, wer weiß?«

Lilly zuckte mit den Schultern und übernahm diesmal die Rechnung.

»Sollten wir die Gelegenheit nutzen und Ludwig Kehrer in der Redaktion überraschen und befragen, jetzt, wo wir schon in der Nähe sind?«

Lilly steckte die Rechnung ein, nickte und folgte – ein wenig hämisch lächelnd – Eva aus der Pizzeria.

Ludwig Kehrer – Redaktion

Kehrer ärgerte sich darüber, dass er am Vormittag wegen des Probealarms wertvolle Zeit im Kommissariat verplempert hatte. Das Gebäude war geräumt worden, und der geplante Gesprächstermin einfach verschoben, wahrscheinlich auf morgen. Genaueres wurde ihm und auch den anderen Personen nicht mitgeteilt.

Das Arbeitspensum, das es zu erledigen galt, war riesig. Umso mehr versetzte es ihn in Stress, dass er jetzt von seiner Chefin in den Meetingraum gebeten wurde.

Widerwillig folgte er dieser Anweisung. Beim Öffnen der Tür begann er schon zu jammern, dass er keine Zeit habe und ob das jetzt unbedingt sein müsse.

Nicht seine Chefin, sondern Eva Murauer und Lilly Peischer warteten auf ihn.

»Entschuldigen Sie, dass wir Sie heute weggeschickt haben. Wir haben selbst nichts vom Probealarm gewusst. Ihre Chefin hat uns erlaubt, Sie kurz zu sprechen.«

Eva Murauer versuchte, einen freundlichen Ton anzuschlagen, was Kehrer noch mehr erzürnte.

»Auch das noch, ich habe jetzt wirklich keine Zeit für Sie. Ich muss meine Texte in einer halben Stunde abliefern.«

Kehrer wollte sich schon umdrehen, da verstellte ihm Lilly Peischer den Weg.

»Sie können jetzt gern weggehen, aber dann werden wir Sie verhaften müssen. Sie stehen im Verdacht, Moritz Sigmund getötet zu haben. Frau Sigmund belastet Sie schwer. Wir vermuten, dass Sie Sigmund, der Ihnen beruflich Schwierigkeiten gemacht hat, in die Donau gestoßen haben.«

»Jetzt machen Sie aber einen Punkt! Das ist ja lächerlich. Ohne Haftbefehl können Sie sich gleich wieder verabschieden.«

»Wir haben schon wesentlich harmlosere Motive kennengelernt, die zu einem Mord geführt haben. Sie können uns sicher sagen, wo Sie sich am Montag, den 12. Juli, am Morgen zwischen 7 und 9 Uhr aufgehalten haben.«

Kehrer hatte die Hände in seinen Hosentaschen zu Fäusten geballt. Er erkannte plötzlich, dass man ihn möglicherweise auch in Zusammenhang mit dem Bergmair-Mord bringen könnte, weil sich Katharina Bergmair angeblich von ihm verfolgt gefühlt hatte. Etwas bleich und nachdenklich ging er im Zimmer auf und ab.

»Ich bin am 11. Juli mit meiner Nichte Hanna mit dem Zug nach München gefahren. Sie hat sich diesen Wochenendtrip als Belohnung für ihr doch ganz passables Zeugnis gewünscht. Wir sind erst am 12. Juli am Nachmittag wieder zurückgefahren. Ich habe extra für sie einen Urlaubstag geopfert.«

»Ich nehme an, dass Sie das Zugticket noch haben und auch die Rechnung der Unterkunft.«

»Ich glaube schon. Sie können auch im Hotel Rembrandt nachfragen, man wird dort unseren Aufenthalt bestätigen.«

»Frau Bergmair hat übrigens nicht gerade von Ihnen geschwärmt.«

»Das habe ich mir schon gedacht, dass Sie mir den Mord an Eleonore Bergmair anhängen wollen. Wir haben am Freitag, den 16. Juli, in unserer Zeitung vom Mord berichtet. Sie wollen sicher wissen, wie ich den Tag davor verbracht habe. Ich kann mich noch ganz genau an diesen Tag erinnern, das war der Geburtstag von ....«

»Stopp! Wir interessieren uns für Mittwoch, 14. Juli, abends zwischen 18 und 20 Uhr. Den 15. Juli können Sie vergessen.«

Lilly Peischer griff energisch ein.

»Da muss ich erst in meinem Kalender nachschauen. Ich habe keine Ahnung, wo ich da war. Oder doch?«

Kehrer nahm seine Geldtasche aus dem Sakko und kramte zwischen den Scheinen nach einem Zettel.

»Da, sehen Sie nur! Das ist die Eintrittskarte ins Kunstmuseum mit Datum und Uhrzeit.«

»Das sagt noch gar nichts. Sie könnten das Ticket gekauft haben und anschließend das Museum verlassen haben.«

Eva Murauer schien gelangweilt zu sein. Sie setzte sich in einen riesigen Fauteuil, schlug die Beine übereinander und blickte Kehrer erwartungsvoll an.

»Stellen Sie sich vor, ich habe dort zufällig einen alten Schulfreund mit seiner Gattin getroffen. Wir haben lang geplaudert und vereinbart, uns wieder öfter zu sehen. Sie können mit ihm reden, wenn Sie wollen.«

Er kramte erneut in seiner Geldtasche, bis eine Visitenkarte zum Vorschein kam.

»So, jetzt reicht es aber! Ihre Verdächtigungen sind nicht zu ertragen.«

»Versuchen Sie doch bitte, uns zu verstehen. Wir müssen alle Möglichkeiten, Motive und Alibis überprüfen. Die Zeit drängt. So wie es aussieht, bleibt nur noch der Mord an Coretti, für den Sie ein Alibi brauchen. Dann sind wir schon wieder weg und lassen Sie in Ruhe.«

Eva Murauer schien beim Reden nicht atmen zu müssen. Sie redete ohne Pause weiter.

»Ich habe Sie am Dinnerschiff gesehen und auch, dass Sie wahrscheinlich dienstlich unterwegs waren. Sie hätten aber die Gelegenheit gehabt, Alessandro Coretti zu töten.«

Murauer saß noch immer mit verschränkten Armen gemütlich in ihrem Fauteuil. Für Kehrer wurde deutlich, dass er den beiden Damen nicht ohne Alibi entkommen würde.

»Ich habe Coretti noch nie in meinem Leben vorher getroffen. Sie können sicher sein, dass ich mich bei Ihrem Chef über Ihre Anschuldigungen beschweren werde.«

Diese Bemerkung schien die beiden Damen zu belustigen. Sie blickten einander amüsiert an.

»Ich bin den ganzen Abend in Gesprächen gewesen, keine einzige Minute habe ich allein zugebracht. Sogar in der Pause hat sich der Manager auf mich gestürzt und wollte mich dazu überreden, eine Artikelserie über Schiffsangebote mit ihm zu machen. Es war wirklich ein sehr anstrengender Abend.«

»Sehen Sie, so einfach ist das. Und schon sind Sie uns los. Wir werden Ihre Aussagen selbstverständlich überprüfen.«

Eva Murauer sprang auf, holte einen Schuh, den sie unter dem Sessel verloren hatte, hervor und zog Lilly Peischer mit sich.

»Herzlichen Dank für Ihre Ausführungen. Sie haben uns sehr geholfen.«

Lilly Peischer streckte Kehrer die Hand hin, die er zögerlich zum Verabschieden ergriff.

Eva & Lilly – Kommissariat

Auf dem Weg zurück ins Kommissariat schritt Lilly genervt neben Eva her, weil diese ein schier endloses Telefonat führte.

Lilly fand das ein wenig egoistisch und auch fehl am Platz, weil sie sich mit Eva doch eigentlich über das Gespräch mit Ludwig Kehrer unterhalten hätte wollen.

»Klar kann ich mich an Marco erinnern, der dunkle Typ mit den schwarzen Locken. Der hat sich wieder gemeldet? Erzähl!«

Jetzt wurde es Lilly doch zu bunt und sie stieß Eva vorsichtig an. Evas Privatgespräch ging ihr allmählich auf die Nerven. Doch diese ließ sich nicht so leicht unterbrechen.

»Davon musst du mir unbedingt mehr erzählen! Hast du heute Nachmittag schon etwas vor? Komm doch zu mir ins Büro, du weißt doch noch, wo das ist. Ja? Ich freue mich!«

»Wenn du dann mit deinen privaten Dingen fertig bist, könnten wir die Dienstzeit für Ernsthafteres nützen!«

Eva steckte das Handy in die Handtasche zurück, schaute Lilly schuldbewusst an und gab das Gespräch mit ihrer langjährigen Freundin Miriam in kurzen Worten wieder.

Miriam habe Psychologie studiert, im Gegensatz zu ihr das Studium abgeschlossen und arbeite jetzt seit kurzem als Polizeipsychologin. Da seien sie sich schon öfter über den Weg gelaufen, hätten aber nie die Zeit dafür gefunden, über Privates zu plaudern. Und das wollten sie nun nachholen, da Miriam ihre Jugendliebe wieder getroffen und sich wieder verliebt habe.

»Die Beziehung ist daran gescheitert, dass Miriam, die in einer psychiatrischen Klinik gearbeitet hat, einfach nicht abschalten konnte und ihre beruflichen Probleme immer wieder nach Hause mitnahm.«

Lilly reagierte mit einem bloßen Achselzucken auf Evas Ausführungen, da sie mittlerweile im Kommissariat eingetroffen waren und ihr eingefallen war, dass sie nach dem Probealarm wieder einmal auf Erik Gunnarson vergessen hatten.

»Wir müssen uns eine Liste machen, was wir heute noch alles erledigen sollen. Was meinst du?«

Eva, die sich wieder einmal an der Ermittlungswand zu schaffen machte, stimmte zu, als die Tür stürmisch geöffnet wurde.

»Immer noch die akribisch genaue Eva! Fotos, Verbindungslinien, Rufzeichen und Fragezeichen. Das ist deine Welt!«

Miriam war ins Büro gekommen, viel früher als erwartet, da sie gerade in der Nähe gewesen war, und stellte sich, nachdem sie Lilly begrüßt hatte, hinter Eva.

»Spannende Geschichte. Drei Todesopfer, alle aus der Donau gefischt, wie in einem Kriminalroman. Aber den da kenne ich!«

Eva drehte sich um und schaute Miriam, die mit dem Zeigefinger auf Kaspar Zeisigs Foto zeigte, überrascht an. »Woher?«

Miriam war ein wenig verunsichert, hatte sie sich doch in der ersten Euphorie etwas weit aus dem Fenster gelehnt. Es war ihr klar, dass sie damit die Schweigepflicht gebrochen hatte.

Eva, die in Miriams Gesicht lesen konnte, beruhigte sie.

»Es geht um polizeiliche Ermittlungen und du als Polizeipsychologin bist befugt, Aussagen zu machen, auch, wenn sie ehemalige Patientinnen oder Patienten betreffen. Also: Woher?«

»Kaspar Zeisig war mehrere Male in meiner Abteilung in der psychiatrischen Klinik. Er litt an einem heftigen Minderwertigkeitskomplex, der wohl auf eine äußerst schwierige Kindheit zurückzuführen war.«

Da schaltete sich Lilly ein.

»Aber deswegen wird man doch nicht eingewiesen!«

»Nein. Aber bei Kaspar Zeisig steigerten sich die Symptome zu Wut- und Hassausbrüchen seiner Umgebung gegenüber. Er konnte es nicht verkraften, wenn andere in seinen Augen besser, reicher oder scheinbar glücklicher waren.«

»Wann war das?«

»Das ist nun schon ein paar Jahre her, er hat sich allen Behandlungen unterzogen und ist, solange ich dort gearbeitet habe, nicht wieder eingeliefert worden.«

Lilly nickte, blickte auf die Uhr und überließ die beiden Jugendfreundinnen ihren privaten Geschichten. Sie selbst aber wollte zu Pichler, um ihn mit einem neuen Verdächtigen zu konfrontieren.

Eva und Lilly – Kommissariat

Pichler war nicht sehr erfreut darüber, dass sie ihren Hauptverdächtigen Kehrer aufgeben mussten. Es würde sich schnell herausstellen, ob seine Alibis wasserdicht wären.

Lilly kehrte ins Büro zurück und traf fast gleichzeitig mit Kaspar Zeisig ein.

»Das ist aber eine Überraschung, dass ich Sie hier treffe! Haben Sie einen Termin bei der Polizei?«

Lilly lächelte, sie wusste, dass Zeisig keine Ahnung von ihrer beruflichen Tätigkeit hatte.

»Nein, nein. Oder, wenn Sie so wollen: Ich bin Dauergast bei der Polizei. Ich arbeite da, das ist mein Büro. Herr Zeisig, darf ich mich vorstellen? Ich bin Lilly Peischer, Sie haben großartige Arbeit bei der Reparatur meines Medaillons geleistet. Eva Murauer brauche ich Ihnen nicht mehr vorzustellen. Sie kennen sie ja.«

Eva kam hinter ihrer Ermittlungswand hervor.

»Guten Tag, Herr Zeisig! Was führt Sie heute noch zu uns? Wir wollten Sie erst morgen einladen.«

Kaspar Zeisig schien verwirrt.

»Ich verstehe das nicht. Wir haben uns regelmäßig im Tanzkurs getroffen, Sie haben nie erwähnt, dass Sie bei der Kriminalpolizei arbeiten.«

Er machte den Eindruck, als würde er bedauern, hierhergekommen zu sein.

»Entschuldigen Sie, Frau Murauer, ich wollte Sie nicht stören. Ich habe geglaubt, dass Sie vielleicht an meiner Zeugenaussage interessiert sind. Jetzt verstehe ich, woher die Polizei meinen Namen hat und warum sie weiß, dass ich oft an der Donau bin.«

Zeisig setzte zum Rückzug an.

»Sie stören nicht, bleiben Sie nur. Wir haben vorhin von Ihnen gesprochen, da trifft es sich gut, dass Sie jetzt da sind.«

»Aha, hoffentlich nur Gutes!«

Zeisig richtete sich auf, hob den Kopf und lächelte freundlich.

»Sie sind deshalb wichtig für uns, weil Sie das ganze Gelände an der Donau gut kennen. Wir wissen, dass Sie oft zum Fischen oder Spazierengehen dort sind.«

Eva wagte sich ein wenig vor, um zu sehen, wie Zeisig reagieren würde.

»Das stimmt schon. Ich spaziere manchmal bis in den Winterhafen, dann wieder zurück über die Donaubrücke und weit flussaufwärts bis zum Strand.«

»Nehmen Sie doch bitte Platz! Möchten Sie vielleicht Kaffee?«

Lilly zeigte sich als höfliche Gastgeberin, während Eva den ersten Angriff startete.

»Es gibt Zeugen, die Sie am 14. Juli abends am Donaustrand gesehen haben, an dem Tag, als Eleonore Bergmair getötet wurde.«

Es war nur eine Behauptung, Familie Winter hatte keine bestimmten Tage oder Uhrzeiten erwähnt. Und außerdem war ihnen noch kein Foto Zeisigs vorgelegt worden, das Mascherl war nur ein schwacher Hinweis auf ihn.

Mit etwas Verzögerung in ihren Ausführungen setzte Eva dann fort.

»Wahrscheinlich täuschen sich die Zeugen. Wir glauben nicht, dass Sie etwas mit dem Mord an Frau Bergmair zu tun haben können. Für so eine Tat kommen Sie nicht in Frage, da braucht es jemanden, der Kraft, Ideenreichtum und Mut hat. Sie sind doch eher friedfertig und harmlos.«

Zeisig sprang auf. Der Sessel kippte krachend um.

»Was glauben Sie eigentlich, wen Sie vor sich haben? Woher wollen Sie wissen, wozu ich fähig oder auch nicht fähig bin? Katharina Bergmair, diese blöde Wichtigtuerin, die, seit ich sie kenne, meint, dass sie hübsch, klug und erfolgreich wäre. Sogar die Presse lässt sich von ihr täuschen und ihre Kunden sowieso. Ich habe sie am Donaustrand zufällig getroffen und wollte nur ein wenig mit ihr plaudern. Der Gipfel ihrer Überheblichkeit war, dass sie mich völlig herablassend behandelt und behauptet hat, dass sie mich nicht kennt.«

»Und dann sind Sie weggelaufen, oder?«

Eva provozierte noch ein wenig mehr. Sie spürte, dass sie einen wunden Punkt getroffen hatte. Sie trampelte auf seinem angekratzten Selbstwert herum.

Zeisig schrie jetzt, sein Gesicht rötete sich innerhalb weniger Sekunden.

»Der Stein, der da herumlag, hat auf sie gewartet. Sehen Sie meine Hände? Glauben Sie mir, ein kraftvoller Schlag mit einem Stein ist eine Kleinigkeit. Blöd war nur, dass ich die falsche Alte erwischt habe.«

»Erstaunlich allerdings, dass man Ihnen im Tanzkurs am nächsten Tag nichts angemerkt hat. Waren Sie nicht selbst über Ihre Tat erschrocken, obwohl ich annehme, dass Ihnen diese Gelegenheit, Frau Bergmair loszuwerden, willkommen war?«

»Keineswegs. Ich kenne meine Fähigkeit, im richtigen Moment zu agieren. Ich wusste schon vorher, dass es manchmal nur eine gute Gelegenheit braucht, um jemanden loszuwerden.«

Lilly war blass geworden.

»Wie meinen Sie das? Von welcher Gelegenheit reden Sie?«

»Können Sie sich das nicht denken? Dieser immer gutgelaunte Familienmensch mit seiner lieben Frau und den beiden Kindern. Sigmund, so hat er doch geheißen. Selbst schuld, wenn er seine Laufstrecke so nahe am Donauufer wählt und dann auch noch frech meint, dass ich ein übergewichtiger, unsportlicher Fischer wäre. Ein kleiner Überraschungsstoß hat genügt.«

Zeisig rieb sich die Hände, vor Freude, wie es schien.

»Leider hat Frau Sigmund noch nicht erkannt, dass ich der bessere Partner als ihr Moritz für sie wäre. Aber das kommt schon noch, glauben Sie mir! So fesch wie dieser Tanzlehrer bin ich allemal, besonders jetzt, wo ich ein neues Styling für mich entdeckt habe. Und meine Tanzfortschritte können sich sehen lassen. Das lieben die Frauen!«

»Da täuschen Sie sich aber. Sie sind ein miserabler Tänzer. Ist Ihnen nicht aufgefallen, dass niemand gern mit Ihnen tanzt? Die Frauen im Kurs haben doch einen großen Bogen um Sie gemacht, wenn Sie sich ihnen genähert haben.«

Ihr leiser Tonfall verfehlte seine Wirkung nicht.

Zeisig starrte sie mit geweiteten Augen an. Noch bevor Lilly beruhigend eingreifen konnte, stürzte er auf Eva zu.

»Coretti, dieser aufgeblasene Schönling, hat das auch gemeint. Offenbar habe ich ihn in der Pause am Dinnerschiff beim Telefonieren gestört, ohne Absicht allerdings. Belästigen Sie mich nicht auch noch in der Pause, Sie aufdringlicher, unsympathischer Antitänzer in Ihrem Clownskostüm! Genau das waren seine Worte! Er wollte mich loswerden. Mit meinen kräftigen Händen bin ich ihn dann losgeworden. Es war ganz einfach, einen Schritt auf ihn zuzugehen, seinen Hals fest zu umklammern und seinen lächerlich dünnen Körper über die Reling zu kippen. Schade, dass er nicht in den Wellen auf ewig versunken ist.«

Er blieb knapp vor Eva stehen, griff in die Hosentasche und zog eine Eisenzange, eines seiner Reparaturwerkzeuge, heraus.

Erik Gunnarson – Kommissariat

Er hatte lange überlegt, ob er sich auf den Weg zur Polizei machen sollte.

Es waren neun Tage vergangen, seit er den leblosen Körper eines Mannes in der Donau hatte treiben sehen und dies der Polizei gemeldet hatte. Er hatte damals sicher gut zwei Stunden gewartet, ob er noch für eine Befragung gebraucht werden würde, aber bis jetzt hatte sich niemand mehr bei ihm gemeldet.

Da er am nächsten Tag auf Urlaub zu seinen Eltern nach Schweden fahren wollte, hatte er sich nun doch noch aufgerafft, im Kommissariat vorbeizuschauen. Einer Hinweistafel entnahm er, dass sich die Abteilung *Leib und Leben* im ersten Stock befand.

»Da geht es aber ganz schön laut zu!«

Erik hatte mehr zu sich selbst gesprochen, beschleunigte nun seine Schritte und eilte der Lärmquelle entgegen.

»Büro Murauer und Peischer«, las er, bevor er, ohne anzuklopfen, das Zimmer betrat.

Hier bot sich ihm ein Anblick wie in einem Kriminalfilm am Sonntagabend. Ein sonderbar gekleideter Mann hielt eine Spitzzange in der rechten Hand und bedrohte damit sein Gegenüber. Die beiden Damen, die seinen Ausbruch offenbar nicht erwartet hatten, standen schockstarr, unbeweglich, völlig überrascht vor ihm.

»Bort med tången«, schrie Erik und machte einen großen Schritt auf den Angreifer zu.

Dieser drehte sich zu ihm um und wollte nun auf ihn losgehen.

Kaum hatte sich der Attentäter abgewandt, huschte die größere der beiden Frauen zu ihrem Schreibtisch und versuchte den Alarmknopf zu erreichen. Die andere blieb angewurzelt stehen, es schien, als wollte sie den Angreifer nicht unnötig reizen.

Erik zögerte kurz. Sollte er zurückweichen oder doch seine Kenntnisse in Selbstverteidigung anwenden? Er wählte letzteres Mittel, sprang auf den Mann mit der Zange zu und schlug ihm diese mit dem rechten Fuß aus der Hand. Blitzschnell schubste er sie dann mit dem linken Fuß hinter einen Schrank.

Der Mann starrte hilflos auf seine Hände, sank in sich zusammen und begann zu schluchzen.

»Familie – Liebe – Erfolg – Anerkennung ...«

Mehr konnten die drei Umstehenden, die erleichtert aufatmeten, der Aussage des nun völlig Aufgelösten nicht entnehmen.

Die Tür wurde von zwei bewaffneten Beamten aufgerissen, die sofort Erik ergriffen und ihm Handschellen anlegten.

Es dauerte einige Sekunden, bis die beiden Ermittlerinnen die Situation erklären und sich entspannen konnten.

»Nehmen Sie Herrn Gunnarson bitte die Handschellen ab, er ist uns nur zu Hilfe gekommen! Wir haben wieder alles im Griff, danke, aber führen Sie Herrn Zeisig ab.«

Der Mann, der eben noch größte Aggression zeigte, glich einem Häufchen Elend.

Ohne Punkt und Komma hatte er zu erzählen begonnen, wie aus einem Vogelbeobachter, Naturliebhaber und Angler ein kaltblütiger Mörder geworden war. Es waren die Umstände, die ihm immer wieder Steine in den Weg gelegt hatten. Ein Knabenkörper, der nicht wirklich wachsen wollte, ein Goldschmiedelehrling, dem aufgrund seines Aussehens nichts zugetraut worden war, ein Einsamer, der sich nach Anschluss und Familie gesehnt hatte.

Nichts dergleichen hatte das Leben ihm gegönnt, ihm blieb nur der Neid auf die anderen, die Glücklichen. Die letzten Worte konnte man kaum mehr verstehen, da sich die Bürotür schon hinter ihm geschlossen hatte.

Für einen kurzen Augenblick herrschte atemlose Stille im Raum.

»Das Protokoll schreiben wir morgen, für heute ist es genug!«

»Es wird auch genügen, wenn wir die restlichen Zeugenaussagen in den kommenden Tagen sammeln, ein Geständnis von Kaspar Zeisig haben wir ja.«

Das schien ein günstiger Augenblick für Erik zu sein, seine Aussage vor seinem Urlaub loszuwerden.

»Ich habe Herrn Zeisig öfter frühmorgens beim Angeln an der Donau beobachtet. Er ist mir aufgefallen, weil er immer ein wenig abseits von den anderen gesessen ist und sich nie an deren Geselligkeiten beteiligt hat.«

Die größere der zwei Frauen notierte seine Worte flüchtig auf einem Blatt Papier, während die andere immer noch ein wenig abwesend wirkte.

Erik war zufrieden, seiner Pflicht nachgekommen zu sein. Er verabschiedete sich, verließ den Raum und war froh, die glänzenden Wellen der Donau für zwei Wochen gegen das sandige Ufer des Vänersees eintauschen zu können.

23. Juli

Eva & Lilly – Pizzeria Margherita

Wie meist war Lilly die Erste, egal ob es sich um ein dienstliches oder ein privates Treffen handelte. Lilly suchte einen freien Tisch im Garten der Pizzeria Margherita, wo sie auch ihren Trolley unterbringen konnte.

Sie hatte sich mit Eva zum Frühstück verabredet und wollte dann anschließend über den Pfarrplatz zum Hauptplatz gehen und mit der Straßenbahn zum Bahnhof fahren. Adam sollte auch direkt von einer Morgenbesprechung dorthin kommen.

Pichler hatte Lilly tatsächlich einen Kurzurlaub genehmigt und nun wollten sie um 12 Uhr 46 den Zug nach Chur besteigen. Dort konnte dann ihre lang geplante Fahrt mit dem Glacier Express beginnen. Vielleicht fand sich dabei ja auch Zeit, den Termin bei der Adoptionsstelle vorzubesprechen.

Kaum hatte sie sich gesetzt, fiel ihr die Zeitung auf, die jemand liegen gelassen hatte. Eine fette Überschrift sprang ihr ins Auge: »Vogelbeobachter als Serienkiller«.

Gerade, als sie sich in den Artikel von Ludwig Kehrer, der selbst lange als verdächtig gegolten hatte, vertiefen wollte, erschien Eva mit Beppi im Schlepptau.

»Bravissimo, una colazione italiana, con prosciutto, formaggio, brioche e due espressi.«

Eva hatte offenbar schon bei Beppi bestellt, der sich jedes Mal freute, die beiden zu sehen.

Kaum hatte sich Eva gesetzt, hielt ihr Lilly Kehrers Artikel unter die Nase.

»Ich will jetzt lieber mit dir plaudern, das kann ich dann im Büro lesen, wenn du schon auf großer Fahrt bist.«

Lilly nickte, legte die Zeitung beiseite und wandte sich Eva zu.

»Trotzdem würde ich gerne wissen, was diesen Zeisig, diesen komischen Vogel, dazu bewogen hat, drei Menschen zu töten.«

Eva strahlte über das ganze Gesicht, dass sie Lilly den Grund ihrer Verspätung nennen konnte.

»Ich habe noch schnell den Bericht der Polizeipsychologen gelesen und bin jetzt zwar etwas zu spät, aber dafür kann ich dir deine Frage beantworten.«

»Schieß los!«

So erfuhr Lilly nun – nur unterbrochen von Beppi, der ihnen das Frühstück servierte – den Inhalt des psychologischen Gutachtens.

»Kaspar Zeisig war geprägt von Minderwertigkeitskomplexen, die schon weit in seine Kindheit zurückreichten. Nicht nur die autoritäre Erziehung seines Vaters, sondern auch das Mobbing in der Schule aufgrund seiner geringen Körpergröße und seines Namens machten ihm zu schaffen. In der Zeit als Lehrling war es nicht besser geworden, er entwickelte sich zum Frustesser, wurde übergewichtig und Einzelgänger.«

Lilly unterbrach Eva kurz.

»Aber wie wird aus so einem Menschen ein Mörder?«

»Keine Ahnung. Das weiß ich auch nicht. In dieser Situation kristallisierten sich bei ihm jedenfalls zwei Charakterzüge heraus. Einerseits wurde er zum Perfektionisten, der kaum mit der Anfertigung seiner Schmuckstücke zufrieden war, andererseits neigte er zu unkontrollierten Hass- und Wutausbrüchen. Er beschimpfte die anderen Lehrlinge, lauerte ihnen im Dunkeln auf und bedrohte sie mit Zangen und Feilen. Da der Betriebsarzt auch seine Neigung zu Gewaltfantasien erkannt hatte, wurde er in die Nervenklinik eingewiesen. Dort zeigten die Medikamente rasch Wirkung, Zeisig nahm aktiv an verschiedenen Gesprächsgruppen teil, und wurde mit einigen Auflagen als geheilt entlassen.«

»Wie schaffte er es dann letztlich, sich selbstständig zu machen?«

»Dafür gibt es keine Erklärung in diesem Gutachten.«

Eva strich sich Marmelade auf ihr Gebäck und erzählte mit vollem Mund weiter.

»Jedenfalls zeigte er während der Untersuchungen der letzten beiden Tage keinerlei Reue und kein Schuldbewusstsein. Er meinte nur, seine Opfer hätten alles gehabt, wovon er nur träumen hatte können, und dadurch den Tod verdient. Er wird höchstwahrscheinlich in eine psychiatrische Klinik eingewiesen werden.«

Lilly schaute erschrocken auf die Uhr, die Zeit war wie im Flug vergangen. Sie stand auf, legte Eva Geld auf den Tisch und wandte sich zum Gehen.

»Willst du nicht wissen, ob er noch einen Wunsch geäußert hat?«

»Was kann man sich als Mehrfachmörder und psychisch kranker Mensch noch wünschen?«

»Er will ein Zimmer zum Garten hin, damit er weiterhin Vogelstimmen hören und sie bestimmen kann!«

»Zeisig, Zeisig!«

Beide Kommissarinnen mussten herzlich lachen, als sie sich verabschiedeten.